# 玉米人

刘先琴 著

河南科学技术出版社
· 郑州 ·

图书在版编目（CIP）数据

玉米人 / 刘先琴著 . —郑州：河南科学技术出版社，2014. 3
ISBN 978-7-5349-6131-1

Ⅰ . ①玉… Ⅱ . ①刘… Ⅲ . ①报告文学—中国—当代 Ⅳ . ① I25

中国版本图书馆 CIP 数据核字（2014）第 036722 号

出 版 人：汪林中
出版发行：河南科学技术出版社
地址：郑州市经五路66号 邮编：450002
电话：（0371）65737028 65788613
网址：www.hnstp.cn
总 策 划：王 跃 杨松璋
策划编辑：李喜婷
责任编辑：李喜婷
责任校对：徐小刚 耿宝文
封面设计：张 伟
责任印制：张艳芳
印 刷：河南省瑞光印务股份有限公司
经 销：全国新华书店
幅面尺寸：170 mm × 240 mm 印张：15 字数：212千字
版 次：2014年3月第1版 2014年3月第1次印刷
印 数：1 — 40 000
定 价：39.00元

# 万物生长（自序）

十冬腊月，从冰封的中原大地飞往三亚，虽然不是第一次，但巨大的反差，依然令人惊愕，引人遐想。

薄衣单衫替代厚重的保暖衣物，金子般的阳光拨去已经凝固在眼中的北方阴冷，那迎面而来的浓绿浅翠，大红粉蓝，细草阔叶，高树矮藤，不可抗拒地扑进眼帘。同样是树，这里的直插云端；同样是叶，这里的肥厚油亮，大如扇面。更不用说那些果实，长的、圆的，红的、黄的，占据了枝枝杈杈，又从树干中膨出，展示着肥硕和饱满。

宇宙天地之间怎样的造化，给予这方土地用之不竭的精华，让万物在春夏秋冬365天永无止境地生长，生长！

如今，就在我的视野里，看到中华人民共和国的土地上，这片唯一的神奇生长，以另外一种方式，在960万平方公里陆地上催生着能量——

这是浚单一号玉米良种培育基地，简陋的宿舍被大片土地包围，登上屋顶平台，平展的大地顿时又有了拓宽延伸，没有任何标示，育种专家程相文却了如指掌："这片是中科院的，那片是中国农业大学的，那块是新疆建设兵团的，这块是黑龙江农垦场的……"

收回目光，由远至近，会清晰看见这分属于不同省份的土壤，被深耕细作，侍弄成尺子量出似的规整田垄，细如粉末的黄色土壤，被一块块高矮不同的绿色占据，有刚刚钻出地面，支棱着几片嫩叶的，有蓬勃抽叶、茎秆已经粗壮挺拔的，还有顶部已经抽花的……玉米，是不同生长期的玉米，与我们司空见惯的北方田野上整齐的青纱帐不同，这里是玉米的大家庭，儿童、少年、成年的它们，在这里同时蓬勃着无尽生机。

是的，北方每年生长一季的玉米，在这里却可以成长两季、三季，植物生命中漫长的优胜劣汰、繁育精选过程，在这里可以大大缩短。过去育种专家要用毕生等待才能得到的优良的种子，现在几年间便可跃然而出，化为华夏大地上的金色收获，村村寨寨的粮仓，千家万户灶台上的清香……

国以民为本，民以食为天，食以粮为先。对于崇拜土地、向往稳定的中华民族，来自土地的五谷杂粮，已经成为繁衍生息的生命能量。而在小麦、水稻、玉米三大主粮中，近年来，玉米已经成为增量最大的作物。有统计表明，2004—2012 年，玉米面积增加 1.63 亿亩，增长 45.2%，占粮食面积增量的 91.6%；玉米产量占粮食增量的 58.1%，已经成为中国第一大粮食品种。

人生归有道，衣食固其端。时下，大房、豪车、权力、地位已经成为部分人追求的所谓人生价值的时候，一日三餐似乎已经不被国人称为问题，然而事实上，谁也不能否认粮食曾经、也会永远是历史的助推器。人类进化自不必说，中国封建社会的朝代更替，由于财产、粮食集中于贵族，农民起义、“草根”造反，直接原因都是迫于食不果腹，甚至形成 300 年一个轮回的发展规律。而粮食问题上的发展变化，直接成为社会发展推手的例子，更是有据可查。就在几年前，2008 年 4 月，海地因闹粮荒，总理雅克·爱德华遭参议院罢免，再次为世界粮食安全敲响了警钟。2013 年 10 月，联合国粮食机构发布的最新年度世界粮食安全状况报告表明，全球仍有约 1/8 人口处于长期饥饿，2011 年至 2013 年间，占全球人口总数 12% 的 8.42 亿人口长期遭受饥饿。

粮食，依然是人类生存不可或缺的必要保障！

500 多年前，哥伦布发现新大陆，起源于美洲大陆的玉米，得以传入中国，大量种植收获的那个时间节点上，同时出现这样一个现象：从西汉末年到明朝中期，中国一直处于 5000 万人口的稳定人口模式开始变化，从此开启中国人口猛增的序幕，由明末到鸦片战争，增长到 4 亿人口仅仅用了约 300 年！

正如马克思在《政治动态——欧洲缺粮》一文中所说：“最文明的民族也同最不发达的未开化民族一样，必须先保证自己有食物，然后才能去照顾其他事情；财富的增长和文明的进步，通常都与生产食品所需要的劳动和费用的减少成相等的比例。”

在中国，与小麦、水稻被称作三大主粮的玉米，渐渐从人们的餐桌淡出，曾经占据人类主要口粮的玉米，在人们的生活中似乎变得无足轻重了。但事实上，玉米仍然是全球分布最广泛的粮食作物之一，也是全世界总产量最高的粮食作物，种植面积仅次于小麦和水稻。而近年来中国的玉米产量，也成为三大主粮中增量最大的作物。同时，中国成为全球第二大玉米生产国与消费国。

曾经局限于食物和饲料消费的玉米，如今有了更宽泛的用途，除了稳步增长的饲料消费外，玉米的深加工业也进入了高速成长期，在食品、医药、造纸、化工、纺织等领域广泛应用，有着巨大的市场规模和发展潜力。如以玉米淀粉为原料生产的酒精，作为绿色燃料有望在21世纪取代传统燃料。

在宝马香车、高楼大厦、厂房林立的巨大景象背后，是当今中国的决策者们构筑起保障粮食安全的三大屏障：增加粮食种植面积；改善品种，用科技提高产量；提高农民种粮积极性。其中最直接、最有潜力的是第二项。于是，在三亚劳作的育种专家程相文，得到了他应有的奖赏：获得中国科技的最高奖励；国务院总理三次到他工作的地方，直接为他的良种起名“永优”……

我们追寻程相文的脚步，从他的出生地邙山脚下，到他求学的中牟，再到他育种的新疆、甘肃、海南……这位当今育种界权威的专家，说得最多的一句话是：“这都是大家干的。”在聚集着全国一流育种专家的三亚，我们理解了这句话，在程相文倾注心血的一粒粒清香的种子里，我们放大了这句话：程相文投入的，是谁来养活中国的重大课题，和他一起劳作的，是领袖，是经济学家、社会学家和水利专家。

当程相文在烈日下为玉米授粉的时候，著名学者邓英淘跋涉在湘西调查的山间小路上；当程相文在风雨中托起幼苗的时候，从牛津大学讲学归来的王小强在他曾经下乡插队的农村回访；当程相文在实验室分析种子成分时，经济体制改革研究所的小会议室里，郭凡生带领的西部开发调研组成员们，刚刚从南疆归来，一个最佳土地使用方案正在酝酿……

1972 年 12 月 30 日，交售 1 包净重 59 斤的高粱；1972 年 12 月 30 日，交售 1 包净重 53 斤的小麦；1973 年 1 月 2 日，交售 1 包净重 5 斤的小麻。这 3 张被收藏爱好者从废品收购站淘到的粮站收购单第一联的存根上，“交售单位或个人”一栏中填的名字，都是“习近平”。这位当年下乡插队在陕西省延川县文安驿公社梁家河大队劳作的知识青年，2013 年新春，以中共中央总书记的身份，签署了这一年的中央一号文件《中共中央 国务院关于加快发展现代农业 进一步增强农村发展活力的若干意见》。我们尽可以想象，在那个年代里，一位从首都扑向黄土高原的年轻人，怎样从土里刨食开始，认识了中国社会，认识了中国发展的基础所在。上溯至改革开放大潮初起的 20 世纪 80 年代，每年中央的一号文件都与农村、与粮食直接相关，而 30 多年来，我们的国家从“摸着石头过河”开始，稳步繁荣发展，让世界为之赞叹！

也许，今生今世，程相文与邓英淘、与王小强、与郭凡生们永远不会谋面，他抛洒汗水的天涯海角，与中南海永远相隔万水千山，然而，在历史的坐标系里，他们奋斗的经纬方向，会永远聚集在一个交叉点：粮食！粮食！

就像玉米成长过程中，水分、阳光、肥料一个都不能少一样，有了合力，才有成长，才有收获。程相文的研究，其重大意义就在于整个社会的合力投入于此，千百万人的智慧、精力倾注于此。

于是，在每个章节前，我们都把其他领域专家学者的研究轨迹摘要，放进程相文的育种时空，我们发现：惊天的浪涛，在大海的映衬下显出壮美；金色的阳光，在苍穹之下尤为耀眼！

希望从一个人看到一个时代，祈盼从一项创造了解一个社会，成全作者愿望的，应该也只能是读者。

我期待着。

刘先琴

# 目录

# 第一章　天地的和声

2002年至今，是农村税费改革背景下推进农村综合改革的历史跨越时期。从2002年11月党的十六大的召开，到2008年10月召开党的十七届三中全会，这6年是新一届中央领导对解决“三农”问题重视程度最高、改革力度最大、投入资金最多、效果最明显的一个“黄金时期”。

——《中国粮食综合生产能力与粮食安全》马晓河等著

## 申报

2011 年，即使是 1 月，三亚的阳光也依然那么耀眼炽热。夕阳西下，厚实的云团镶着金边飘浮在玉米地上空。忙活了一天，程相文终于可以静坐一隅，凝望着玉米地冥想。他在思考下午河南省科技厅厅长打来的电话——那的确是一个令他振奋的消息，但亢奋中，却夹杂着一丝犹豫。

“老程，省里打算推荐你参加今年的国家科技进步奖评选。”

“这……厅长，我们资格还不够吧?”

“老程，我们已经研究过了，你的浚单 20 完全符合申报条件。”

“多谢厅长操心，那，申报需要单位准备什么材料?”

“有关申报材料我一会儿给你发邮件说明，不过你作为第一完成人得参加一场视频答辩，北京那边的评委通过答辩视频给你打分。”

“厅长，我嘴笨啊。”

“怕啥，申报省科技进步奖的时候你说得不是挺好嘛。”

“可是厅长，这是国家级的……”

“放心，老程，你的项目对全国粮食生产和河南这个农业大省的贡献在那里摆着，这是最大的优势。”

兴奋和压力同时搅动着心绪，程相文张望着半没的落日，晚霞中橘红的轮子悬挂在山头，依依不舍地和山野告别，黯淡的余晖洒落在田间，给满地的玉米镀上一道金边。倏忽间，夕阳颤动着跳下山崖消失了，留下了漫天彩霞。程相文看呆了，第一次体会到日落竟也如此壮美。

然而，海南的天气犹如孩童的脸，眨眼即变。但见天际的红霞转瞬消失，乌云压顶，近处的椰树林仿佛一群站立不稳的少女，任长发在风中飞舞。

人世间的日出日落、风雨变幻何尝不是这样。

自幼生长在“黑五类”家庭，半生沉浸在玉米世界。经历过嘲讽、刁难、孤独，甚至陷害，就连父母妻子去世时都未能见上最后一面；饱受艰辛，吞噬寂寞，四十八载的万里奔波、骨肉分离中，仅与家人一起度过三个春节。

农业专家、高科技、新品种代表最先进的生产力，这些耀人的光环后面，是育种专家区别于其他科学家——在缜密的理论研究的同时必须采用的最原始的操作方式。守候一粒种子在土地的滋润下发芽、长叶、扬花、结实，亲自为它施肥、灌溉、遮挡风雨，记录它的成长，而且不仅仅是这一粒种子的轮回，还有它的兄弟姊妹、父母配偶。浚单5号、豫玉11号、浚单18、浚单29，这些在数不清的季节里给数不清的田亩带来丰收的优良品种，用似乎没有生命的代号，一次次通过国家和省级审定，每一次，在程相文眼里，都是对他人生有限生命的检验。

这一次，他要用自己半个世纪的生命，去摘取植物生命科学里最权威的那个桂冠！程相文轻轻摘下眼镜，折好放在衬衣口袋里，思路变得异常清晰：我要全力以赴，申报国家科技进步奖！

国家科技进步奖是中国科技界的最高奖项，是科学皇冠上那颗最耀眼的明珠，过去从未想过的大事如今来到了眼前，程相文把时间都集中用来认真准备申报材料。

他做梦也没有想到，浚单20作为河南省拟推荐国家科技进步奖项目公示后第三天，地处偏远的鹤壁农科院就发生了一件大事：国务院总理温家宝要来了！

这天，程相文早早起床，反复在办公楼、展厅、实验室穿梭，一切如往常般洁净、安静。该准备什么呢，这是从来没有过的事情呀，那位离他太遥远的人物，会看什么，问什么，他此刻该做什么，等等，等等，巨大的激动加上诸多的问题，让他不安，他有点不知所措，下意识地抓起扫帚、拖把，和其他职工一道将原本干净的地面一遍遍扫着、拖着。

到了，到了！温总理在一行人的簇拥下走进农科院，面色柔和地听着周围人的介绍，脸上一直挂着微笑。程相文的双眼一眨不眨地看着总理的面容，端详着平时只能在电视里看到的总理，恍若梦境。

“老程你好啊！”总理笑着伸出手来，那一刻，一声老程，一下子让程相文如释重负，他大步跨出，伸出双手走向总理。

“总理好！”

两手接触的瞬间，程相文感受到总理手掌传来的温热。总理的眼神中，是无限的平易与热情。在这天寒地冻的腊月，日理万机的国务院总理出现在程相文面前，他心头一阵火热，眼角不禁泛起了泪光。

总理没有松开程相文的手，一直拉着他走进办公楼。

程相文彻底平静下来，矜持、局促无影无踪了。当他听到总理向他问起玉米的时候，滔滔不绝讲了起来。

“这是我院的成果展示厅，您看到的是我们选育的39个玉米新品种中的8个主推品种，我们选育的玉米品种有12个通过了国家和省级审定。”

太熟悉了，这里的每一张图片、每一段文字背后的故事都是程相文亲自经历的。每个玉米品种的特性、培育过程、推广方法、增产情况等一切，他都烂熟于心。他的回答自然地从内心流出。

“这边是浚单20，这个品种丰产性突出，抗病虫能力强，抗逆性强，适应性广，目前该品种种植面积累计推广两亿多亩，已成为黄淮海第一、全国第二大玉米主导品种。”

看总理凝神专注，程相文又放松了许多：“浚单20从选育、育成、审定到推广，整整历经19年，许多高产纪录从此诞生。2007年，15亩夏玉米超高产攻关田平均亩产达到1064.85公斤，创造了世界夏玉米同面积高产纪录。2009年，万亩连片夏玉米高产示范方平均亩产858公斤，在黄淮海率先实现万亩大面积单产超过 850 公斤的突破；百亩连片夏玉米高产攻关田平均亩产达到 1018.6 公斤，率先实现亩产超过 1000 公斤的纪录。”程相文甚至惊讶于自己这会儿口才怎么这么好，数字脱口而出，一点没有磕绊。

转身，映入眼帘的，是玉米成果展示厅中间摆放的那只硕大的金碗，在天花板顶灯的照射下熠熠生辉，里边装满了玉米粒和结实饱满的玉米穗子。

看到总理的眼神在这里停留，程相文赶忙说：“总理，这是我们设计的一个标志，玉米是地地道道的金饭碗，这些年，我们所做的一切，都是把这个饭碗打造好。”

程相文带着温总理观看展示厅四壁，农科所刚成立时简陋的设备、海南育种的窝棚，直到各项玉米品种的获奖情况、专家领导视察的合影，程相文指着一张张照片，讲述其背后感人的故事，兴奋时双手不知不觉中挥舞起来，像个孩子。总理看着他微笑，任由他忘情地回忆那段只有他才能体味的岁月。

“让总理笑话了。”程相文也许感到了自己过度的兴奋，有些不好意思。

“很好，老程，我想听你再讲讲浚单 20。”总理鼓励道。

“好，总理，您注意的正是我们最优良的种系，浚单 20 的父本是浚 92－8，母本是浚 9058，它的抗病性、耐高温干旱能力和籽粒品质都好于郑单 958……”程相文如数家珍，细说各个品种的特性，眼神中有无法遮挡的专注与自豪。他万万没有想到的一幕，就在他讲解结束、总理离开时发生了。

只见总理与身边的人员一一握手，最后紧紧握住程相文的手，清晰地说道：“我这次来，第一老程忘不掉，第二浚单忘不掉。我给浚单系列的玉米种子起一个新名字，叫‘永优’。我还要手书出来，送给老程。”

已经从最初的激动回归平静的程相文，再一次怀疑自己置身的空间——这是真的吗？国务院总理对一个农田里的育种人说出这番话，让他生命里所有陪伴玉米的日子瞬间辉煌无比，成为程相文申报国家科技进步奖的最大鼓舞。

虽是早春，但夜晚剪不断的还是冷清。

鹤壁农科院浸润在柔和的月光下。办公室主任王希保站在窗前，仰望无际夜空，凝目明月清辉、星河浪翻。已是深夜，夜色下的办公楼，只有院长程相文的办公室依然灯火通明。白炽灯光钻出窗户洒落在地上，透着三个人的剪影。

王希保走到门外，盯着整个玄黑中的明亮恹恹地呆着，若闭上眼仔细聆听，寂静中独有院长办公室的议论声陪伴着迷蒙的夜，隐约间还携藏着夹竹桃破青的细小崩裂声。王希保在冷风中轻声咳嗽，叹息着走回房间幽幽地睡去。

办公室内，鹿红卫正端坐在电脑前，他的手指搭在键盘上，头却扭向交谈中的程相文和张守林，不时插上几句意见。《玉米单交种浚单20选育及配套技术研究与应用》申报的是国家科技进步奖一等奖，答辩词是评审现场唯一的声音，来不得半点马虎。

张守林小心捏起打印纸，墨香溢满鼻腔，满足地轻声念着刚拟好的材料。一旁的程相文却快速扫视一遍，有了大致印象。

"玉米作为我国种植面积最大的粮食作物，在国家粮食安全中占有举足轻重的地位……"张守林逐字逐句读着，程相文打断了他的话。

"守林，你查一下黄淮海地区玉米种植面积占全国的多少，产量占多少。"

"程院长，是不是应该拣最重要的说？你可就十五分钟答辩时间，超时要扣分的。"张守林担心严格的时间限制会影响答辩成绩。

"小张，咱的种子主要在黄淮海地区种植，这些数据能够体现出咱们培育的种子对全国玉米生产的贡献啊。"

"对啊，我怎么没想到这一层呢。"张守林茅塞顿开，脑门在灯光下愈发锃亮。

"'表现突出'后面应该用句号吧？"程相文有点拿不准。

"不用，跟后面连着呢。"发现程相文如此严苛，张守林也自觉放慢了阅读速度。

他们反复修改着，直到子夜时分，鹿红卫才敲定键盘发送给河南农业大学、北京农林科学院、河南省农业科学院的专家教授。作为协作单位，他们在梳理要点、遣词造句上更能彰显专业优势。

时间在一封封邮件、一个个电话中悄然溜走，初春转入盛夏，在半年多中，确定主要完成人顺序时，程相文想不到也会颇费心思。

单位职工同样密切关注着国家科技进步奖的申报工作，他们替院长高兴之余，也在暗自发力，试图影响浚单 20 主要完成人的名单。

“咱农科院二十年艰苦攻关育出来的品种，凭啥让农大李潮海教授当第二完成人?”

“人家把玉米体系试验站放在咱们单位，帮咱申请项目，这能忘？他是一个优秀栽培专家，没有他带着硕士生、博士生一个团队搞分子育种，浚单 20 性能咋上得去？光论文都发表了二十多篇啊。”

“论文比得上长年累月的风吹日晒、起早贪黑吗?”

“……俺是替张院长呼吁啊，他咋只是第三完成人呢?”

“就是，就是，张院长真亏。”

晨会上职工们七嘴八舌地交换着意见。

程相文的心态是复杂的，多少人为这个品种付出了血汗，他恨不得把所有人的名字都写进那个表格之中。既要实事求是地说明各协作单位在理论归纳上发挥的重要作用，又要表现大田里吃苦耐劳的劳动者。他想让每一个字、每一个标点符号都增加容量。只有五页数千字的篇幅怎能盛下几十年的风霜雨雪、斗转星移?

“只要浚单得奖，就是我们全院的荣誉。”关键时刻，院党委书记郭民华的一句话让众人转变了思路，也替院长放下了一份负担。

答辩词终于出来了，程相文看了一遍又一遍，觉得既概括了所有技术要点，又凸显出专业水平，剩下的只有模拟练习了。

程相文还得去找李潮海，尽管李潮海比他小了整整 20 岁，但共同度过的那些育种的日子，让程相文养成大事都会找他商量的习惯。

这中间，程相文从北京得到总理的题词，“永优”两个大字墨迹饱满，遒劲有力，程相文精心装裱，挂在办公室最显眼的位置。他想象着总理手持毛笔挥洒的情景，回忆着总理双手递给他时的郑重，便平添了几分信心。

## 答辩

夏日，院内梧桐黛色参天，田间玉米吐丝抽穗。程相文在地头、院落、办公室，都会记起答辩词，成竹在胸。

中午，他还在办公室，打开电脑，找到鹿红卫下载的视频，细心观看各种答辩的录像。有时，他身不由已地留在试验田，对着玉米演练。揣摩了无数精彩答辩后，他开始有自己的心得，模仿着视频中表演者的肢体语言，试着用眼神、微笑展现自信与大方。

经国家科技进步奖评委会作物遗传育种与园艺评审组审定后，程相文的项目被顺利推荐到国家科技进步奖评奖委员会，答辩成为最后的冲刺。如果如愿，将创造全国县级科研单位获得国家科技进步一等奖的历史纪录。

正如关注主政一方的土地，关注中原粮仓逐年增高的产量一样，这份奖项牵动了河南各级决策者的心：主管农业的副省长，省科技厅厅长，鹤壁市市委书记、市长、副市长。不同场合里，他们都向程相文询问情况，寄予厚望。他们先后来到农科院，欣喜地发现原本不善表达的老程，说起答辩内容，变得从容不迫，风度有加。

然而，随着答辩的日子一天天迫近，最后一周的时候，程相文开始失眠，表面保持着淡定，嘴角肿起的水疱却泄露了他内心的暗“火”。

市委书记丁巍像往常一样，每周三下午来鹤壁农科院看望程相文。这次他刚下车，便看到程相文唇边的水疱。他不动声色，拉着程相文到玉米地里转悠。

八月初的玉米已经开始授粉，青翠的玉米林中，保护花粉的硫酸纸错落有致地挂在顶端和茎间，受过粉的雌穗安心躲在雾帐中灌浆结粒。

丁巍拍着程相文的肩膀打开了话匣子。

“老程啊，玉米要高产，需要在哪方面下功夫？”

“土、肥、水、种、密、保、管、工。”程相文不假思索，一字一顿地回答。

“这不是农业‘八字宪法’嘛。”

“是的，丁书记，这是毛主席根据农民群众的长期实践经验和科学技术成果，在 1958 年提出来的农业八项增产技术措施。”

“那是不是这八个方面做好，产量肯定提高？”

“如果再加上风调雨顺，肯定五谷丰登。”

“哈哈，老程，你现在说话越来越有水平了。那你还紧张啥？”

丁书记突然话语一转，直奔主题：

“老程啊，我是说你申报国家科技进步奖的事，不要过于紧张。”

“书记，我……我身不由己呀。眼看着就要答辩了，我也想镇定镇定，可就是不当家儿啊。”

“老程，这不是凭口才，是凭你几十年的工作，就像你付出心血的这些玉米，它能不高产？你能不获奖？这叫顺其自然。”

“是这道理，我咋没有这样想啊。”

“老程啊，你想没想过，你干的可是咱们国家改革之初，邓小平就提出的建设小康社会目标里最基础的那件事——解决温饱问题啊！这可不是你一个人的事情，是关系咱们民族强盛、国家安危的大事！”

柔风裹挟着玉米花的清香掠过，丁巍的话句句击中程相文心坎。心里轻松了许多。

“咱浚单 20 哪里好？从行业自身上讲，可以说阻挡、延缓了国际公司的渗透步伐，保护了民族种业；从粮食安全角度上讲，品质好、抗性强，作为更新换代的主导品种，玉米产量整体增长 10%，为国家增加 100 亿斤粮食；从技术理念上讲，产量与抗性结合，良种良法配套。”李潮海曾经对程相文说过的话，如今他翻开笔记本看了一遍又一遍。

“程院长，你别紧张，咱不都商量好了吗，这个项目介绍，答辩词你来讲，专家提问我来回答。”李潮海在答辩前一天又给程相文打来电话。

重要的日子终于来临。程相文要在郑州与国家科技进步奖评委会的评审委员进行视频连线，现场答辩。他不知道，这天也是鹤壁市副市长高雅玲与丈夫的银婚纪念日，更不知道，这个与他毫不相干的日子，会为他生发故事。

高雅玲和丈夫两人虽然平时没有显露出浓情蜜意，二十年的婚姻生活却互相体贴照顾，过着实实在在的日子，是朋友圈里公认的模范夫妻。

看见妻子一大早就腰系围裙钻进厨房，一待就是一个小时，丈夫好一阵感动：“没想到她竟然这么重视我们的银婚纪念日。”

听到厨房传来盆碗的碰撞声，他赶忙放下手中的杂志，转身走进厨房，发现妻子正满头大汗地蹲在地上捡锅盖，灶上的绿豆水突突地上下跳动，白雾沸腾着向外逃窜，浑稠的汤渍凝结在灶台上。

他伸手关灭天然气，绿豆水逐渐收敛了威力，平静下来。看着爱人手下的厨房逐渐清爽起来，高雅玲窘迫地挠挠头，伸手端下汤锅往玻璃杯中倒。

“凉一会儿再倒。”爱人温柔地打下妻子的手。

“我得赶着给老程送呢。”

“啊！我以为——那你？”心中瞬间充满了吃惊和不解。

“今天老程答辩，我得让他败败火。”

“你……人家大专家就缺你熬的一口绿豆汤？”

“这么大气儿干啥？你知不知道，程相文争的可是全省全国一流的成就，给咱鹤壁市争光呢。我主抓科技，必须全力以赴为老所长搞好服务，这些天老程熬夜做准备，嘴上都起疱了，我听说老程好的就是这降火的绿豆汤。”

“那你……你忘了今天是什么日子吗?”爱人满腹委屈。

高雅玲一瞬间愣住了，这些天，农科院答辩的事情成为市里的头等大事，忙上加忙，丈夫最看重的日子却被忽略了，她狠狠地拍打了一下脑门。

看到妻子真的惭愧，丈夫不禁心疼起来，把盛满绿豆汤的大玻璃杯装进一个袋子，塞到妻子手中。

“快走吧，回来你可得补上啊。”

答辩定在上午十点，视频会议室里，专家领导已经坐满，这让在隔壁等待的程相文再一次紧张起来。心思细腻的朱自宽望着程院长离去的背影，悄悄跟了出来。

这么多天里，程相文已经平静下来，可真的到了这一刻，还是无法自持。早上，他只喝了碗玉米粥便来到郑州。此时，他感到手心沁出湿腻腻的汗，后背却似凉风灌入。他深深地吸了一口气，试图稳住嘣嘣乱跳的心。

鹤壁浚县，海南三亚，费了多少人的功夫。这次可不光代表自己，还有为农业尽力的科技人员，以及曾经帮助过他的各界人士。但答辩只有几分钟，口才再不好也得努力，这可是几代人的成果。

“我想问问你要不要喝点东西。”朱自宽对陷入沉思的院长说。

“我的嗓子眼直发干，要是有碗绿豆汤就好了。”程相文皱了皱眉头。

“程院长，你看这是啥?”高雅玲副市长奇迹般地出现在他们面前，拎起手中的绿豆汤。

程相文愣住了，心头的忐忑被感动与责任压住了。

“快喝吧。”高副市长笑盈盈地递过玻璃杯，看着程相文捧起绿豆汤一饮而尽。

“这杯汤我熬得值啊!”高雅玲欣慰地想。

时间永远是公正的，不会因为任何人的紧张而推迟。分针与时针交会，程相文站起来，向视频会议室聚焦的那个位置走去。房间内，深绿的窗布阻挡着阳光，投影幕布从天花板上缓慢垂落，工作人员仔细调试视频设备。还有10分钟的时间，程相文抬起头，一眼就看到对面的窗帘，一丝阳光从窗帘里透进来，深绿中泛着金黄。多么熟悉的颜色，玉米地，玉米地，是他最熟悉的三亚的阳光，浚单20的深绿，盯着它，仿佛闻到了玉米浓郁的甜香。程相文心中突然宁静起来，宛如自己置身于最熟悉的田野里。

程相文抬起头，前方的屏幕上，千里之外的评委就在面前，而自己的状态，也进入一个交错的时空——

“尊敬的各位评委：我是项目主持人程相文，代表课题组从以下八个方面进行汇报……”

程相文轻点鼠标，立项背景、主要技术内容与创新点、国内外同类技术对比、知识产权情况……，一一出现在屏幕上。

多么熟悉的场景啊，浚单系列犹如屏幕上的文字，一行行列成方阵，从耙田播种，到抽穗扬花，程相文闻到了泥土的芳香，触碰到油绿的叶片……

他渐入佳境，眼神、语调、语速都恰到好处地表达着他对浚单20的全部热爱，语气也越发沉稳。在场的每个人都坚信千里之外的评审委员也会被他的缜密痴情感染，一字不漏地专注于他的答辩。

宽敞的房间回荡着程相文的声音，形成气场。他是气场的中心，是田野的主人。不知不觉间，程相文竟从座位上站起，投入到更加自如的解说当中。他感觉整个房间都不存在了，而是在三亚的烈日下挑粪，在晨风里授粉，在暴雨后扶苗，他看见天堂中父亲母亲慈祥的眼光，爱妻在为他收拾行装，看见王帮太从实验室又走进玉米地，还有，总理亲切的嘱托……瞬间，他听见的是来自天地间的和声。

我们不妨来看看这份完整的答辩解说词——

## 2011 年度国家科学技术进步奖答辩解说词

### 一、立项背景

玉米是我国种植面积最大的粮食作物，黄淮海是我国玉米主产区，种植面积占全国的 35%，产量占近 40%，在国家粮食安全中占有举足轻重的地位。

高温干旱、花期阴雨、病虫害等因素严重制约着黄淮海玉米生产的发展，由于生产上利用的玉米品种遗传基础狭窄、丰产稳产性差、良种良法配套技术不到位，光热资源优势和品种增产潜力难以充分发挥，导致玉米单产长期增长缓慢。针对上述问题，在国家“863”计划等重大项目的资助下，通过 4 个单位 120 多名科技人员，历时 20 年的协同攻关，采用“种质创新→品种选育→良种良法配套→推广应用”的技术路线，取得了重大技术突破和创新。

### 二、主要技术内容与创新点

（一）育成两个优良自交系，实现了异源种质优良基因的聚合，拓展了我国玉米种质基础

引进北美种质并经鉴定，筛选出具有果穗大、抗南方锈病的优良种质 6JK108，与引进的具有耐阴、耐高温的泰国热带种质 8085 泰杂交，再用于改良国内骨干自交系 478，经 6 代自交和定向选择，育成了优良自交系浚 9058，该自交系在保留 478 株型紧凑、配合力高等优良性状的基础上，克服了 478 感南方锈病、青枯病、穗粒腐病及不耐高温、不耐花期阴雨的缺点。

以国内骨干自交系昌 7－2 为基础材料，与具有早熟、穗位低、花期长、结实性好、耐旱性强等优良性状的自交系 5237 进行杂交，再用昌 7－2 回交，经 6 代自交和定向选择，育成了优良父本自交系浚 92－8，该自交系在保留原昌 7－2 配合力高、株型紧凑等优良性状的基础上，克服了昌 7－2 穗位偏高、抗倒耐旱性差、叶斑病重的缺点。

经分子检测，浚9058和浚92－8分别属于改良Reid群和唐四平头类群。

（二）以浚9058为母本、浚92－8为父本育成了突破性玉米单交种浚单20

经多年多点鉴定和国家试验，表现突出，2003年以来，先后通过国家、河南、河北、内蒙古和天津审（认）定。该品种具有如下突出特征：

生物学性状优良：株型紧凑，耐密性强，光合效率高。

氮素利用效率高，对磷、钾不敏感。

结实性好、出籽率高。

丰产性突出：全国134点次试验，平均亩产632.43kg，比农大108等对照种平均增产12.83%，均居第一位！

品质优良：籽粒品质达到国家普通玉米和饲用玉米一级标准。

抗病虫能力强：对国家鉴定的7种主要病虫害均具有较强的抗性。

抗逆性强，适应性广：耐高温干旱，耐花期阴雨，耐低磷低钾，广泛种植于河南、河北、内蒙古等10多个省市区。

（三）良种良法配套，创造了世界夏玉米同面积高产纪录

根据浚单20生物学特征，建立了以调氮、减磷为核心的栽培技术规程，并作为河南地方标准实施。运用该技术规程，多次创造了15亩连片平均单产超吨粮、百亩连片平均单产超900公斤、万亩连片平均单产超850公斤夏玉米大面积高产纪录，是当年全国玉米平均单产的2.3倍！

根据浚单20亲本特性，制定了种子生产技术规程，并作为河南地方标准实施，为高产优质种子生产提供了技术保障。

主要创新点：

1. 通过温热种质、国内外种质优良基因的聚合，育成了两个具有突破性优良自交系，显著提高了我国玉米骨干自交系的抗病性和抗逆性，实现了种质资源的重大创新。

2. 通过高产、优质与抗逆等优良性状的有效聚合，育成了突破性单交种浚单20。

3. 通过良种良法配套，创造世界夏玉米同面积高产纪录，引领了我国夏玉米高产高效栽培的方向。

## 三、国内外同类技术对比

（一）种质资源创新方面

母本自交系浚9058的抗病性、耐高温、耐花期阴雨能力明显优于骨干自交系478；父本自交系浚92－8的抗倒性、耐旱性和抗叶斑病能力明显优于昌7－2。

（二）品种选育方面

浚单20比农大108等对照品种平均增产12.83%；比同组全球玉米种业巨头美国先锋公司参试的品种增产8.82%，显著延缓了国外种业占领我国玉米市场的步伐。浚单20抗病性、耐高温干旱能力和籽粒品质均优于郑单958，耐花期阴雨能力和制种产量与郑单958相当，2004年以来，连续被农业部推荐为全国玉米主导品种，已成为黄淮海第一大玉米品种。

（三）良种良法配套方面

实现了浚单20高产栽培和种子生产标准化，充分挖掘了品种增产潜力，创造世界夏玉米同面积高产纪录，引领了我国夏玉米高产高效栽培方向。

## 四、知识产权情况

本项目获植物新品种权2项。

制定了河南省地方标准2个。

发表研究论文26篇。

## 五、第三方评价

（一）同行专家评价

戴景瑞院士、方智远院士等专家鉴定意见：

种质创新和品种选育有重大突破，实现了良种良法配套，为我国玉米生产做出了重大贡献，成果整体达国际先进水平。

荣廷昭院士评价：浚单20为河南省乃至全国粮食增产、高产做出了巨大贡献。

（二）社会评价

科技部、农业部相继在浚县召开浚单20高产示范现场会，均给予高度评价。

2011年1月22日，温家宝总理视察鹤壁农科院，对浚单20给予高度评价，并亲笔手书“永优”，勉励浚单玉米品种永远保持品质优良，在与国外种业竞争中永远保持优势。

**六、推广应用和经济社会效益**

近3年累计推广1.10亿亩，年均增长1000多万亩，2010年达到4863.90万亩，成为黄淮海种植面积最大、全国种植面积增长最快的玉米品种。

近3年新增经济效益88.25亿元。浚单20的推广应用，累计增收玉米142亿斤，为保障国家粮食安全做出了重要贡献。

**七、对行业科技进步推动作用**

育成的浚9058和浚92－8，成功组配出浚单20、浚单22、浚单98－3、金凯3号等新品种，已成为选育新一代自交jmn系的重要基础材料；浚单20的育成推动了玉米抗逆育种的科技进步；良种良法配套技术的应用，极大地促进了我国玉米生产技术的发展，显著提升了我国现代玉米产业的核心竞争力。

**八、候选人对项目的贡献**

第一完成人程相文研究员，国家有突出贡献专家，全国劳动模范，从事玉米育种工作48年，在海南岛玉米田度过45个春节。先后选育出浚单5号、豫玉11号、浚单18、浚单20和浚单29等12个玉米品种通过国家和省级审定。国审浚单18，2005年获河南省科技进步一等奖；国审浚单20，2010年获河南省科技进步一等奖。全面主持本项目研究工作。对3个创新点均做出了重大贡献。

第二完成人李潮海教授，农业部玉米技术创新中心主任，国家玉米产业体系岗位科学家。对创新点2、3做出了重要贡献。

第三完成人张守林研究员，国务院特殊津贴专家，对3个创新点均做出了重要贡献。

其他候选人分别在种质创新、品种选育、技术研发与推广等方面，对本项目创新点均做出了一定的贡献。

程相文顺利完成了答辩，一切都像设计好的电脑程序一样完美无缺，14分45秒，答辩结束，程相文有一种劳作后的轻松。

接下来的专家提问，李潮海稳坐台前，眼神坚定，成竹在胸。专家的问题无论涉及育种，还是追问推广，有了程相文前边的演讲，李潮海越加自信。

“我们有些单项不是全国第一，但实际效果很多专家认可，我个人也认为，浚单20是良种良法结合最好的品种，不但高产，而且稳产。另外，我们采取的育种和栽培的结合，也会对后来育种事业的发展有所启发，真正实现了综合效益最优。”李潮海的话不多，字字切中要害问题，征服了各位专家的心，他们毫不吝啬地鼓起了掌。

望着李潮海，程相文庆幸有这样的合作者。有人说他们是棋逢对手，程相文却把这理解为优势互补，一个育种，一个栽培，经过通力合作，岁月打磨，创造出了1+1>2的成果。

程相文记不清李潮海往农科院跑了多少次，为农科院立项目、拉人才、筹资金；李潮海也记不清程相文为了一个技术问题，跟他讨论了多少次。

两人并肩走在回住地的路上，李潮海问：“老程，你看这次咱能拿个几等奖?”

“李老师，拿个二等奖我都心满意足了。你咋想的?”

“我看呐，有希望拿最高奖。”

笑声中，程相文又一次想起父母妻子，摘取那颗最耀眼的明珠也许会化解内心最深处那块伤痛。

## 获奖

2012年2月14日，春节后的豫北大地，还沉睡在冬天里。晚上，天空飘起了纷纷扬扬的雪花。

夜幕笼罩下的鹤壁市农科院，没有像往常一样进入安静。已经下班一个多小时了，员工们却都没有回家，他们如过节一样，兴奋地聚在会议室盯着电视机，等待着中央电视台《新闻联播》的播出。

熟悉的旋律响起，大家不约而同地瞪大眼睛，在报道国家科学技术奖励大会的画面上寻觅着，期待那个他们熟悉的身影出现！

“看到了，看到了，在那儿！”不知谁眼尖，从密密麻麻的人头中辨认出他们亲爱的院长，兴奋地指着电视机高呼……

所有人不管看没看到，都聚焦到荧幕前欢呼雀跃，电视机的声音瞬间被热烈的尖叫声淹没。

办公室主任王希保从口袋中掏出手机，他要把这片欢声传送出去：“老程，我们都在看中央电视台《新闻联播》呢。看到你啦，看到你啦！”

这一天，程相文带领的团队完成的《玉米单交种浚单20选育及配套技术研究与应用》项目，获得了国家科技进步一等奖。共和国的最高决策者们，肯定着科学家们对这个国家的最大贡献：胡锦涛、温家宝等亲切会见，温家宝亲自为程相文颁了奖。

距离还有几步远，温家宝一眼就认出了程相文，主动走上来握住他的手，把获奖证书递到程相文手中，轻声说：“您应该得这个奖。”

几秒钟，却让程相文心中充满温暖。他低头看了一眼手里的证书，抬头望着总理。

这是他第三次见到温总理了。但仍然没想到总理亲自为他颁奖。他觉得今天温总理的笑容格外灿烂、慈祥。

程相文眼睛有点湿润了。

这次程相文所获的奖项，是鹤壁市建市以来科研领域获得的最高奖项，也是中国县级科研单位首获国家科技进步一等奖。

丁巍、魏小东、蔡永礼、李连庆、张俊成、钱伟、刘文彪这些在田野里熟悉的，一直支持他的鹤壁“父母官”们都在高速路口迎接。

丁巍拉着程相文的手，关切询问程相文在北京参会和生活情况。

“这个证书可是您几十年工作成就的见证啊。”丁巍说。这时，他想起了温总理对程相文的评价：一个老科技工作者的精神让我深受感动。中国实现现代化需要一大批像程相文这样的科技工作者，需要有为科技事业鞠躬尽瘁的精神。程相文献身玉米育种事业的事迹应该表彰。丁巍接着说：“全市科技工作者要向您学习，学习您工作的责任感、工作的品格、工作精神。您放心，市委、市政府要在原有基础上进一步创造条件、营造氛围、搞好服务，加快推进国家现代玉米种子产业技术研发基地项目建设，做大做强永优种业品牌。”

“一个基层农业科研人员，国家给我这么高的荣誉，这是我从来没有想过的。我这把年纪今生只有一个想法了，把育种的事情做好，让农民增收。”

半个世纪以来，程相文玉米育种团队前进的脚步一直保持全国先进行列，选育出浚单5号、豫玉10号、国审豫玉11号、豫玉16号、国审浚单18、国审浚单20、浚单98－3、浚单22、浚单26、浚单28、国审浚单29、浚单0898等，已经从4个国家审定品种和8个省级审定品种的鉴定书上，插翅飞向中华辽阔的土地。其中浚单18、浚单20被农业部列为国家重点示范推广玉米新品种和全国玉米优势产区主推品种，浚单系列玉米品种累计推广3.2亿多亩，增加社会经济效益270多亿元。

从2011年1月到2012年10月不到两年内，程相文6次受到党和国家领导人习近平、温家宝的接见，一个育种专家的贡献，从未如此直接地得到领袖人物的充分肯定和高度评价。

全国劳模、全国优秀党员专家、全国粮食生产突出贡献农业科技人员、全国优秀科技工作者、中央电视台年度“三农人物”（2011 年）、河南省科学技术杰出贡献奖获得者……各种荣誉奖项照亮了一个偏远的曾经是县级科研所的办公室。

# 第二章　走出去依然种田

中国地大物博，960 万平方公里的国土，仅次于俄罗斯、加拿大，位居世界第三。在世界上两百多个国家中，堪称泱泱大国。然而，中国有 12 亿多人口，人均可耕地不足 1.3 亩，仅为世界人均水平 5.5 亩的四分之一，人均林地只是世界平均水平的七分之一，人均草场面积仅为世界人均水平的三分之一。从这个角度上看，中国又是“小国”。

连外国人也在叫喊：“21 世纪谁来养活中国?”

——《再造中国》邓英淘、崔鹤鸣、王小强、杨双著

## 毕业

1963年9月，程相文以优异的成绩从中牟农业专科学校毕业。

此时的程相文已经27岁——这个年龄对一个大学毕业生来说，显然大了些。不过，程相文还是为自己感到庆幸。倘若15年前不是父亲改变主意，他便会成为一个大字不识的文盲了。

解放前，程家几辈儿人靠勤劳和省吃俭用挣下了70余亩土地，到了程相文父亲程远修这一辈，更是积德行善，有过很多令贫苦乡亲难忘的义举、善举。每当灾害来临或年景不好时，程远修就会开仓放赈，村里村外设立粥棚，倾力帮助穷人多次渡过劫难——在那些饥饿肆虐的日子，一碗米粥就是一条性命。正是程远修的乐善好施，使他在解放后不但没有遭受皮肉之苦，也没有蒙受戴高帽、游街、批斗之类的羞辱，甚至还保留了他家的三间瓦房。

1948年，随着解放战争的推进，国民党特务越来越恐惧，可谓草木皆兵。郑州城陷入黎明前的黑暗，而市郊的农民依然按农时劳作。古荥镇程庄村的程家，顺利收完了麦子。战乱之年，程家喜获丰收，能装100公斤的大帆布袋，整整装了65袋。

“相文兄弟算算，恁家今年收了多少麦子?”一个叫程大壮、和程相文同辈的男子戏谑地问道。

“早算好了，不多不少，一万三千斤。”12岁的程相文大声回答。

“嘀，一天学没上过，你小子账头儿还通清亮呢。”程大壮说道。

本家大哥的话“嘣”地一下触动了程相文的心弦。他愣怔了好一会儿，思忖着，目光投向沉浸在丰收喜悦中的父亲。

程相文咬了咬牙，跑过去扯着父亲的衣襟，仰起头对父亲说道：“爹，我想上学。”

程远修微笑着摸了摸小相文的头，对儿子的要求未置可否，只顾和身边一位须眉皆白的老者聊着。

老者是程氏家族的族长程长庚，一向很有威望，说话自然有分量了。

老族长将双手叠握在拐杖的龙头上，侧身看看小相文，对程远修说道：“远修，你没听见孩儿的话？”

“长庚爷，他这话，我听过一百次了。”程远修恭敬地说道。

“相文今年也十好几了吧？”

“十二了，长庚爷。”

“恁家缺粮？”

“不缺，长庚爷。”

“缺钱？”

“不缺，长庚爷。”

“相文他缺心眼儿？”

“不缺，长庚爷。”

“那咋不叫孩儿上学？”

“我想，家里有他哥相贤一个人上学就中了。”

“不中。听我的，远修，让相文上学。我看了，这孩儿不一样，长大保准有大出息。”长庚爷很笃定地说。

程远修沉吟着，没有马上回答老人。他低头看儿子，小相文的双手仍紧紧攥着他的衣襟。

程远修扯开儿子的手，把小相文拉到面前，迎视儿子眼中热切、渴望的亮泽。

“我听你的，长庚爷。”

“那就对了。相文，好好上学……”

程相文没有听到长庚爷后面嘱咐的话。他在心里默念着，能上学了，能上学了！六年了，从哥哥相贤上学那一天起就没有停止过的梦想顷刻成真，一时间，他兴奋得说不出话来。他迟疑着偎到父亲跟前，伸出双手，环抱着父亲的腰，把脸贴紧在父亲胸前，两行热泪滚滚而落……

同学们热切的讨论把程相文从回忆中拉了回来。

1963 年初，因公殉职的雷锋先进事迹被公开报道，《中国青年》杂志刊发了毛泽东主席“向雷锋同志学习”的题词，一个普通青年点燃起大众的理想激情，那些即将走上社会的大学毕业生，更是豪情万丈，对未来心怀憧憬。

因为家庭出身问题，程相文在学校备受歧视，一直少言寡语。当别的同学在畅谈未来的时候，他却默默地躲在角落一言不发。对自己的将来，他心里早就有了明晰的方向——去基层。

那时候的大学毕业生像金子一样珍贵，留在城市，找一份舒适的工作是件很容易的事。作为来自郑州郊区的毕业生，他面临更多的选择，既可以留在省会郑州，临近家乡，方便照顾家人，也可以去洛阳、开封、安阳等省内的大城市，享受“汽车通、电灯明、马路平、电话铃”的物质文明，过上比较优裕的生活，成为一个地道的城市人。但最终，程相文在毕业分配表上填了“到基层去”。

一个偶然的机会，让他与远离家乡的河南浚县结下了不解之缘。

1963 年 9 月的河南，到处是水。刚刚横扫过华北平原的淮河、海河流域大部分地区的水灾，把沟沟壑壑都灌满了。京广铁路两侧汪洋一片。

程相文与好同学路福海坐上了郑州至安阳的客车。路福海要去安阳市一个科研单位报到，程相文前去相送。

一路上，路福海情绪很高，畅谈理想，畅谈未来。说到程相文工作去向的时候，路福海真诚地劝他，一定要选择一个像样点儿的城市，找一个大点儿的科研机构，千万不要心血来潮，去支援农业第一线，到基层农村单位。

“我实话告诉你，你只要到了农村，那不是去锻炼，而是去自杀！你的青春会在痛苦和压抑中毫无察觉地溜走。”路福海动情地说。

程相文淡淡地笑着，没有说话。

“还有一点，你永远不要忘记你的出身。你家是富农，可是你过了几天好日子？如果选择到农村工作，你将一辈子成为贫农！不信你走着看！”

听着要好同学的话，程相文内心充满了纠结。未来变成一个问号，横在他的脑海里。

客车以四五十迈的速度行驶在柏油公路上，一列脏兮兮的列车在与公路平行的京广铁路上向北行驶，渐渐远去，消失在茫茫的秋野之中。窗外，秋庄稼正在收获，目光穿过田野，可以看到若隐若现的村庄，土坯砌起的房屋一片灰暗，程相文的心沉重起来。就在不久前，他利用假期到这一带走访，知道土坯房内的灶台里，一日三餐的主食，是把剥去玉米粒的棒子芯磨碎，掺和一点其他杂粮做成的窝窝头。一顿金黄的纯玉米面粥是不可多得的美食。

客车进入浚县界内。一大片玉米田突然映入程相文的眼帘，原本沉重的心情更加紧缩了起来。

玉米田里一派凄凉，玉米棵子却稀稀拉拉，东倒西歪，枯细的玉米秆泛着黑黄，几乎看不到棒穗。

程相文为之震惊：庄稼长成这样，农民明年春上靠啥活呀。

坐在前排的一位老农看着窗外的玉米田，叹口气自言自语道：“这样的玉蜀黍，连种子也收不回来啊。”

程相文赶忙探起身问道：“大爷，你看这玉米一亩地能打多少？”

“看这成色，一亩地撑死也过不了一百斤。”

玉米是高产作物呀，我家过去种麦子一亩地还收差不多200斤呢，这地方怎么会这样呢？程相文的心再次被刺痛。

接下来的时间，程相文几乎是在和老农的交谈中度过的。路福海见状，再也说不出规劝之言，应和着发出感叹。

到了安阳，帮路福海安顿好，程相文就心急火燎地搭车去了浚县——他要去车上看到的那块地方了解情况。

路福海无奈地说：“到了安阳，你不去看看殷墟、袁林多遗憾啊，以后不知道啥时候再来呢。”

程相文握住老同学的手，说：“真的没心思玩。不去浚县看看，我不甘心。”

熟悉老同学秉性的路福海知道，程相文的心已经留在途中一瞥的玉米地里了。

在路边下了车，程相文踩着泥泞的小路，穿梭在大片的玉米地里仔细察看。他走访了几个村的群众，最后得出一个确切的结论：玉米产量一直上不去的根本原因，就是种子太差。

作为浚县当家作物的玉米，品种如此之差，产量如此之低，学农学专业的程相文震惊了。目睹无精打采的玉米，注视老乡无奈而充满期待的眼神，程相文的眼泪洒在田间。

此时他已经明白，自从看到那片凄凉的玉米田开始，一个念头就在他心里冲撞——去最需要自己的地方，发挥自己的专业知识，让农民多打点粮食，能吃饱肚子。

回郑州的路上，程相文已经想清楚，下了决心。三年苦难时期过去了，大伤了元气的农业刚刚有了喘息的机会，农民们摆脱贫困、摆脱饥饿的愿望更加强烈。农村迫切需要农业科技人才，迫切需要好的种子。

半个月后，程相文带着行囊来到了浚县农业局原种场安营扎寨，正式成为一名农业技术员。

我要用我的努力让农民吃饱饭！这是程相文在日记里写下的一句话。

这句话，决定了他的一生将和玉米融为一体。

这句话让他下定决心，在这片金色的土地上播种希望，开创黄金般的玉米育种事业。

## 求良种

浚县古称“黎阳”，自古就有“黎阳收，顾九州”之说。这里土地肥沃，且深得淇水灌溉之利，是远近闻名的富庶之地。新中国建立后，虽然生产力发展相对较快，但全县玉米平均亩产只有50公斤上下。

基层条件差，生活艰苦，程相文是有思想准备的。到了浚县他发现，条件比他想象的更差。起初，他住在一间仓库改成的大宿舍——土坯墙、茅草顶，足有平常房屋三间大小。正对着门，一拉溜排开十几个床铺，是那些在原种场干农活的老汉们的铺位。领导把他安排在进门右侧，单独为他铺了一张板床，让他与老农们隔开一段距离。这也算是对知识分子的最大照顾了。

但没过多久，有人便向领导告状，说程相文晚上点灯熬油整晚不睡，影响他们休息。

多亏程相文遇见的是明白领导，在另一间仓库的边上给他隔开了半间独立的小屋，让这个不一样的“农民”晚上可以读书、默想。为此，程相文对原种场的领导充满感激。

程相文到原种场的第一步，就是走村串户调研，摸清全县玉米的生产情况。

一次，程相文来到浚县矩桥镇邢庄村，一位老农询问程相文：“程技术员呀，你是专门侍候庄稼地的，能不能想个啥法子，一亩地多打几十斤？”当地一位干部与程相文算了一笔账：浚县每年有30万亩的玉米地，要是能育出高产的好种子，每亩能增产10公斤，那就是300万公斤粮食，这要为老百姓立多大功啊。父老乡亲的话，像一股巨大的冲击波，震撼着程相文的心。

调研的结果，与他第一次来浚县时摸到的情况一样，农民用的种子老化、低产，不抗旱涝。程相文开始吃不香、睡不好了。土地是农民的命根子，只有培育出良种，并让农民们掌握科学的种植技术，粮食高产才能实现，老百姓才能吃饱肚子。为了实现这个目标，他开始了漫长的育种试验。

育种要先找种。种子越纯，越有生命力；种子地域差别越大，杂交种优势就越强。为了寻找优秀的玉米育种材料，程相文开始长途奔波，四处寻访、求教。

这是一个广袤的搜寻，全国每个省都有玉米种植，程相文要亲自看到生长中的地块，找到最优秀的育种材料。从 1963 年秋到 1964 年初，他马不停蹄走过全国 10 多个省区的 20 多家科研单位。每到一处，他都虚心请教；每有一点进展，他都细心记录，如获至宝。

1963 年秋，程相文踏上了去吉林省农科院的路。

“呜呜呜……”一列火车嘶吼着，奋力行驶在黑土地上，浓浓的白烟翻滚着掠过车窗。远处湛蓝的天连接着葱葱郁郁的山莽。程相文注视着车窗外，心里滋生出一种无名的压力。

列车驶入东北，程相文此时深切体会到了寒冷。火车上，人多得几乎没有下脚的地方。程相文蜷着身子半倚在车厢门后的地上，车内没有暖气，浑身禁不住哆嗦起来。他甚至想起电影《冰山上的来客》里面一班长被冻死的情景，心有戚戚。

吉林省农科院设在公主岭市，程相文这次出差的目的，就是到那里购买目前国内产量最高的玉米良种。

列车疲倦地驶进月台。程相文站起来，伸伸腰板，看到窗外人群口中的哈气形成一片白雾。被身后的人推搡不停，他踉跄着走出车厢。

整整一天一夜，程相文就这么一路站着完成了 1600 公里的路程。当他终于到达此行的终点——公主岭的时候，怎么也没想到“东北”竟然是这么冷的一个名词。

此时的家乡，还未到中秋时节，而公主岭似乎已迫不及待地进入了严冬。寒风卷起的路边枯叶，打着旋儿在地上翻滚，呼啦啦地弄出些焦急的声响；旋即撞到墙脚，就地凌乱成一片，懒懒地躺在地上，任凭风儿吹卷。

出了站台，他把外套紧着往身上裹了裹。出发时原本平整的衣服，已经布满皱褶，满身灰尘……

人们像赶火车那样争先恐后地往出站口奔涌。程相文被人流裹挟着，东倒西歪地蹚到了检票的岗亭。他在车站大门外站定，不自觉地把双手捧在嘴边，不停地哈气。

看着眼前的喧闹、熙攘，程相文脑海里一片茫然。他漫无目的地逡巡着。路边的报亭让他眼前一亮，便大步走了过去。

“同志，来份地图。”程相文从怀中掏出一个手绢，铺在手中。

“两毛一份。”

卖报人高高地坐在里面翻阅报纸，没抬头，只把手腕搭在窗口，上下颠动着，两眼只顾在报纸上流连。

一听价钱，程相文重新把钱叠进手绢，揣进内衣的口袋里。冷风也随之溜进怀中，让他打了个激灵。

“两毛钱买份地图，还不如买两大碗热面条吃呢。”程相文悄没声儿地走开了。

想到热面条，饥肠辘辘的程相文突然发现自己对“饥寒交迫”这个成语有了更加深刻的理解。

不远处路边的房顶冒起撩人的炊烟，雾腾腾的水汽很艺术地在窗户玻璃上雕刻出灵动的霜花。一阵饭香迎着程相文款款而来，撩拨了他的嗅觉之后，骄横地钻进程相文的身体，顽强地搅动他充满欲望的肠胃。

“一幅小小的地图都两毛，里面的饭菜指不定啥价儿呢。”

程相文在饭馆前徘徊、犹豫。这一年，全国各大中小城市开展以增产节约为中心的反对贪污盗窃、反对投机倒把、反对铺张浪费、反对分散主义、反对官僚主义的“五反”运动。简陋的饭店里，就餐的人虽然不多，带出的饭香依然诱人。程相文在门口站定，整了整衣服，才走了进去。

暖意立刻包围了程相文，左右环顾后，找了最偏僻的角落坐了下来。

一位胖胖的大脸盘姑娘依然很快出现在他面前。

“同志您好，请问您想吃点什么?”胖姑娘说着，把一支白纸绕裹的圆珠笔笔芯和一块纸板搁在胸前，眼中充满了夸张的关切。

程相文注意到胖姑娘手中那块硬纸板上有大块的油渍，夹着纸板的铁夹也是锈迹斑斑。看到这些，他不觉增加了自信。

“看看菜单再说。先来碗热水。”程相文尽量平静地说道，从桌边的柳条筐里取过筷子，认真擦着。

“好的。您稍等。大碗热水来喽!”

胖姑娘冲里面高喊一声，递给程相文一张油印的菜单，飘然而去。

“中……啊。”程相文迅速从怀里摸出一块硬邦邦的杂面馍，飞快掰成一个个小块，捺进碗里，两只手环抱住大碗，用指尖夹住菜单，挡在大碗前面。

他四下里看看饭馆里的人，没人理会他。

时不我待。此刻，程相文像地下工作者危急时刻销毁重要机密文件那样，把脸埋在碗口，紧赶着用筷子往嘴里划拉，连水带馍地把一大碗稀稠全都撮进了肚里。整个过程，只用了不到两分钟。

他扭身低头，用半张信纸捂住口鼻，不露痕迹地擦干净嘴唇，满足地直起腰板来。

胖姑娘手拿“文件夹”走近程相文身边，用圆珠笔芯敲着硬纸板。

她显然看到了碗中的馍渣，便用了嘲弄的口吻问道：“您想好点什么菜了吗?”

“我……已经吃饱了。”

走出饭馆好远，程相文还难以忘记胖姑娘那诧异、讥讽的眼神，得意之余，他的心底泛起一丝歉意。

程相文兴冲冲地推开吉林省农科院办公室的门。接待他的是办公室主任老李。程相文接过老李送上的热茶，说明了自己的来意。

“小程同志，很抱歉，这事儿得院长批准。”

“我知道，现在国内的玉米良种很少，都很金贵。我们愿意出高价购买。”

“这不是价钱的问题。我真的做不了主。”

“那，咱能不能去和院长商量商量？”

“很不巧，院长去省里开会了，一时半会儿回不来。”

“不要紧，我等。”

程相文向老李叙说着，他跑遍全国就是要寻获国内最好的玉米种。

老李当然知道，种子的地域差别越大，杂交优势就越强。他更知道，这样的寻找需要付出多少艰辛，需要多强的意志和决心去支撑。

老李开始用极为欣赏的眼神看着这位年轻人充满热望的双眸。

屋里很暖和，又接连喝了两杯热茶，程相文的额头沁出了细细的汗珠，便随手解开衣领。

“小程同志，你是第一次来公主岭吧？”

“是的，李主任。”

“这毛衣挺好看，是你爱人织的吧？”

“是的，李主任。”

“小程同志，你结婚几年了？”

“1959年结的婚，四年了。”

两个人喝着茶，漫无边际地聊着。聊着生活的艰辛，聊着家庭的琐碎。不知不觉间，两人互相的称呼发生了微妙的变化——老李叫程相文“大侄子”，程相文也由“李主任”改称“老李叔”。

“大侄子，闲着也是闲着。我给你讲个故事吧，是关于公主岭的传说。”

“中啊，老李叔。”

老李清清嗓子，不紧不慢地开始了。

“清乾隆年间，有位蒙古族达尔罕王爷，他的女儿响铃公主跟奶娘的儿子张龙那是青梅竹马，两小无猜……后来张父、张母相继去世，被赶出王府的张龙苦练骑射，成为那达慕大会上的佼佼者。一次狩猎，响铃公主遇上了猛虎，命悬一线。张龙一支飞箭将老虎射死。英雄救美，又是旧相识，二人就相爱了……”

故事很长，老李讲得很生动，可程相文渐渐坐不住了，不时抬头看着墙上的挂钟。

时针指到了五点。程相文不得不打断老李绘声绘色的讲述。

“老李叔，恁这里几点下班？”

“五点半。呦，还真是。要不……”

“天快黑了，院长他……”

“说实话，大侄子，到这个时候还不回来，我估计今儿个危险。”

“要不我明天……老李叔，高院长明天会不会来？”

“这个，大侄子，我真不知道。”

带着失望，程相文离开了吉林省农科院。

季节不等人。误了播种季节，找到好种子也白搭。他决定放弃这里，直接到下一站——四平市农科所。如果再选不到好种子，下一步只能从东北跑到中国地图上的另外一角：大西北。

暮阳沉沉欲坠，眼看着一点一点往山谷里掉落。

四平市农科所内一座石头座基、混砖到顶的瓦房坐落在院北侧。屋前杉树高大笔直，齐刷刷地站成一排。

一只小柴狗懒洋洋地趴在地上独自晒暖儿，听到有人走近，便翻过身子，憋足劲儿，猛然叫了起来。

程相文吓了一跳，局促地站在原地不敢动弹，慌乱地挥手、踢腿，试图驱离这骇人的小东西。

四平市农科所的张所长闻声摘下老花镜，撩开门帘，喝走了小狗儿。

张所长看着眼前这位略显疲惫的小伙子，二十六七岁年纪，一米七八的个头，一张写满善意的脸。一件斜纹布中山装贴在身上，粗布做成的裤子上打着补丁。

“你是?”

“你好，我是河南浚县农业局的，这是我的介绍信。”他把介绍信双手递给张所长。

“我姓张，是这儿的负责人。”

程相文一把握住张所长的双手，又赶紧松开，尴尬地笑道：“我的手太凉了。”

张所长领着程相文走进实验室，讲解玉米新品种的各种性状。

“……根据你们河南的情况，只要保证水、肥，加强田间管理，让亩产提高一倍应该是问题不大。”

程相文忽地睁大了双眼，吃惊跃然脸上。他的脑子飞快地转圈，很快计算出结果。

浚县30万亩玉米地，现在亩产50多公斤。要是能培育出高产的好种子，每亩增产一倍，那就是多收1500万公斤呐！那时……

想到这里，程相文两眼闪闪地生着光亮。

涉水穿山，跨省出关，受冻挨饿……张所长的话一扫程相文多日的疲惫，令他兴奋不已。

无论张所长怎么劝说，程相文也不多做停留，带着深深的谢意，告别了四平市农科所。他把种子倒进一个棉布袋里，扎紧袋口，小心翼翼地放进怀里。

离开农科所已是晚上。出门就是公主大街。整条街道被两旁的楼宇包围，形成了一个巨大的天然风道，刺骨的寒风让程相文的牙齿禁不住地发出“嘚嘚”的声响。他不知道，西伯利亚一股极为强大的寒流正在偷袭东北大地。

大街上黑黢黢、空荡荡的，几乎遇不到一个行人。程相文看着临街房屋窗户里的灯光，感觉分外孤独。不用说，人们已经早早下班，一家老小正围着熊熊的火炉，热汤热水地吃饭呢。

空气几乎被凝冻为固体，噎得程相文不敢张嘴。稍吸一口气儿，就像囫囵吞下大块冰糕，从喉头一溜儿凉到小肚，几乎要把肠子冻缩在一起。两边的脸颊也如刀割似的生疼。他一手捂着脸，一手搁到腋下，来回替换着。他把头低下，拱着身躯，顶着强风，哆哆嗦嗦地往前挪动脚步。嘴里呼出的气快速凝成冰碴儿，粘连着脸和手，以至于换手的时候撕裂了脸皮。

“再走两步吧，再走两步就到火车站了。”

他劝慰自己。可是，刚迈出一步，他便觉得口舌发干，浑身发抖，恨不得使劲儿把衣服勒进身体里。

程相文的呼吸越来越急促，眼神越来越飘忽，脚步越来越绵软；手上的冰碴儿也被滚烫的脸颊融化，蜇着破皮处，却感不到疼痛。

他晃动脑袋，竭力保持清醒。可没晃两下，便头晕耳鸣，身子不由自主地向前栽去。随即，他的双膝一软，“扑通”一声跪倒在柏油路上。

他的头颅似有千斤重，睫毛也似有秤砣压着，怎么也抬不起、睁不开。高天黑地缠搅在一起，绕脑门儿大幅度旋转着。程相文如同一段朽木，重重地躺倒，昏了过去。

过了好久，一辆吉普车打着灯驶来。路面的“枯枝”挡住了去路，司机下车，才发现歪躺在地上的程相文。他伸手摸摸额头，滚烫滚烫。

“同志，醒醒！同志，同志！”

拍了十多下，不见人醒，司机匆匆把程相文抱进车厢。

这位年轻的司机冲进驾驶室，门还没有关严便发动了汽车。挂挡、松离合器，同时猛踩油门，以最快的速度把程相文送进了医院。

暖[illegible]渐烘热公主岭，冰凌碎碎地折射着阳光，构架起一弯彩虹挂在半空[illegible]台上的花儿侧身颔首，讨人欢喜。

程相文终于苏醒。他挣扎着坐直身子，抬起松软的胳膊往怀里乱抓，摸到棉布袋，往床上一倒，玉米粒子便欢腾地蹦了出来。

“1，2，3……406。”他数了两遍，一粒不少，这才和缓了脸，把提着的心落回到肚里。

见他醒来，临床的两位大爷唏嘘起来。这时，程相文才发现自己躺在医院。

“他大兄弟，你可醒了。”

“昨天晚上你被送来那会儿高烧四十度呢。”

“这么冷的天，你穿得太单薄了。”

“是呀，昨天夜里可是零下三十度啊。”

两位大爷你一句我一句地感慨着。

“大爷，是谁把我送来的？”

这是程相文现在最迫切想得到答案的问题。什么“高烧四十度”“零下三十度”，这些他全都没有听进耳朵内。

“好像是一位司机，年纪轻轻的。”

“他没留姓名、住址吗？”

“恐怕没有。刚才医生、护士还向我俩打听呢。”

程相文感到一阵头晕。深深的遗憾、浓浓的感激包围了他的整个身心，泪水渐渐涌出了眼眶。

我该怎样报答这位救命恩人啊……

# 第三章　把生命寄托天涯

上天眷顾中国，有了海南三亚这个全国唯一处在热带的域所。如果在北方育种，一年只可一季；而在海南，则可一年两季，极大地缩短了育种的时间。因此，便有了人们络绎趋赴海南进行加代繁育的创举，遂使海南成为中国育种家的天堂。

——经济学家冯宛平访谈摘录

## 下海南

1964 年，是相当特殊的一个龙年——

中国城乡到处是“工业学大庆” [illegible]清经济、清思想、清组织的“四清”运动轰轰烈烈在全国推行；第一颗原子弹爆炸成功；大型音乐舞蹈史诗《东方红》惊艳问世……

这一切，似乎与地处偏僻的浚县原种场没有太大的联系，程相文按部就班地进行着他的玉米育种。

这一年秋，程相文也有了一个“惊天动地”的壮举：去海南岛育种。

玉米是单交种，只有一代的杂交优势最强，如果用二代的种子，亩产就减产 30% 左右。因此，必须一年一换种子。在中原，一年只能种一季玉米，当年收获的玉米种子在第二年育出来，农民到第三年才能种上。如果把当年在北方种植的玉米 11 月份拿到海南岛播种，来年 3 月份就能收获，4 月份就能赶上中原播种玉米，比在当地育种时间能提前一年。

程相文想到了南繁北育。他把自己的想法报告县农业局。适逢市里为浚县原种场下达繁育新品种的任务，农业局副局长的刘文全说了一句话：“只有程相文能行！”

程相文第一次踏上了海南育种之路。他没有想到此后的近 50 年里，会成了一只“候鸟”，冬天南飞，春天北飞，加代繁育，一年过两个夏天。

就要离开了，程相文来到原种场 100 多亩试验田里，抚摸着玉米叶，眼中充满温柔，像是在跟爱人告别。起风了，那沙沙的声响，似乎在回应程相文的深情。

程相文缓慢地蹲下来，抓起一把土闻了闻，一股微微的湿腥味儿入鼻。

他不舍地把手中的泥土培在玉米棵根部，随手捡了根树枝，在田里画着。他站起来时，原来蹲下的地方，泥土上留下两个大字："海南"。

海南岛位于中国的南端，地处热带北缘，属热带季风气候，长夏无冬，年平均气温22～27℃，最冷的一月份温度仍达17～24℃；光照充足，光合潜力高，入春早，升温快，日温差大，全年无霜冻，冬季温暖，稻可三熟，菜满四季，素有"天然大温室"的美称，是中国南繁育种的理想基地。

自打开始学习育种，程相文就知道，玉米育种专家吴绍骙发明了北种南育。在河南农业大学绿茵茵的青草地上，他曾经长时间用敬仰的目光，久久注视着吴老的铜像，那是怎样的热爱和智慧，促使这位终生与玉米为伴的老人，生发出把种子带进四季艳阳的海南的念头。所有的育种专家都知道，他们从事的科学几近打赌：每选育一个优良品种，都必须经历发芽长叶开花结果的自然规律，那是漫长的一年哪，而最优秀的种子，又要在多次生长过程中杂交繁育，一次一年，数年过去，大自然的不可掌控却未必让辛勤培育成为最优。其他学科的实验，可能在实验室一个小时或一天就能看到结果，育种专家却要在田野这个无边的实验室耗走四季，耗尽一生。是吴老想到了海南，想到北方收获一季、南方收获四季的天时地利，一年成了育种专家的两年、三年，等于延长了几倍的科学生命啊！

揣着县农业局的介绍信，带着50多斤玉米种子，程相文为赴海南做着准备：找来床单大的塑料布，以防雨水把种子浸坏；找来一根长绳子把袋子口扎起来，余下长长的一段，他准备睡觉时将绳头绑在腰间，防止丢失。

这年头儿，没多少人能吃饱肚子，50多斤玉米可不算少……这种事谁说得准呢？程相文想。

从鹤壁到郑州，一天只有一班长途汽车，必须早点去。误了点赶不上，就得等到第二天。而从原种场到107国道乘车的地方，还要坐十几里的短途车。

程相文早上五点便起了床，叠被、洗漱、打扫房间，吃过早饭，他背上玉米种和随身的包袱，悄悄出门，在黎明的朦胧中上路了。

一路顺利，下了鹤壁的汽车，程相文匆匆赶到郑州火车站。

走进已有 60 年历史的郑州火车站，程相文不禁想起闻名的“二七”京汉铁路大罢工，参与罢工的数万名工人，除了争取“提高工人政治地位”“争人权、争自由”的权益外，还有很实际的“提高工人生活水平”的要求——说到底，也与食物有关。

低矮、狭小的售票室内，排队的人不多，甚至有点冷清。物质匮乏，人们没有多余的钱外出旅游，不是万不得已，谁也舍不得坐火车、汽车。

程相文很快买到了火车票。他的下一站是汉口。

车到信阳时，程相文从口袋里掏出自带干粮——[illegible]不知不觉就抱着玉米袋子进入了梦乡。玉米袋子和裤子之间的那条绳子在下边露出老长。

后排斜对着程相文的位置，一个四五岁的小女孩，正百无聊赖地被母亲困在座位上。她看见红色的绳子，像是看见了什么稀罕的玩意儿。她慢慢蹭下座位，走到程相文的背后，瞪着两只忽灵灵的大眼珠儿，看了一会儿，伸手轻轻扯了一下绳子，没扯动。

小女孩又悄悄迂回到程相文身边，探着小脑袋瞄了他一眼。程相文睡得正香。女孩双手紧紧握住绳子，身子向后坠，做出拔萝卜的姿势。

“谁?”程相文猛地惊醒，大喝一声，下意识地摸摸怀里的玉米袋子。

小女孩被这一喝吓得不轻，手迅速地抽回，“咚”的一声跌坐在地板上，哭声也随之而起。

“妈，我想玩这个。”小女孩手指着红布绳对着后边的中年妇女哭着说。

“小伙子，对不起……”

“哦，没事。”程相文挠了挠头，还有点迷糊。

“他怀里抱着的是啥稀罕东西啊，这么金贵，还找根绳子拴着……”旁边有人窃窃私语。

程相文嘴唇动了动，却没有说什么。他站起来，伸手摸摸女孩的头，慢慢解开绳子。

小女孩不哭了，一双大眼睛紧盯着程相文，注视着他的一举一动。绳子被解了下来，程相文从衣兜里摸出一把小刀，捏起绳子，割下一截。

“来，叔叔给你扎个小辫儿。”

女孩先是一愣，随后眼角一扬，开心地笑了。

坐在程相文旁边的老太太也乐呵呵地插了一句：“没想到你一个小伙子还懂得扎辫子啊，咋这么细致呢。”

“我给俺妞梳过辫子咪。”女儿的脸庞在程相文的脑海里闪过。

小女孩的笑声回荡在车厢里。

我过去不曾想过这样的事情——一小段红色的绳子竟然能够给人带来如此大的快乐。实际上，人这一辈子能够舍弃或拿给别人的东西有很多很多，而自己并没有损失什么。那么，我们为什么不能多给别人一点快乐呢?

程相文把剩下的绳子重新系在腰上，心里漫无边际地想着，缓缓闭上了双眼。

火车时而在满眼绿色间游走，时而在群山耸峙中穿行，一路上要钻过很多隧道（那时候，在大白天就要领略夜的黑暗）。

窗外下起了大雨，雨滴打在车窗上，像是烈日下熟透的豆子，噼啪地崩裂开来。

又一站，广东湛江。程相文背着玉米袋子买票，排队的人流像两条长蛇，曲折蜿蜒十几米长，蛇头在售票亭前撞到一起，混成一团。程相文只能努力踮起脚，伸长脖子，头往后仰，以便看到队伍前面的状况。

车到广东湛江，又该换车了。出站口处，一个商贩和媳妇、孩子在自家的店内围着小桌儿吃饭。程相文咽了咽口水。他上次吃饭，是八个钟头前，在火车上啃了块黄面馍馍。干粮袋里的食物，他必须尽量节省着吃，还搞不清啥时候能够到达目的地呢。而怀中揣着的那些钱，要用来租赁土地和支付半年的用度。

唉，真是“在家千日好，出门一时难”啊。这样千里万里、舟车劳顿地奔波，还要挨饿，真不如……

看着人家一家团聚，虽没什么好酒好菜，却尽享家庭温暖、天伦之乐。想起自己家中的妻儿，心里真不是滋味。程相文把头转向一旁，心想，不管怎样，这路都不能往回走。

排队，买票，上车，换车……程相文记不清自己排了多少队，问过多少人。出河南，过湖北、湖南、广东，他意识到自己最大的困难是语言。程相文除了河南话，哪儿的话都听不太懂。到了海南不懂海南话，怎么与当地人沟通？这会不会成为自己到海南育种的一大障碍呢？还有，如果租不到地咋办？租到地没有水咋办？……一个个问号像一把把重锤，不断敲击着程相文的脑仁儿，让他惴惴不安。

前方一片碧蓝，海天一线，白色的海鸥点缀其间。海上吹来咸咸的风，风中有水珠儿飘零。登上去海口的轮船，程相文紧抱着玉米袋子，用袋子顶着前胸，斜靠着座椅，待在大统舱里一动不动。

没一会儿，他感觉头晕脑涨，胃里也有些不舒服。他试着站起来，却发现腿脚怎么也不听话。程相文的额头沁出了汗珠，脸色惨白如纸。他感觉自己头很沉，想要扭动脖子都不容易，双手无力地垂着，连握拳都握不住了。

再一会儿，程相文感觉胃里沸腾了，不断地泛起酸水，嘴里一股股苦味。“哗”的一声，他喷泉似的吐出一大堆秽物，连吐四次，几乎吐出了肠子。

程相文就地晕倒了……

“大哥，你醒了？”程相文眼皮动了动，看见一个小伙子在自己身边，模糊听见他的呼唤。程相文想坐直腰杆，按着座位，身子吃力向前倾，又一股酸水涌上来，秽物落在小伙子的鞋上。

“对，对不住，对……不住……”

“没事儿，一擦就好。”

程相文赶忙拿出手纸，递了过去。一抬手，他才发现肩上披着一件外套，瞅了瞅小伙子，小伙子正低头擦鞋。

看到程相文醒来，那小伙儿微笑着和他唠嗑儿。

“第一次坐船吧？”

“嗯。”

“给，吃吧，会好受点。”小伙子扶了扶眼镜，手伸进口袋里摸出一把花生米。

程相文犹豫着，接过花生米，一粒一粒塞进嘴里。

“多嚼嚼，喝点水。”一杯凉开水递了过来。

“好。谢谢你了。我真是没用。”

“这能怨你？我第一回坐船，吐得比你还厉害，下船住了一个礼拜医院。海轮就是这样，要坐江轮就会好点儿……”

程相文的肚子早都空了，一把花生米下肚，感觉胃里舒服多了。小伙子坐到他旁边，继续饶有兴致地聊着。

“从哪儿来的？”小伙子问道。

“河南浚县。你呢？”

“老乡啊，我也是河南人呐，河南内乡。”

“去海南弄啥？”

“搞玉米育种。”

“去海南育种？那个地方毒蛇蚊子一大堆，咋就你一个人？唐僧取经还带仨徒弟呢。”小伙子打趣道。

“海南冬季温度高，是玉米加代繁育的天然温室，我在老家原种场就是搞这个的，我不去谁去呀。”

说到玉米，程相文眼睛现出了光彩。他摸摸身边的玉米袋子，仿佛看见黄金般的种子在发芽，听见玉米秆拔节的声音。

“你到海南是……”程相文问。

“我在海口的一所小学教语文课。”

“嗨，老师呀。那你一定会说海南话。”

“来几年了，还凑合。”小伙子谦虚道。

“那，你教我几句海南话，中不中？”

“中啊！”小伙子痛快地应下。

有了这个热情的小伙子，程相文原本孤寂的旅途变得愉快了许多。经过一阵交谈，程相文知道小伙子叫刘嘉文，比自己小两岁。他从刘嘉文那里勉强学会“你好”“谢谢”之类简单的海南话。

程相文问：“嘉文兄弟，你以后打算干啥？”

“我？没啥大志向。我现在是个教书匠，将来还做教书匠，多教几个孩子，把我会的都教给他们。孩子们成才就中了。”刘嘉文想也不想地答道。

程相文没有吱声。起初他对这个素昧平生却真诚相助的老乡只是充满了感激，听了刘嘉文的这番话，他的心中又平添了由衷的敬佩。

见程相文不语，刘嘉文又问道：“相文哥，你觉得吃饱饭和学知识哪个重要？”

程相文一愣，若有所思地说：“人是铁饭是钢，先吃饱饭吧。不过学知识会让更多人吃饱饭。”

“说得好，相文哥。”刘嘉文拍拍程相文的肩膀说道。

慢悠悠的轮船终于到达海南岛，缓慢地停靠在海口的码头。那一刻，期待到岸的程相文却感觉，轮船太快，他还有很多心里话要对刘嘉文说。他想告诉刘嘉文，自己对人生的理解和对未来的企盼；还想告诉他，我程相文哪怕穷尽一生，哪怕苦死累死，也要培育出更好的玉米品种，让更多的农民兄弟天天、月月、年年……一辈子都吃上饱饭。然而，他什么也没来得及说。临别，两人紧紧握住对方的双手，不情愿地互道“再见”。

程相文默默地望着这位献身边疆教育事业的河南老乡的身影渐行渐远。他站在码头上久久没有离去，一直看到刘嘉文的身影变成一个黑点，一个很小的黑点，消失在海角天涯。

程相文在海口下了车，马上乘汽车去了三亚。

海南岛的居民包括汉、黎、苗、回、彝、侗、瑶等约 30 个民族，千百年来保持着古朴独特的民族风情，其中最具特色的便是黎族与苗族的生活习俗。黎族是海南的土著民族。早在远古时代，黎族同胞就在这块土地上刀耕火种，民族风情质朴、敦厚，很久以来就以独特的民族文化和绚丽的织锦工艺著称于世。岛内社会风貌也显得丰富多彩。

初到海口，首先进入视野的，是那满眼的绿、笔直的树。其次是衣服，与岛外其他大部分地方以黑、白、蓝、灰为主色调的服装相比，这里的民族服装显得格外亮丽。作为广东省海南行政公署所在地，与中原地带的城市相比，海口大街上的行人也少得多，自行车都不多见，更别说汽车了。

长途跋涉十几天，终于到目的地了。

走在大街上，程相文被即将开始创业的兴奋支撑着，甚至忽略了疲劳与炎热，脚步变得更加坚实，更加轻快——尽管他的肩上仍然是 50 多斤的重量。

三亚的大街与海口差不多，满眼的绿，行人不多。

走在大街上的程相文，突然感到异样的眼光在追随他。起初，他揣度着，一定是自己背着大口袋、满脑门儿汗水的样子看起来很奇怪。可是，当他仔细观察人们的眼神，才蓦然发现，那些目光集中在自己的下半身。

程相文顿觉窘迫，赶紧从肩头卸下口袋，背过身去，低头检查有没有不雅的状况。

裤腰扎得很牢固。再说，自己穿的是大裆裤，又没有口子什么的……程相文纳了闷儿。到底是哪儿不对，让这么多路人看着稀罕呢？他索性蹲在地上，抱着膀子，挑战似的迎视路人。

从身边路过的所有人，不管长幼，不论男女，还是嬉笑着看他的下身，眼中依然是高度的好奇。

咳！我咋这么傻！

注意到行人清凉的穿着，程相文恍然大悟，原来自己穿着厚厚的棉裤——三亚的气温此时是二十八九度。他只顾着赶路程，护种子，忘了换衣服，这才引起街头小规模的骚动。

那些生长在海南的人也许从没有见过棉裤。即使是外乡来客，也不相信这里会有人需要棉裤。而程相文从河南鹤壁出门时，正好是日渐秋凉的季节，妻子做的棉裤是让他过冬穿的。

程相文赶紧扛起口袋，一溜小跑，好不容易找到一处僻静的地方，从包里掏出单衣匆匆换上。

路上的行人不再对他产生额外的关注了。可他却又主动对自己的穿着提出了质疑——脚上的布鞋，脚尖处，不知啥时候顶出了两个圆圆的小洞，刚好让大踇脚指头露出来。而后面，还有30多里的路程。程相文苦笑，只希望到达目的地的时候不要将全部脚指头暴露在光天化日之下。

负重的程相文，无暇欣赏椰风海韵的诗情画意，只是匆匆地埋头赶路。

太阳越来越毒，烤得他头皮发烫。汗水从头顶流到额头，流到眼角、鼻子、嘴唇、下巴。衣服全部湿透。最恼人的是，大白天的，不知从哪里钻出来的蚊虫，一个个硕大无比，纷纷热吻这位河南大哥，在他裸露的皮肤上留下凸起的红色印记，借此向程相文宣示它们这些“土著居民”的领土主权。

好不容易看到一片树林，程相文赶紧找个树荫，放下玉米袋子。他实在受不了了，得歇歇腿脚，避避毒辣的阳光了。

又热、又累、又渴的程相文从包袱里掏出一只医院打吊针用的葡萄糖玻璃瓶，猛灌了两口白开水，颓然地坐在树下。捶捶双腿，摸摸跟着自己跑了几千公里的玉米袋子，程相文开始计划到了之后如何租地，如何播种。

地价估计不会太贵，如果能租上十五六亩地，那就太理想了，恰好能把这50多斤种子全部播完。还有农具，至少要有把锨、有把锄……还得找地方住下……也不知道这里是不是缺水，海水是不能灌溉的……

程相文要考虑的事情很多，将要遇到的困难也不会少。可他总是乐观地想，车到山前必有路。

他揉了揉被玉米种子压肿的左肩，托住玉米袋子，往上一举，头一低，把袋子往右肩挪。“啪嗒”，一粒玉米种子掉下来。程相文心中一惊，自忖不知道已经丢了多少，便赶忙把东西放下，仔细检查袋子，袋子被刮开一个小口子，有小指头盖那么大。程相文捡起种子塞进口袋，又从包里寻出一只袜子，把口子堵上，又拎了拎，确定种子不会再漏出来之后，他又急着寻找丢失的玉米种。

此时已是日暮时分。

他往前紧跑了几步，看到了掉落在泥土里的一粒玉米种子，犹如失而复得的宝贝。程相文每发现一粒种子，都会有一阵喜悦，抢上前，把种子轻轻捏起，仔细吹去种子上面的尘土，紧紧地攥在手心。

加上找种子，程相文徒步走了30多里路，来到崖城镇原种所时，双脚布满了蚕豆大小的血疱、水疱，一散劲，人几近虚脱。

把介绍信交给粮站的值班人员，办妥了相应手续，程相文在粮站住了下来。

14天的跋涉，程相文两腿酸疼，肿得老粗，再也不想迈一下双腿。他把腿高高地架在床头上，带着疲惫与释怀，很快进入梦乡。

次日，程相文的精气神又恢复了，马不停蹄地开始了工作。

按照粮站工作人员的指引，程相文来到了田独镇罗蓬村。罗蓬村是个中等大小的村寨，低矮的茅草房掩映在椰子树与槟榔树间，错落有致。树的空隙间有用竹篱笆围成的小块菜地，各种蔬菜娇嫩欲滴。清澈的小溪淙淙流过房前，让人有“走进山间别墅”的感觉。程相文还听说，槟榔是黎族同胞走亲访友的贵重礼物，以数目多少表示情义的厚薄。

来了几天，程相文就发现，这里的可耕土地基本上都是零星分布，还高低不平，想要找到大块、平整的土地几乎不可能。程相文只得瞄准那些小块土地。他的愿望就是这些地块不要相距太远。

“老乡，你这地租不租啊？”程相文试探着问一位和自己年纪相仿的黎族汉子。这位汉子，将要在未来的数十年里成为他的房东、向导和助手，更是亲如兄弟的好友。

他名叫黄生忠，二十七八岁年纪，眼睛很亮，皮肤黝黑，精瘦，显得非常沉稳、干练。

听到程相文问，他没有说话，只是点了点头。程相文怀疑自己是否遇到了一位听力障碍者。后来，相处一段时间后，程相文才知道他只能听懂普通话，却不会说。

见黄生忠点头，程相文一阵喜悦，赶忙说道：“好，那咱们去村上找人办个手续吧。”

黄生忠带着程相文来到罗蓬村党支部。村干部找来两个人做证，签了租赁合同。这样，程相文租到了在海南育种的第一块土地，面积为两亩。

接下来，他连续问了十几户人家，累计租到 4 块，共 8 亩荒地。在罗蓬村党支部和黎族老乡的帮助下，程相文又从乡亲们那里租来牛、犁等最原始的生产工具。育种工作就这样开始了。

田地里，头顶烈日暴晒，脚下地面蒸发出水汽，上下夹击，人在其间仿佛置身于浴池的桑拿间。

程相文扬起鞭子，吆喝着老牛，一手扶着犁，耕着不算平整的土地。老牛很听话，低着头，拉着犁向前方卖力地走着。连续干了几天，程相文开垦出 4 块极为平整的标准试验田。田埂打了起来，田地周围还用树枝搭起了围栏。

程相文决定选取离 4 块地最近的地方搭个小屋住下来。

清晨的太阳被山林里高大的树干切成一道道光影，雾霭蒙蒙。程相文身上缠着绳子，拿着从乡亲家借来的斧子来到深山中。他需要一些更粗大的树枝，很多。他要独立搭建一个属于自己的“迷你型别墅”。

一只灰黑色的鸟拍打着翅膀，嘴里咬住地上的草根，扑腾着向树顶飞去。树杈上小鸟的窝巢已经成型，鸟儿把草根放下，蹦跳着衔动树枝、草根，忙碌地搭建着自己的家。看着鸟儿的勤奋，程相文很有些感触，觉得自己像鸟，甚至有可能变成一只年年守时的候鸟，从北方飞来，在南方筑了巢，然后再回到北方去……

程相文在山坡上艰难地寻找。他不能把整棵树的树干伐倒，那样就会毁掉一个多年的生命。他只是需要找到一些胳膊粗细的枝节。当然要直一些更好。稍稍休息后，程相文攀上树身，用斧头猛砍那斜逸而出的粗壮枝杈。

“嘣、嘣”的声音回荡在幽静的山峦之间。砍了半晌，程相文感觉可以了，便把斧子别在身后，用绳子绑住将要折断的树枝，从树上出溜下来，跑出老远，攥紧绳头，用力往下拽。

随着“哗哗”一片声响，粗大的树枝轰然坠下。他盘起绳子，用斧头把细小的树枝剔去，便成了一根根一人多高的木棍。他把这些木棍往山下推。木棍顺着山坡从山上快速往山下滑去。

程相文此生从来没有尝试过为自己造一座房屋，哪怕是极为简陋的。他努力调动自己的记忆和想象，摸摸索索地搭起了一个高可及肩，一米多长、半米多宽的房架子。又在黄生忠和其他老乡那里找到些绳子、铁丝、蓬草，粗略地绑在架子上。他还为自己的“房子”制作了一扇门。

“成了!”程相文远远地欣赏着自己的作品，无法掩饰从心底涌出的巨大成就感。还真是有模有样。这是他生平第一次住进了自己亲手建立的“家”。其实，那不过是一个仅可容身的窝棚。

晚上，劳累一天的程相文，脱去被汗水浸湿的长裤、衬衫，穿着背心、裤衩，舒舒服服地躺在干草铺成的“席梦思”上，沉沉入睡。

睡梦中的程相文真的做起了梦，不是美梦，而是一个骇人的噩梦。他梦见自己掉进了大海，黑浪滔天，夜空似漆，暴雨倾盆，任由他独自在惊涛骇浪中拼命挣扎……

一道闪电晃得他睁开了双眼，紧接着一阵响雷滚过天际。程相文猛然醒来，发觉自己并不是在梦里。密集的雨声把他唤回到现实。外边竟然真的下起了雨，而且很大。

海南就是这样，天上刚见到云彩紧接着就是雨滴。那雨不但来得快，而且下得猛。

程相文坐在草铺上，还没有完全缓过神儿来。他听着狂风呼呼地吹过来，把草棚摇晃得厉害，雨水也从各个缝隙里钻进来，刚盖好的“家”眼看就要坍塌。

“种子!”

惊吓使瞌睡一下子跑了。程相文慌忙伸手扯出一块塑料布，蒙在种子袋上，来不及穿衣穿鞋，抱起口袋，一头扎进风雨中。

“呼啦”一声，刚刚搭好的窝棚在他身后颓然倒下。

雨水很快淹没到腿肚子。狂风呼啸，天地一片漆黑，程相文扛着50多斤玉米种子，深一脚浅一脚，顶风冒雨，艰难地往村子的方向摸去。

一道闪电划破夜空，惊魂未定的程相文借着闪电，找到一处当地的民居。大黑夜的，他也不敢敲人家的房门，就躲在屋檐下，把种子靠墙放着，用自己的身体遮护住种子袋，以防雨淋；后背则完全暴露在风雨之中，任凭吹打。

虽说海南的冬季气温较高，但那是在白昼天晴的时候。像这样天黑风高之夜，程相文只穿着背心、裤衩，雨水浇在身上依然很凉，很凉。可眼下，他哪还顾及自己的温寒，只是闭着眼睛在黑暗中向天祈祷：“老天爷，你赶快放晴吧，可千万别叫俺的种子有事儿。”

他就这样哆哆嗦嗦，念叨着站到了天明。

雨停后，他赶紧跑到黄生忠家，打开口袋，仔细检查了一遍，种子干蹦蹦的。程相文长出了一口气……

## 挑大粪

转眼，程相文在海南育种已经两年了。

1966 年，当全国各地都像打了鸡血一样充满激情投入到“文化大革命”运动中的时候，程相文依然在罗蓬村继续着他的玉米育种工作。

黑夜催促劳碌困乏的人酣然入睡，植物的生命却在悄然舒展生发。成行成片的玉米棵子摇动身姿，在风的抚摸中长高。

地头的小木屋里，一张手工做成的桌子上，煤油灯洒下昏黄的光晕，灯光下，密密麻麻的纸片、图片在程相文手里快速切换。他的眼睛在每张纸片上仅停留数秒，便掠过下一张纸片。时而，手中的笔在本子上沙沙地迅疾游走。他害怕错过半点儿有用的信息，整个心思灌注在每一个字、每一张图片上。凌晨三点，程相文终于从桌边站起身来。几分寒意袭来，他披上单衣，却又捧起一捧凉水洗脸，刺激蒙眬的睡眼。他找来枕头放在椅子后，抵住酸痛的腰窝，重新凑近灯光，高颧骨在油灯下棱角分明，黑色的眼睛闪烁着光亮。

玉米宝贝生病了！程相文的 8 亩玉米苗高低不齐，叶色暗黄。这可是精选的父本优质苗，是他在海南的第一次实战，千万不能失败，要尽快为“宝贝”寻找药方。

雨后清晨，泥泞的道路上两行脚印分外清晰。

程相文担心地里存水太深，会影响玉米生长。大清早他顾不上吃早饭，就背上铁锨，揣着馍馍来到试验田。他弯腰用铁锨平平玉米地里的几个坑，仔细察看情况。幸好，雨下得不大，没有明显的积水。

当他弯腰蹲下，摸摸玉米叶子时，眉毛挤在一起，这一大片齐腰的玉米苗泛起黄色，高低不齐，叶子耷拉着，甚至有的干脆半躺在田地里。程相文的心情很郁闷，虚汗透湿衣服，经验告诉他，要是再拖上几天，恐怕这苗苗会陆续枯黄，别说培育新的品种，就连明年的收成都难保住。

程相文决定先给玉米做个全身检查。他半蹲低头，摸摸玉米叶，轻捏玉米嫩秆，仔细比较临近玉米苗的性状；他趴在地上，轻轻扒开玉米根部的泥土，捏捏玉米根，抓起一把土，放在鼻子上闻闻……8 亩地的玉米，一株株地察看。白天在地里“听诊”写记录，晚上挑灯翻看带来的“医书”——全套玉米育种技术，仔细比照。

转眼过去了三天，玉米叶片从叶尖开始变黄，甚至全株黄化，叶尖枯死且边缘呈黄绿色。他可以断定玉米苗缺乏氮元素，需要追施氮肥。

“大叔，你这有尿素没有啊？”程相文已经去过 4 个化肥厂，这次来到的这家厂子很大，他怀揣着希望。

“小兄弟，没有，咱海南市场上现在尿素短缺，要等下个月才有货呢。”化肥厂供应科长的回答，像瓢冷水，浇灭了他的希望。程相文明白玉米苗可等不了一个月。玉米们耷拉着脑袋，弯曲腰板，已经是病秧子。

“用农家肥代替尿素！”

这个方案当然是最佳之选，然而实施起来谈何容易！

程相文想起初来海南时厕所稀有的尴尬，就连海口汽车站都很难找到一个。当地人没有积攒人粪尿的习惯，村民粗犷豪放，屋后、道边、树旁，到处都是露天的厕所，人们可随时就地解决；就连大姑娘如厕，也从不避讳男女路人的目光。他走访五个临近的村庄，没有找到一个厕所。

“相文，这几天天不亮就出门，晚上才回来，忙什么呢？”罗蓬村村支书老王正巧在街口碰见程相文。

“找厕所啊，王叔。”

“咦，找那干啥啊，这不遍地都是方便的地方。你来这么长时间了，还不知道咱这里的规矩？”

“我要找农家肥，给玉米地上肥。要不然——”程相文的语调充满了担忧，眼中流露出焦急。

“这样啊……不过，倒不是绝对找不到厕所。”

“真的？在哪里？”

“咱们村子西边有一家海军医院，那里有公厕。就是不知道人家让不让你去取。那可是军事重地哟。”

王叔的话让程相文高兴起来，他赶忙问地址，习惯地掏出纸笔记下，像是发现了宝藏。

“这下有救了，有救了。”程相文嘴里叨念着，握紧王叔的手，非让他去吃他做的玉米面烙饼不可。

太阳挣脱夜的纠缠，从树林间突围。阳光微露，林里的雾变成一道道金黄。屋子里点起灯，昏黄的灯光和着破晓的宁静，程相文的咳嗽声传出很远。

紧张劳累，让这个高大健壮的汉子也经不起折腾，他染上了感冒，嗓子肿痛，眼睛发黑，咳嗽不止。程相文强忍着拿过水瓶，往里面灌进半瓶热水，披上衣服，背上包袱，推门出去。

程相文仿佛听见地里玉米无力地呻吟，他看着株株玉米脸色黄绿，心中痛惜不已，两只手掌叠握在一起，不停地来回摩挲着，一边低语道：“不知道它们能不能撑得住。”

这些玉米样本来之不易。程相文曾跑到全国各个玉米科研基地，一粒粒求取玉米种子。在河南浚县试验田里从耕地到收打，程相文遴选出优秀玉米样本，从河南一路背到海南。

去海军医院的 3 公里路上，程相文像写论文一样，想酝酿出世界上最准确的语言，说服医院把公厕的肥料卖给他。

“小伙子，你说想买医院公厕的粪肥？”

海军医院的院长听完程相文的要求，上下打量着眼前这位长相斯文的小伙子，短头发，高颧骨，眼睛不大却有神，一件白衬衣，领子竖直立着，没有半点污迹。

“是的，院长。”程相文认真地回答。

“我看你不像个种庄稼的人，你买粪肥干啥用啊？”院长追问。

“院长，我就是个种地的，从河南来海南种玉米的。这粪肥可是宝贝，能救我 8 亩地庄稼呢。院长，您治病救人妙手回春，可不能见死不救啊。”

程相文微笑着说，一双眼睛盯在院长办公室墙上挂着的“妙手回春”的锦旗上。

“你是来这儿育种的吧，这两年来海南育种的人不少，可像你这样上心、连人粪都当宝贝的还真不多。”院长的眼睛笑得眯成一条线。

“谢谢首长，您答应了？那价钱……”

“钱就不必了，你这等于是帮助我们打扫卫生。不过，只能靠你自己，我们人手紧张，无法为你提供什么帮助呀。”

“不用不用，首长您放心，我有的是力气。”

程相文到村子里借来两个木桶，一个扁担。万事俱备，只待出力了。

这是个露天的粪池，约三四十平方米大，两米多深，积存的粪水足有一米四五深。炎热蒸腾起刺鼻的臭气，让人眩晕。指头肚大小的绿头苍蝇嗡嗡叫着，密集地包围在粪池周围，上下翻飞。从这儿走过的人都会捏着鼻子，嘟囔一句“真臭”。程相文用水打湿布条，罩住鼻子，绑在脑后，这就算防护措施了。

绳子绑在了木桶上，慢慢顺进粪池，下沉到底后，用力甩动绳子，让木桶装满，然后轻轻往上拉。他小心翼翼，生怕刚从底下打上来的粪又掉回池子，双手抓住沾满粪便的湿乎乎的木桶把，顺势弯腰，用力往上提，不敢有半点松懈。

两个木桶灌满粪液，足足有 80 斤。程相文双手托着扁担，让两头的铁钩钩住木桶把，蹲下身子，用肩膀顶住扁担中央，一只手上扬，手扶着扁担两头连接铁钩的部分，两腿慢慢绷直，腰杆微弯，重心前移，喊了一声“起喽”，奋然挺直了身躯，朝着他的玉米地走去。

“这个河南人不要命了，一天竟然挑十来趟。那么远……”

“可不，那粪可是从 3 公里外的海军医院挑过来的。”

“啧啧，一天五六十里地！这大热的天，就是空着手走道也够呛，还要挑这么重的担子！”

村子里的人在街口的大树下乘凉，手里呼啦着蒲扇，小声嘀咕着。他们这几天老是看见程相文挑着两桶粪从街口走过，便对程相文的面相熟识起来。无形中，他们对这个外乡人也就有了一些同情和钦佩。而程相文害怕熏着街坊，总是一到街口就加快脚步，从来顾不得与乡亲们寒暄。偶尔，他也会有礼貌地向树下的乡亲们点点头或是微微一笑。

“妈妈，臭死了，能不能别让程叔叔从咱这里经过呀。”一个小女孩终于忍受不住这一阵阵从木桶里飘来的臭味，趁着程相文走远，对妈妈撒娇说。

“妞妞，咱可不能这样，你想想，程叔叔挑粪自己臭不臭，他都不怕。你去别的地方玩吧。”中年妇女摸着女孩的头，嘴里轻声解释着。

久居芝兰之室而不闻其香，久处鲍鱼之肆而不觉其臭。

程相文连续挑了 3 天大粪，想起这句古语，发觉自己的嗅觉对令人作呕的恶臭已经不再敏感，那浓烈的味道似乎清淡了许多。他把挑来的粪水珍惜地一瓢一瓢泼到地里，尽量让玉米苗的根部均匀地被肥料滋养着。每次泼完，他会到前一天已经泼过肥的地方察看玉米的“病情”。那里的玉米苗已经直起腰杆，叶片也逐渐泛出新绿。

“看来，疗效非常显著。”

程相文眼前似乎又看到去年收获时节，在场子里晒玉米的金黄画面。

他挑着空桶再次来到了海军医院，第四天了，连日的劳累让他的肩膀红肿，两腿酸痛。大量出汗，他感觉身子发飘，头脑晕乎乎的。

“我是不是该休息个一半天？”

程相文这样想着，随手就把扁担一头的空桶甩进粪池中。弓腰、侧身，伸直右臂，弯着双膝，用力撑紧挂住空桶的铁钩，然后由着劲儿，让扁担带着木桶来回摆动起来，借着木桶底部撅起的刹那，迅速往下使劲儿，空桶很快便没入粪水当中。

他熟练地将身子下蹲，把力气集中在右臂上，憋住一口气，准备单手把四十来斤的粪桶提出粪池时，脚下突然一滑，一下子掉进了粪坑。

突然的坠落，让他整个人一下子被粪水淹没。慌乱中，程相文用扁担用力往下撑着，身子探出了粪液面。他竭力昂起头，让自己能够呼吸到空气，然后奋力往粪池边沿扑去。

粪液没过胸口，几乎埋住脖子。他徒劳地高举着双手，想要攀到粪坑的坑沿。蹦了几次，都没有够到。

粪液被正午的阳光炙烤着，蒸腾起强烈的恶臭，把程相文的眼睛熏得无法睁开，几乎窒息。他竭力睁开双眼，竖起耳朵，希望能够听到人声，看到附近出现人迹。然而，没有一个人影，只能听到知了刺耳的聒噪。他突然感到眼前一黑，天旋地转，一阵巨大的恐惧笼罩住了程相文的整个身心，他不由自主地大声喊叫起来。

“救命啊，救命啊！救命……”程相文声嘶力竭的叫喊划破晴空，几乎盖住了喧嚣的蝉鸣。然而，仍然没有任何回应。

他开始绝望了。他不甘心就这么毫不壮烈地“光荣”掉，就不停地、拼了命地呼叫。

黎族姑娘符亚连听见从医院屋后传来两声“救命”，急忙跑出屋子，喊上门口的五个伙伴，顾不上走门，翻过矮墙，来到粪池边上。

她看见了粪池里的程相文。粪液已经没过他的胸口，刺鼻的臭味弥漫在空中。那人正慢慢向下沉。她撅断附近的一棵芭蕉树，伶俐地将芭蕉叶伸向程相文。

“快抓住！”女声特有的尖厉，将接近昏迷的程相文唤醒。求生的欲望让他用最后的力气抓住芭蕉叶，顺着姑娘们的劲儿，双脚用力向下蹬，终于爬出粪池，符亚连和五个姐妹顾不上恶臭，拉过一根水管，朝着程相文冲水。

“真臭真臭!”看着程相文缓过来，女孩们开始打趣。

“你们别笑话我了，谢谢你们救了我的命。我得抓紧洗洗，还得干活呢。”程相文揉搓着衣服上的水，伸手拿过绳子，拉上来两桶粪，担起扁担，起身要走。

“你这人心眼真大，刚才差点死在这粪池里，怎么还要挑呢！这粪有那么重要吗?”符亚连不解地问道。她想让他歇一会儿，但是程相文执意不肯。程相文告诉姑娘们，这肥料要挑到 3 公里外的玉米地，必须抓紧时间。这是玉米的“救命药”。

“真的这么着急?”

“嗯。”

“行，姐妹们，咱们跟着去看看他的宝贝疙瘩。”

程相文没想到符亚连要带着五个姑娘跟着自己到玉米地，她们是他的救命恩人。尽管有些不自在，他也不好劝阻，就挑着扁担走在六个姑娘的后边，眼光扫了扫路边，还好没人，不然真难为情。

“快看，六个女保镖在给程相文开道呢。”村里的小伙子一声大喊引得乘凉的人们观望。村口的大道上，走来六个青春少女，程相文低着头，步伐很快地跟在后面，他不想引起人们的注意。

“相文，这六个女保镖咋请来的?”经常和程相文一块干活的王力大声冲着程相文发问。

“她们可是俺的救命恩人啊。”

六个姑娘来到玉米地，田埂整齐，地面平整，玉米整齐得就像成排成列的士兵。夕阳照在玉米地里，程相文低头操劳，熟练地将粪肥泼向玉米根部。刚才还有说有笑的姑娘们变得默然。

是什么让一位斯文的小伙子远离家乡来海南种下这片玉米，又是什么样的信念支撑着他刚脱离生命危险就继续劳作……符亚连的心里有了些许的疑惑。疑惑就是吸引。一心扑在玉米地的程相文，当然不会察觉到这些。

姑娘们离开的时候，夕阳把姑娘们的身影在路上拉得很长很长，美极了!

玉米秧子一天天出现生机，越发衬出没有施肥的苗子瘦弱萎黄。程相文恨不能多长两只脚，他天蒙蒙亮的时候就出发，脚底生风往返于医院与玉米地之间。他只顾看路，差点撞上扛着铁锹准备上工的村支书老王，匆匆道声歉，又直奔玉米地而去，老王眼中流露出赞赏和同情。

村子的夜来得早，一袭薄纱洒在玉米地里，像是一曲乡间民歌，唱着不知名的宁静。追过农家肥的玉米叶子渐渐返青，喜得收工回家的程相文手舞足蹈，被土里的泥块绊了一跤，打了个趔趄。

老王在程相文的小木屋前踱步。程相文颇感意外。

“王叔，这么晚了，找我哇?”

“是哩，白天看你拼了命挑粪，后生仔，身体是革命的本钱呐。”王支书的话充满情感，语调轻柔。

“玉米苗坏了，多亏您帮我找到厕所。要挑粪来伺候，这么大一片地，不得不拼命啊。”程相文想着还没有浇上肥的地块，低声说。

“这样，我让村里出几个人，大家一块儿干。毛主席说人多力量大。我给你打个保证，这些苗会长起来的。”王支书想出了一个法子。

第二天，小屋前来了一队“娘子军”，符亚连就是这支队伍的领头人。程相文耐心询问一番，才知道王叔为了支持他种玉米，号召村里剩余的劳动力帮助他。老王保证帮助程相文种玉米同样有工分可拿。程相文过意不去，承诺活干完，补助每人一块钱。

一大群花样年龄的姑娘，加入程相文挑粪的队伍中，救起程相文的姑娘也在其间。这支奇怪的队伍引起了大家的关注，每次他们经过，都会传来一阵善意的笑声。

每当疲惫的时候，程相文就教大家一起唱歌。“我们来自五湖四海，为了一个共同的革命目标，走到一起来了。”

"团结就是力量，团结就是力量，这力量是铁，这力量是钢……"

激昂的歌曲传递出自信和坚强。在这支特殊队伍的精心照料下，8 亩玉米地很快追施了一遍肥，蔫黄的玉米渐渐变得油绿、壮实。

"相文哥，你说天安门是什么样啊？"

"天安门在首都北京呢，毛主席在上边站过呢。"

"那你能带我们去北京吗？我们想看天安门。"

"嗯，可以啊。等玉米收成好了，就带你们去。"

六姐妹在休息的时候跟程相文闲聊。程相文心想，要不是她们把我救上来，我早就没命了。她们是自己的救命恩人，还帮着挑粪，不简单，能吃苦。他一定要兑现承诺，带她们去北京看天安门。

其实程相文也没有去过北京，更不可能登上过天安门，但是他在课本上看过。那夜，他梦见自己带着培育出的玉米种子登上天安门，看见农民在地里收获玉米，一张张笑脸环绕着天安门。

玉米苗像是长眠初醒，伸展懒腰，高昂脑袋。举目望去，一块碧玉映在瓦蓝之下，翠绿迷人。

这一年，浚县的乡亲们播下程相文培育出的这批玉米种子，平均亩产突破 500 斤。

他们不知道，程相文为了这批种子吃过多少苦。就在挑粪之后，他在床上躺了一个星期。符亚连带着姐妹去看他，帮他料理农活。

"我命咋恁好，光遇见好人。"程相文看着符亚连她们又来帮他干活、做饭，感慨道。他庆幸在异乡会有这样一群善良的人帮助自己。

"傻人有傻福。"符亚连打趣道。看着躺在床上的程相文，她再次想起他爬出粪池，刚冲洗完满身的污秽就抄起扁担的傻样。

"对了，相文哥，你说过要带我们姐妹上天安门的，可要算数啊。"

"嗯，我一定会带你们去北京上天安门的。"

程相文很笃定地做出承诺。虽然他此时还不知道什么时候可以兑现——他希望这一天不要太远。

## 阿婆

5月，程相文已经在陵水住了将近半年。作为住在长坡村的第一位大陆人，他逐渐适应了这里的环境。比起罗蓬村，这里更加潮闷，加上5月天的艳阳高照，玉米地更像大蒸笼。只是最近两天，天气一直阴晴不定，时时会飘过大片的乌云遮护在头顶，劳作的时候没有像以前那样被晒得通红黢黑。

程相文每天要跋涉十多公里，才能到达九所岭。离村镇远的山岭，树木生长得愈发浓郁。山间布满了槟榔林，苗条的槟榔树撑起一把把伞，婀娜多姿，明媚秀丽。目光顺着树木降到谷底，才会发现其中匿藏着大片的玉米地。程相文担心其他育种队盗窃他的玉米品种，反复考察了四五遍，才选择了山谷间的十亩地。

此时的程相文有所不知，在他的另一方育种基地浚县，“革命气氛”空前高涨。县革委发出通告，要求干部、工人、教师、学生回原单位就地“闹革命”，庆幸的是，国家“以粮为纲”的大政方针，使人们对农业生产心存敬畏，原种场似乎成了红色海洋中的孤岛，程相文也没有因为家庭出身引起“特别关注”，使得他在海南的玉米地成了“桃花源”。

此时，他的“桃花源”里，成片的玉米地像一段段绿丝带缠绕在山谷，在忽明忽暗中伴着轻风曼舞飞扬。粗实的玉米秆子已微微泛黄，支撑起玉米的亭亭玉立；叶子也由翠绿变成苍黄，有了成熟的样子；茎叶之间是膨胀的果实，纺锤形的玉米棒子外包裹上好几层苞衣，而玉米须像极了摩登女郎的秀发，漫不经心地披散在苞衣上。地面上的次生根则团团围在玉米秆根部，努力地扎向大地，脚下的土也被主根胀得炸开了裂纹。

玉米已经成熟，淡雅而特别的香气笼罩着九所岭。天空锁云，田地中的空气好像静止了，钻不进一丝风。程相文在一人多高的玉米地里不停穿梭，绿叶拂过心口，汗水打湿衣襟，一丝丝血痕斑驳分布在手肘之间。他忍着阵阵的刺痒、疼痛，娴熟地掰下玉米棒放在身后的竹筐里。筐满了，他顺手拔出一株玉米秆子提溜在手中，走向地头的牛棚。随手扔下玉米秆，轻轻卸下竹筐，提着水桶走出几步来到水渠边，胡乱把水往脸上泼，阵阵凉意顿时从脸颊传遍全身，汗水掺杂河水顺着早已湿透的上衣向下滴。洗过身子，程相文便打了桶水，返回牛棚。

程相文这才重重地坐到小板凳上，舀起清冽的河水往嘴边送。解了口渴，他探着身子抬起竹筐翻了个底儿向天，硕大的玉米棒子就相互推搡着争相蹦了出来。剥皮、去丝……程相文的双手灵活地在玉米棒上游走，黄灿灿的玉米粒便像变魔术般裸露在他的手心里，好似少女的胴体。

他把剥好的玉米放在脚边，按品种分类装入袋中。无意间，他瞅见了水面上的自己。桶内，“程相文”又冒出了密密的汗珠，正随着水面起伏来回晃荡，没等水面平静，一滴汗便快速滴落桶中，激起圈圈波纹，倒影顿时花了起来。程相文忍不住又洗把脸，水珠欢悦，闪烁着灿灿银辉。

牛棚遮挡着冲出云团的毒日，加上河水冲凉，风也变得凉丝丝的。程相文躲在牛棚中，一边啃着玉米秆，吮吸秆中的鲜汁，一边把手抵在额头上搭起凉棚，望向骄阳下的玉米地。视野之内，草木清秀，玉米窈窕。山水两相忘，只留他一人在天地间流连。

“等过两天天放晴，把玉米晒干就可以回浚县了。”

他心里想着，满是欢喜。擦一把汗，他重新背起竹筐回到玉米地，干起活来。

过了晌午，程相文才赶着老黄牛走了一路的慢上坡，回到长坡村的阿婆家。阿婆见他肩扛牛拉地回来，赶忙撂下手里的纺线机，帮着往院子里卸玉米。

阿婆是程相文在长坡村住家的房东，50岁出头，是个勤快爽朗的女人，一头齐肩短发，显得格外精干。丈夫去世早，留下两女一子，阿婆艰难地把子女拉扯大，家内外一切大小事务都是她亲自操持。虽然奔波劳碌，但她整日里风风火火，干起活来毫不含糊。

命运的琢磨砥砺，把阿婆磨炼成坚韧善良的人，看不得别人受一点委屈。三个孩子被阿婆照顾得健康结实。原先咿呀学语的囡囡已经出落成聪明漂亮的大姑娘。连小儿子也娶妻生子，阿婆有了心爱的孙儿。

陵水县是黎族自治县，居住的大多是黎族乡亲。黎族姑娘一律的大眼睛，双眼皮，长睫毛，高颧骨，厚嘴唇，身材丰腴。因为常年暴晒在烈日下，人们的皮肤都黝黑发亮。

对于整日生活在山林中的他们来说，能歌善舞是项基本技能。上山砍柴，趁休息的空当，黎妹都会开圆了嗓子放声高唱，不管那阵清脆是否惊动山林中的飞禽。听着山谷中空灵的歌声，看着阵阵翻飞的鸟儿，才觉得舒坦，困乏似乎也被唱飞了影儿。忽而也会从天边传来另一阵悠悠的歌声，低沉的嗓音穿透辽阔的苍翠传递到黎妹耳中，惹得她心里一阵躁动，琢磨着歌者何人。这便是黎族寨子里青年男女爱的呼唤。

待红霞沐了天色，姑娘、小伙们便结束一天的劳作，脱下汗湿的衣衫，换上干净整洁的长裙短褂，来到村东头的平地处——长坡村几代人歌舞聚会的场所。在这里，小伙们释放魅力神采飞扬，姑娘们眼波荡漾光彩照人。

“夜游”结束时，明月已经高悬枝头。依着朦胧夜色，姑娘的娇羞、小伙的俊俏都镀上了淡淡的光环，心中压抑的情愫暗自疯狂滋长，对歌定情的男女便心有灵犀地结伴离开，奔向黎妹的隆闺。那是谈情说爱的春阁。

黎族的婚恋是相当自由的。每当家中有女初长成，就不与父母同屋而睡。父母会在门前或者村边盖起隆闺，供女儿单独居住，方便女儿玩乐约会。女儿留宿哪个小伙，父母都是不介意的。隆闺成了男女吹箫唱歌、倾诉爱慕的场所。

经过这半年，程相文熟悉了这里的生活。与住了两年的罗蓬村相比，长坡村的黎族乡亲的生活内敛含蓄。但相同的是，黎族人都没有如厕的习惯。不论男女，想大小便的时候就随地方便。提起裤子的当间都能从容地跟对面的邻居打招呼。习惯了，也就放得开了。

罗蓬村处在沟洼山谷中，漫天荒草，院落也是零散地分布在落叶林间，程相文能勉强找个遮羞处匆匆解决。但长坡村里房屋偎依，墙垣低矮，百米远外都能辨认出谁打路边走过。程相文每次想方便，都憋着跑几公里到玉米地里，笑称给玉米施肥。阿婆看出他的难为情，就叫了帮工，盖了长坡村的第一间厕所。很多村民都跑来看阿婆家的厕所。

阿婆家小院子门前，搭起的菜棚上，开出柔弱的小黄花，碧青的苦瓜皱着脸钻过缝隙悬挂在棚下。

不知什么时候，一向安静的生物出现了异常的骚动。

墙上、地上爬满了虫子，蚂蚁也成群逃出洞口，阳光下拥挤成一团一队，匆忙地拖着贮存的食物离开巢穴；后院养的大黑猪连连发出怪声，直往树上撞；就连惯常夜生活的老鼠们也从洞内钻了出来，光天化日之下，耸动着一尺多长的身躯，在人的眼皮底下来回乱窜。椰子树也不似往日的婀娜娇羞、顾盼生姿，而是一动不动地伫立着。

程相文并没有注意到那些生物种群的异动，他担心影响玉米长势，急盼天晴。

但是，久居海边的阿婆感到了天气的异常。她反复催促程相文，把所有的玉米都收起来，随时准备离开屋子。程相文却不以为意。

阿婆家的正屋已经有些岁月，大门上至今还留有用于插放横木、阻隔外人进入的插孔。厅门内墙檐下的雕花淡雅质朴、不事颜色；后墙上端设神龛，安放神像和祖先牌位，见阿婆一脸虔诚地跪拜在神像面前，神龛里冒着袅袅青烟，程相文便轻轻坐在沿墙壁的椅子上，听她叽里呱啦地念叨。

阿婆的儿子儿媳都在镇上上班，平时很少回家，孙女才一岁，只有大女儿阿兰偶尔来家探望。看着窗外压抑的黑云，院子里动物的反常表现，阿婆担心会有灾祸发生。她心里憋闷，只好求神祈福。

阿婆念完经，面色凝重地转过身，望向坐在椅子上的程相文。

从没见过阿婆脸色这么难看啊。

程相文心中纳闷，因为阿婆听不懂普通话，他不好吭声。见阿婆冲着他举起胳膊，手指朝上招手示意他到神像前，程相文便立马推开椅子，轻轻站起走到阿婆面前。

阿婆依然跪在地上，指指自己，又指指神像，双手合十放在胸口，毕恭毕敬地拜了拜佛像。在这个过程中，她一直看着程相文。程相文明白了，阿婆让他给神像跪拜。程相文只好学着阿婆敬了神像，阿婆又念叨了一遍。虽然听不懂，但程相文知道阿婆在为他祈福。

程相文来海南三年了，因为一直操心租地、种玉米，他就没花多少工夫学海南话，只能勉强听懂带有浓重海南口音的普通话。但是来长坡村后，他发现房东不会讲普通话，而阿婆的方言他又基本听不懂，勉强听明白的只有“小程”“吃饭”“坐”等几个词儿。他与阿婆交流基本是靠手势和猜测，原本笨拙的手势、吃力的表达竟在这半年的磨合当中渐渐精准起来。

程相文多数时间是自己在田间度过的，而回家吃饭睡觉需要交流的内容也基本没有变化，所以大部分时候，他可以猜准阿婆的意思。虽然交流不便，但阿婆很喜欢吃苦耐劳又善解人意的程相文，待他像儿子一样亲。只是这一次，程相文不晓得阿婆到底在干什么，他也不知道为何阿婆会在大中午的时候敬佛，更不明白为什么也让他给神像跪拜。之前，阿婆从来没这样过。

带着疑惑，程相文跨出正屋，走到院中央，蹲下身察看玉米。刚才还探出头的太阳又猫进了乌云当中。无奈，他走进偏房，趁了午饭后的时间，躺下休息。

程相文一闭上眼睛，想见的便是玉米青翠的身影，迎着风摇摆身姿秀逸生长；满耳响彻的便是雄穗花粉爆裂的细小声音，像淇河冰封融化的声音，像妻子内心思念的声音……

## 海啸

渐入梦境，程相文突然被一阵锣鼓响器声惊醒。侧耳细听，院外敲打得急迫，几个男人吆喝着，一声紧过一声。他这才下床，拉开房门，外面阴沉着，好像五六点的光景，头顶上的黑云洇湿了整个天空。瞬间，大颗的雨珠便连成串，瓢泼般倾泻下来。房檐上浇下来的雨水在地面激起一片水花。

正当程相文皱着眉头观望天空，阿婆移着小脚费了很大的劲从平铺而下的暴雨中钻过，跌跌撞撞地来到程相文门前。程相文忙一把扶稳阿婆。阿婆使劲抓着他的胳膊，仰着头瞪大了眼睛盯着程相文，呜呜啦啦说了一通方言。

程相文没听懂，反倒摇摆着双手，宽慰阿婆不要担心。他以为这场雨很快就会停。看着程相文咧着嘴冲她笑，阿婆更加焦急，嘴里不住地重复着刚才的话，竟忘了比画。她幽怨地凝视南方，身上不由自主地哆嗦起来。

中午时阿婆的不安已让程相文陡生疑惑，而现在阿婆如此慌张，更让他心里一惊。程相文紧绷了脸，认真地听阿婆一遍遍重复。听了几遍，他才明白阿婆说的是外面敲锣打鼓通知的话：

“要发海啸了！”

海啸是程相文从来没有经历过的，他回味着这个词，努力想象海啸到来时会有什么样的景观。

看到程相文疑惑的面容，阿婆蓦然意识到需要给程相文打手势。她铁青着脸，眼睛直勾勾地摄住程相文，疯狂地一遍遍把手举高，拱起手背猛地往下坠，口中喊着“海扫——海扫”。见他还在云里雾里，阿婆急不过，拉着他往正屋跑，程相文急忙帮她抱起孙女往院外冲，顾不上院子里疾呼乱叫的大黑猪。

等他们跑到街上，程相文才发现满世界早已成了一片汪洋。村里的男女老少鼓噪着，跟着敲锣的村支书一起往外面跑。怀中的小孙女惊醒了，踢着脚丫大声啼哭。整个长坡村，人声与碰击声混淆一片，人们踉踉跄跄逃往高处的九所岭。

天空像露底的水缸，狂泻如注，水帘顺着程相文的脸面流到脖颈灌进衣领，衣裳整个溻渍在脊梁骨上。程相文和阿婆出门的时候，只拿了卷凉席，没带雨伞。阿婆年纪稍长，经不起长途跋涉。程相文心急火燎，慌着把凉席揽在胳肢窝下面，尽量护着怀抱里的小孙女，拉着阿婆加快步子，随人群挤上去九所岭的路途。

此时，水幕弥漫天际，淹浸住程相文的双目，他只能看到前方两三米的距离，而转移的200户村民也早已走散。路是熟识的，出了长坡村向北走5公里，再过歪脖椰子树往西拐，程相文还是要不顾一切看一下玉米地。大雨已经把原本熟悉的路变成黄水滩，雨水逃亡似的汇成小溪沿着路面淙淙越过长坡。走了两个小时，终于携着老小找到玉米地块，已经挺拔的玉米棵子都不见了，他来回晃动脑袋，快速眨巴眼睛，试图挤出眼眶中存积的雨水，再看清楚一些。之后，才确定不远处雾腾腾吞吐着白烟的庞然大物就是九所岭。

爬上这座山，就可以暂时躲避海啸了。

其实，阿婆这代人并没有经历过海啸，但长坡村黎族乡亲的担心是不无道理的。陵水村到长坡村的直线距离只有2公里，如果发生海啸，一个浪头过去，整个村子就会摧枯拉朽般瞬间崩塌。

暴雨冲刷下，泥水夹杂着石头划拉着程相文的脚脖向下奔走，槟榔树宽大的枝叶遮挡着原本已是阴沉的天，九所岭也变得狰狞。他弓起身子把小孙女固定在后背，搀扶着阿婆攀着树干往半山腰爬。这时的大雨渐渐淅沥起来，隔着雾气，隐约可见坐落在南边青砖黑瓦的村子。村子不远处，就是汹涌澎湃的陵水湾了。海潮暴躁着，翻腾的白浪像奔马般快速连成一道墙，撞击在沙滩上，喷溅出令人战栗的嘶鸣。

程相文耳边全是海浪的咆哮。

“你是程大哥吗?”有人轻声问道，歪头瞅着程相文。

听见有人操着普通话跟自己搭腔，程相文倍感亲切，虽带着浓重的海南音，但至少能听明白。

“嗯，你是?”程相文转身朝向这位不到二十岁的年轻人，礼貌地询问。

“我叫占道学。我早就想认识你了!”

见自己猜对了，小伙伸出双手高兴地握住程相文。

这个小伙是村里为数不多的高中生，因为“文化大革命”正闹得激情高涨，没法考大学，他说自己早就听说程相文是大陆来的育种家，还是个大学生，一直想请教，不想今天竟跟他风雨共处。

“海啸到底是怎么形成的?为什么有那么大的威力?”占道学迫不及待问出眼下的疑虑。

“海啸是由风暴或海底地震造成的海面恶浪，它形成的水墙有时达数十米高，具有强大的破坏力。”程相文一脸忧愁，担心地对占道学说。

周遭的人群也被挥之不去的畏惧感染，对未知的捉摸不定，最让人恐惧。

大雨终于停歇，雾气开始消散，九所岭沉浸在暮色之中，只有高耸入云的槟榔树不时抖下几滴水珠，砸在程相文身上。

比起海啸带来的死亡危机，玉米地里的惨状更让程相文揪心。山谷间，整片的玉米棒子被打落，湿漉漉地浸泡在水坑里，横七竖八，根本分不清具体品种。才收了一半呀，另一半肯定无法收回了。他一个人痛苦地蹲坐在山边，无声地盯着水渠边的田地，脸扭曲着埋在两膝间，泪水簌簌地顺着下巴滴落。三年来他第一次为玉米哭泣。来海南三年，吃多少苦，程相文都可以咬紧牙关坚持。可这次，他真的忍不住了。原先的窝棚坍塌，跌进了粪池，台风蹂躏，海水冲击，玉米倒伏……哪次也没有让他现在这样心灰意冷。品种被混淆了，这三年的艰难摸索随着大雨付之东流了，伴着蒸腾雾气虚无缥缈了。

程相文用尽全力去拼搏的事业遭到如此重创，简直把他推入无尽的黑暗。失落充斥着他的心。阿婆看到程相文绝望地蜷缩着，恍惚间仿佛穿越时光，静望20多年前丈夫临终时自己痛苦万分的模样。她没想到，程相文对于玉米有着这般的感情投入。

程相文没有就此消沉，相反，他悉心照顾着阿婆和小孙女。这源于程相文对生命的体悟。他亲手培育玉米从出芽到授粉，再到金黄，一遍又一遍经历着对另一种生命生老病死的临摹。

长坡村200户村民在山上躲了两天了。夜晚的九所岭飘着久违的冷凉，村民们都没有带多少额外的衣衫，相互偎依着取暖，背靠背地围起来一个圆圈，也可以随时察觉周围的突发情况。白天，大家摘下槟榔果充饥，鲜红的槟榔汁染满牙缝，舌头一吐，血淋淋地瘆人。槟榔毕竟是水果，无法充当粮食，阿婆的小孙女饿得受不了，急得直哭。阿婆搂抱着小孙女，怎么哄她也止不住喊叫，程相文下山取了泡在水里的鲜玉米拿给小孙女。

玉米的清香引来了村民饥渴的目光，他们看着程相文一层层撕破苞衣，不自觉地吞咽了好几口口水。恐惧固然可怕，可谁也经不住饥饿的折磨，大人们也是饿极了，只是默默地挨着。

“程哥，我能吃点吗？”占道学忍不住走到程相文身边，轻轻哀求道。

程相文抬头，撞见的是无数虚弱的目光。他矛盾着，终于点点头，领着村民到山谷间。早已饥肠辘辘的长坡村人双眼顿时亮起来，不知从哪来的力气，疯狂地跳进玉米地，兜起上衣争夺玉米。程相文远远看着，心中虽疼，却也泰然。

不见海啸，几个大胆的青年结伴回到村庄取粮食，阿婆也执意回家，程相文拗不过，又放心不下，只好陪着阿婆一起回去。村子里到处是海水漫没的痕迹，家里存放大米的麻袋已经冲散。没有粮食，阿婆乱了方寸，只听见大黑猪依然在猪棚里哼唧，她踉跄地走到后院，对上大黑猪哀怨的眼神，它正四脚打颤躲在角落里。

阿婆狠狠心宰了猪，忙活了一阵子，捧起蒸好的猪肉拿给程相文吃。程相文感激地望着阿婆苍老的面容，无限感慨：海角天涯，幸亏有这番浓厚的乡情和慈悲的长者。

长坡村村民在九所岭躲了一周，原先那种对死亡的恐惧在等待中逐渐淡化，村民们陆陆续续回到家中收拾残局，海啸没有到来。经历过生死逃亡的程相文，对生命增添了几多禅意，他捧起大水之中残留的种子，心里升腾着希望。

# 第四章　走进绿色深处

国内外的研究表明，在玉米的增产因素中，至少有30%～40%应归功于品种改良，但20世纪90年代以来，我国玉米育种工作出现“爬坡”现象，育成的品种中，具有突破性的品种少且抗病、抗逆性差。其主要原因是对种质改良研究不够，致使新种质资源匮乏，育成品种遗传基础狭窄，对逆境表现出脆弱性。因此，只有开展玉米种质改良研究，创造玉米育种基础材料，选育优良玉米自交系，才能育成优质、高产、抗病的具有突破性品种，提高玉米育种水平和生产水平。

——《中国玉米种质资源拓展探微》张化龙、毛许攸著

## 扶苗

1980 年，程相文培育出的浚单 5 号玉米单交种，使浚县的玉米产量从原来的平均亩产 50 多公斤一下子提高到平均亩产 350 多公斤，农民仅玉米一项收入就提高了 6 倍。附近的农民来到农科所向程相文表示感谢，有人说，程所长，明年你再给俺弄个新品种，叫俺再多打个百八十斤，我们就用八抬大轿把你抬到北京……

这是赞誉，也是鞭策！

这年 8 月，在浚县农科所成立 6 年之后，浚单 5 号玉米新品种获河南省重大科技成果三等奖。好消息传来，全所职工欢喜雀跃。

正当大家沉浸在获奖的喜悦之中时，天公却不作美，一天傍晚大风骤起，大雨不期而至。雨很大，哗哗地如倾覆了的水缸砸向不堪蹂躏的庄稼地。云烟雨海，一场原本可以消解夏日酷热的大雨，给人们送来凉爽，却紧紧揪住程相文的心。他牵挂着试验田里的玉米。闭上眼睛，他仿佛看见玉米被大雨包围，地面开始积水，玉米秆在风雨中疯狂摇晃……

幸好，这场雨来得快，去得疾。程相文一大早就跑到试验田观察情况。玉米地里虽有明显的存水，所幸并不太深。

程相文蹚水往里面走去，地里的玉米出现小范围倒伏。预料之中的局面让程相文心中稍微放松一些。他明白这样的大雨如果连下一夜的话，后果不堪设想。

这块地里种的是程相文一手选出的玉米杂交种，是他要带到海南育种基地进行新品种繁育的重要材料。

常年穿白大褂，戴草帽，蹲玉米地，让程相文养成一个工作习惯：先看田间试验，再看表格总结。这也使得平时木讷的他只要一进玉米地，就有说不完的话，和大伙儿一起干活，随时指出技术问题，玉米地自然成为农科所员工培训的课堂。

1978 年全国科学技术大会召开以来，科研的环境越来越好，程相文开始关注报纸上的新闻版面，科研项目研究进展的有关报道更多了，连他自己也奇怪，我怎么关心“政治”了？不知不觉，他发现自己准备“玉米地课堂”提纲比过去更细致了，过去不易得到的外地玉米增产信息，经他精心搜罗，结合所里的成果，一说开就滔滔不绝。他让辛项南通知大伙儿到地头集合，准备上课。大家虽然早就习惯这种紧急集合，可是谁都不知道这堂课程所长要教些什么。

年轻人总是猴急，终于按捺不住，开始骚动，三四个小伙子蹿进玉米地，看着被风吹倒的玉米，急忙伸手去拽，“咔嚓”一声，玉米秆从根部撅断。在另外几个人手下，玉米也被腰折为两截。

小伙子们一下子傻眼了，原本想赶快扶苗，也表现一下自己，没想到弄巧成拙，活生生断送了碧枝绿叶的苗子。汗珠从额头上渗出，两只手挠摸，不知道该放到哪儿，站在原地，一动也不动。

程相文和往常一样的打扮，但手里多了个笔记本。“所长，对不起，我们蛮干，想帮助扶苗，结果……”几个年轻人不安地说道。

“小常啊，你们都出来吧，先听我讲，听完再干。”

程相文走近看了看撅断的绿苗，有点心疼。但是看着一张张愧疚的脸，他依然平静如常，带着大伙儿围着玉米地走了一圈，观察玉米的倒伏情况和积水情况。“这是典型的玉米受涝案例。”程相文开始上课。

“玉米是需水量大但又不耐涝的作物，受淹时间越长，受害越重，受淹越深，减产越重。应及时用水泵或人工排水，降低土壤湿度，这是第一步……”程相文看看下边认真听讲的脸，仿佛看到当年上学的自己。

“下面讲扶苗，这个年轻人要注意听啊。”程相文用眼神扫了一下刚在田里逞能的小常等几个年轻的小伙子，接着讲。

“玉米苗倒伏30度以下，应将玉米向倒伏反方向轻轻扶起，并在反方向用脚踩踏玉米根部土壤。玉米茎基部1到2节间比较脆弱，已有部分根系受损，扶苗时要防止折断和增加新的根伤。倒伏在60度以上，玉米本身可以自然恢复。倒伏在30到60度的，扶苗培土。”

程相文的话很流利，像是提前背好的，一边在田间演示，一边说。大家惊叹所长的记忆力和动作的熟练，这是需要下大功夫的。在他的手里，一小片玉米很快直起腰来，大家明白所长的课为什么要在田里讲了。

“还有，由于排水会损失许多肥料，降低地力，咱们在雨后还得追施肥料，让倒伏玉米的根部尽快恢复过来。”程相文示意大家照着他说的方法去做。

大家开始各自的忙碌，排水的，扶苗的，施肥的。突然，听得“扑哧”一声，原来地里的一块田埂被雨水冲刷下陷，程相文不小心踏上去，摔倒在泥坑里。

辛项南听见动静，第一个跑过来拉起程相文，黑黄的泥浆让所长原本雪白洁净的衬衫面目全非。

“程所长，赶紧回去吧，换个衣服，别感冒了。”

“程老师，你没事吧，别干了，回去休息吧。”

大家七嘴八舌地询问着，都过来围绕着程相文。

“没事儿，没事儿，不就是沾点泥嘛，有啥大不了的，谁让咱就是跟泥土打交道的主儿呢？大家抓紧点，争取天黑以前干完。”

程相文掏出纸擦把脸，轻轻抖抖身上的泥，又走进了玉米地。

傍晚的彩霞映红云朵，农科所全体职工将受淹的玉米地整治如常，大片的青枝绿叶昂首舒眉，恢复了生机。

让人始料未及的是，那场造成玉米部分倒伏的大雨刚过不久，一场更大的雨灾接踵而至。狂风大作，暴雨瓢泼般下了整整 12 个小时，还没有停歇的意思。

风雨如果这样持续下去，玉米苗就要遭受灭顶之灾。程相文几乎一整夜没有睡觉，在屋里踱步，他恨不得飞奔到试验田里给那些刚刚长好的玉米苗搭个避雨的帐篷，更企盼着这场狂风暴雨也能顷刻停住，老天爷会给玉米苗一条活路。

老天似乎偏偏要跟他作对。暴雨没有一点停歇，反倒气势更凶，借着大风的呼啸，似要吞没整个村子，雨滴像是一根根钢针，直直戳进程相文心里。

凌晨四点，外面雨声小了。程相文捧起凉水，扑扑脸，披个塑料布，转身就往门外冲。他已经迫不及待地想看看他的玉米地了。

门外的景象比他想象中的还要糟，树叶树枝铺了一地，满院狼藉，一路泥泞。凌晨清冷的空气中，汗珠还是从他额头上渗出，虽然已经设想很多糟糕的结果。等他赶到试验田，还是被眼前的景象惊呆了：正值大喇叭口期的 150 亩玉米东倒西歪全趴在地上，雨水和稀泥混合着压在玉米苗身上。如果不及时扶起，这些玉米苗 24 小时内就会从主干中生根、弯曲，一年的试验田就要报废了。

农科所面临着一项大工程：把这 60 万株玉米苗全部扶起。

程相文当机立断，来到农科所广播室打开电源，调好声音，沙哑的声音立刻飞到空中："农科所全体职工早上六点半到地头集合！"

太阳慢慢爬出地面，映在泥路的水坑里，闪出一道柔弱的光亮。炎热被大雨冲走，风一吹，有股透骨的凉气。天还没有大亮，程相文已经在地里开始扶苗。几十年的经验让他特别熟悉手底下的玉米苗，判断倒伏角度、扶起倒苗、根部固土，一系列动作流畅如水，全然不顾玉米叶子上残留的雨水哗哗落下，还有生长期锯齿一样锋利的叶子边缘，随时刮擦着皮肤。一棵，又一棵，远处，响起职工们走动的声音。

"你去给程所长请个假。你可是答应陪我走娘家的。"李光的媳妇拉着丈夫的手，撒娇地夺下李光手上的铁锨。

“可是程所长刚广播说全部集合。”李光小声嘀咕着。

“我听说今天程所长得陪他老伴走娘家。”媳妇慢条斯理说着，那确凿的口气听起来像是法官读宣判词。

李光被媳妇的话说动了。

每年去海南前，程相文都会陪着老伴一起回老家看看。现在已经是 8 月底，转眼要收获玉米样本，这是去海南前的空闲期。程所长可能不会去参加扶苗。

六点半，试验田地头，18 个人伫立着，他们没有注意到远处地里的一点黑影慢慢挪着，越来越近。

“是程所长！”辛项南大叫一声，众人看见从地里走出一个雨人。

程相文已经在玉米地里查看、劳作了一个多小时。他衣服湿透，头发沾上泥和草屑，两只大手出现几道明显的口子，已经肿得老高，鲜红颜色被水稀释成淡红。辛项南的眼红了，他不曾想所长已经在田里干了那么久。

“所长，说吧，怎么干。”

“项南，今天咱们的人来得不齐啊，我先带在场的人下地扶苗，你去把没来的喊过来。”程相文语调很高，面带忧虑。

平时总是笑呵呵的所长，这阵子表情严肃，一脸沉重。众人没多言语，纷纷跳进玉米地，跟在程相文身后开始扶苗。

“李光，赶快走，赶紧下地。”辛项南敲开李光家的门。

“项南，啥事?”

“没听到广播，今天扶苗。”

“听见了，今天陪媳妇走娘家。我要请假。”李光回道。

“程院长今天不是也要陪媳妇走娘家嘛。”李光没觉察到辛项南涨红的脸，接着说。

“你小子胡说八道，你去看看咱地里谁在扶苗。”辛项南忍了忍怒火，两手插到兜里，鼻子用力地呼气。

李光不明白情况，站在门口低着头，一句话也不说。

李光媳妇出来一眼就看明白了。她嚷嚷着，拉着李光，跟在辛项南后面，一起到田里看程所长在不在。

辛项南喊上那几个缺席的同事，督促他们赶紧去地里参加扶苗。

连上李光媳妇，一行 8 人来到试验田地头。李光手搭凉棚，远望看见同事们在玉米地里穿行，最前面有个戴顶草帽的高个子，一边扶苗，一边叮嘱旁边人。

“怎么样，是不是程所长？”辛项南质问道。

李光媳妇的脸红了，冲着李光示意要他下去帮忙。

李光二话没说，跳进玉米地，走到程相文身边。

“对不起，所长，我迟到了。”李光没敢看程相文的眼睛。

“没事儿，来了就好。你看这倒着的玉米苗，要不扶起，咱们一年的功夫可就白费了。”没有批评，李光却感到自己的脸上像着了火。

“大家按着上次我讲的扶苗。一定得细致点啊。”与程相文嘶哑的嗓子相伴，农科所全体人员都在扶苗，一个也不少。

这是重要的一天，农科所所有人都明白这一天将会决定 150 亩地里 60 万株玉米苗的生死，这一天也承载了多少农民丰收的希望，多少育种人员的艰辛付出。程相文和农科所的全体职工不敢懈怠，这是他们一年收集、培养的玉米样本，是海南育种的原材料，不能功亏一篑。

夏日的天也怪，昨天狂风暴雨，今天艳阳高照。

天空被太阳烤干，灼热的空气侵袭着试验田里扶苗的人们，他们头上戴着草帽，在炎炎烈日下弯腰重复着扶苗的动作，如果说草帽还能挡一下烈日灼烤的话，地上升腾的暑气就奈何不得了。

豆大的汗珠掉在程相文眼前的玉米叶上，肚子也开始咕噜噜抗议，程相文才想起来从昨天晚上到现在没有吃上饭。他直起腰杆，看看忙碌的大伙儿，喊道："停一会儿，咱们吃饭去。"

农科所的屋角，有块菜地，是他们自己开辟的，土豆、辣椒、白菜都是时令蔬菜。平时食堂的食材基本是从这来的，大家习以为常，今天一碗碗面条刚浇上热腾腾的炒菜，就被大伙儿一扫而光。程相文一大碗面条下了肚，又端着饭碗去灶台边，一连喝了两碗面条汤，这才放下饭碗。他想了想，让炊事员把锅里的面汤盛进两个热水壶，带上一摞瓷碗放到地头，又让大家都往草帽上洒点水："我的经验，会凉快一点！"

"项南，你去叫程所长回去休息吧。他已经忙一上午了。"李光拉过辛项南，低声说。他对于早上的缺席还有点过意不去，看着程所长的背影，心里愧疚。

"我可不去找骂。这会儿他心里全是玉米苗，可别去惹所长生气。"辛项南拍拍李光，劝他别去。

程相文没有听见两人的对话，依然弯腰扶苗。

下午四点，150 亩试验田里重新竖立起一片盎然的翠绿。60 万株玉米苗直起腰，感激这些救命的恩人。大伙儿擦擦脸上的汗水，互相捶打腰背，年轻人按捺不住喜悦，大声叫道："终于干完了！"

程相文却在这一刻累得坐在了地上，他没有力气开口说一句话。他庆幸提前教过大家怎么扶苗，抢时间保住了玉米。

这一天后，程相文结合自身经验，开始系统培训农科所同事扶苗、补栽、施肥等田间常用的技能。

他总是说："搞农业的，得先想得周全。"

此后，无论是在浚县，还是在海南，一遇到刮风下雨，大伙儿都会紧随程相文身后，第一时间往地里跑。

## 浚县农科所

在程相文负责浚县原种场玉米课题组的11年中，随着全县玉米生产的突飞猛进，他刚来时的原种场也逐步升级。1974年，在玉米课题组的基础上，县农业局批准挂牌成立浚县农科所，程相文被任命为第一任所长。1980年8月，程相文选育的浚单5号玉米新品种获河南省重大科技成果三等奖。当年，河南省进行科技体制改革，农科所又被确定为全省保留的31个重点县级农业科研单位之一。

心存感激对待过去的一切，是程相文一贯的思维模式，艰苦的时代过去了，自己的愿望得以实现，他要独自面对浚县历史上第一个农业科研机构，而且是自己一手创建的，一定要有所作为。

当时，虽然人们的思想观念有了很大的改变，但各种科研工作还处在一个艰苦创业的阶段。1977年，一直崇尚“科学技术是第一生产力”的邓小平重新出来工作，主管全国的科技和教育工作，再次提出建设“四个现代化”的口号。他在一次谈话中提出，“尊重知识，尊重人才”，一心一意搞现代化，并召开一次科学和教育工作座谈会，恢复了高考制度。

知识分子的春天不远了！依靠科技促进经济社会发展的时代就要到了！

程相文无比地兴奋——干事创业的“东风”劲吹，他要在自己的育种事业上闯出一条新路。当然，程相文非常清楚其中的艰难，做好了白手起家、艰苦创业的思想准备。

建所之初，有人为程相文做了总结，说他是“仨一所长”——一个人、一个公章、一间草房。

然而，就是这种境况，对程相文来说已经意味着一个崭新的开始。

不久，所里陆陆续续调来几位同志，程相文的队伍不断扩大。其中，为人正直、办事细心的王希保来到农科所后，程相文知人善任，把王希保安排在办公室主任的位置，直到退休。虽然程相文大王希保十多岁，但他们俩在共同的理想下成为推心置腹、无话不谈的莫逆之交。

又不久，由县财政拨款，农科所先后盖起了五排平房。院子的东西两边，也分别建起了职工食堂和男女厕所。扒掉了草房，院内栽上了绿树，平整了道路，垒砌了院墙。农科所初现一片生机。

在王希保的协助下，农科所很快出台了第一个规章制度。这个文件很详细、很具体，有文字、有表格，有名单、有奖惩。让人想不到的是，这个规章制度的全部条款竟然是围绕“如何打扫厕所”这一问题而设定的。

看了这个规章制度，许多人哂笑不止：程大人到底是哪个“所”的所长啊。

然而，了解程相文的人都知道，这正是他的过人之处。“从细节入手，从小事抓起”成为程相文几十年不变的信条。

早年，他还没有上小学时，就受到母亲严格的教导、训练，对个人卫生、环境卫生极为重视。初中二年级，年年获得“双五好”学生称号的程相文曾被推选为全校唯一的市级模范——“郑州市文教系统卫生模范”。讲究卫生、爱护环境不仅是出于个人习惯，更是他对自己意志的磨练，成为他性格中不可或缺的优秀品质之一。

卫生制度定下了，其他的一系列制度也都接连出台。

程相文从来没有接触过管理学的知识。直觉告诉他，仅凭几个制度是带不出一个好队伍的。他始终遵循一个他自己独创的，最朴素、最有效的管理理念，那就是“与人为善＋以身作则”。

今年农科所培育的杂交种浚单5号不但在本所的试验田里长势良好，农民大田里的玉米长势更加喜人。程相文按捺不住内心的喜悦，提前安排好了秋收工作。

离去海南的时候还早，还来得及把成立种子公司的事情再好好想一想，和大伙儿多议议，然后再向上级汇报。

他拿起办公室主任王希保起草的《关于成立浚单种业公司的请示报告》，一字一句读着、思索着。

这件事情应该尽快办理。伴随着体制改革，如今种子供应销售渠道实际上正在市场化。然而程相文深知作为商品的种子，和其他商品绝然不同。一粒种子下土，可是一年的期盼啊，只能赢不能输，放开竞争的前提是保证质量。

程相文仔细地研究过世界第一玉米种植大国——美国的玉米良种培育和推广的先进经验，认为有许多可资借鉴的地方。眼下政府已经把优良玉米品种研究、培育工作列入国家发展战略当中。相信在不远的将来，国内的玉米良种培育和玉米种植面积将会有一个突飞猛进的发展。

前不久，河南省种子管理站打来电话，要求他们加快浚单5号玉米种子的改良和优化，争取尽快拿出新品种，参加国家区域试验。

末了，那个人在电话里问道："程所长，咱俩说了半天，你听出来我是谁了吗？"

程相文愣了一下，一时间记不起在什么地方听到过这个声音。

"对不起，你是？"

"傻蛋，我是魏明啊！老同学都不记得了？"

程相文的脑海里立刻出现了郑州七中平整操场的劳动场面。

"咳，是你呀魏明。这么多年来，没想到你也在搞种子啊。"

"没想到吧，你光顾钻玉米地，哪还会记得我。"

"可不是，你要不叫我傻蛋，我还真是想不起来会是你。你现在是？"

"我现在是省种子管理站的副站长，副处级，不值得一提。往后，还需要你多支持我的工作啊。”

“不敢不敢，往后还要你多指导、多帮助。”

“你放心，有我在，保证……”

要说，程相文一辈子和玉米打交道的时候远比和人打交道的时候多，对人的认识，他实在是乏善可陈。可岁月是一位明察秋毫、洞若观火的大师，教会了他许多。其中一条他记得深刻：越是对你许下很多好处的人，越是不值得信任；越是把“保证”俩字儿挂在嘴边的人，越是没有保证。

当然，他放下魏明电话的时候并没有想那么多，只是没有表现出应有的高兴。

程相文把浚单5号看作起点，接下来要做的，是在这个基础上让玉米平均亩产再翻一番。

所有参加实验的科技人员都知道，要培育出一个新的优良玉米品种绝不是周期性的，也不是仅仅靠吃苦、努力就能够实现的。即使在玉米新品种培育的每一个环节都不出一丝差错，要培育出一个优良的新品种，也要经过上百万株的杂交、筛选。即使这样，成功的概率也只有十二万分之一，极大的偶然性像无形的手影响着大家。

选育出一个省级的玉米新品种，从材料设计、自交选系、品种改良、品种鉴定到省级试验一系列程序的完成，一般需要12个年头。而要想通过国家审定，除了上述程序必须完成以外，还要参加国家统一组织的预试、区试（区域试验）、生产试验等环节，总体算下来，一个国审品种的通过和推广，至少需要15年的时间。

得到实惠的农民并不了解选育出一个优良的玉米品种有多难，他们只是凭借着对程相文的信任，相信下一个更好的品种已经在等待着他们去播种，去收获。程相文在他们的心中已经是身边的“活财神”。

程相文的渴望更急切。他内心的誓言，从未向任何人许下。不是因为对自己的实验没有信心；相反，他已经胸有成竹，因为手中握有两张克敌制胜的王牌。

一是他已经成功培育出了两个具有巨大潜力的骨干自交系——浚 9058 和浚 92 - 8。二是他经过长期的试验摸索，确定了一整套合理密植、分期施肥等优良的田间管理办法。

第一个骨干自交系即以美国先锋公司的优良种质 6JK108 为基础材料，与泰国的 8085 泰进行杂交，然后再与国内骨干自交系 478 杂交，再经多代自交，并严格定向选择，育成的含有优良热带种质的改良瑞德（Reid）群自交系浚 9058。

第二个骨干自交系则以唐四平头群的优良自交系昌 7 - 2 为基础材料，与含有旅大红骨种质的自交系 5237 杂交后，再以昌 7 - 2 回交，经多代自交并严格定向选择，育成种质已被大大拓宽的唐四平头群自交系浚 92 - 8。

这两个自交系的育成，不仅拓展了我国玉米核心种质基础，优化了以改良瑞德（Reid）×唐四平头群为主体的杂优模式，而且还为国内的玉米良种选育提供了强大的种质支撑，让全国各地的育种家得到了我国具有独立知识产权的玉米杂交骨干品种。

程相文下一步要做的，就是依靠这两个骨干自交系，培育出一系列高产、广适的优良玉米新品种。

这一天吃罢晚饭，又到了程新建上课的时间。已经三十出头的程新建也被父亲领到了玉米育种这条路上，她从 1977 年毕业便追随父亲南繁北育。

她拿着笔记本、圆珠笔，来到父亲的住室。按照原来的课程安排，她今天要向父亲讨教玉米的特性。常年耳濡目染，新建已经爱上了那个绿油油的生命，父亲早已成了她的榜样。程相文乐得和女儿有了共同话题，更把这种交流，作为给所里上课的备课练习。

于是，听所长讲课成了全所人的享受，大家每次集中的两间房显得拥挤起来。平日里亲手养育的那些青枝绿叶，成了充满科学的生命。

“万物生长靠太阳。太阳光既是植物能量的来源，又是导致逆境伤害的重要因素。光对作物的伤害包括强光造成的光氧化和弱光造成的光抑制。

“玉米起源于南美洲低纬度地区，是一种喜光的作物。它的光饱和点远远超过其他作物，正常光照一般达不到玉米的光饱和点。因此，玉米生长所受到的威胁多指弱光强造成的光抑制。

“我国黄淮海地区玉米在生长发育过程中常常遇到阴雨寡照，连着好几天庄稼都见不到太阳光。这就直接限制了其光合能力，不但玉米的生长发育受到影响，而且直接导致产量降低。

“增加种植密度是提高玉米产量的重要途径之一。可是，密度增加了，玉米地里的光照也就会减弱，光照减弱了，玉米就会减产。所以我们才要实行合理密植。”

“我们为什么要年年育种呢?”

“问得好，下一节，就是玉米自交系退化的特点和预防方法。

“玉米自交系是单株玉米经过连续多代自交和选择，最后产生的一个基因型相对纯合、性状整齐一致的单株后代群体。作为组配杂交种的亲本，它们基因型的纯合度、性状的整齐度、配合力的高低，这些因素都直接决定杂种优势的高低。

“因此，亲本自交系的防杂保纯是种子生产中最重要的基础工作。

“我原来在田里的时候也跟大家说过，玉米属于异花授粉作物，天然异交率在95%以上。本株花粉和异株花粉同时落在花丝上的时候，优先选择异株花粉受精。所以，玉米非常容易发生天然异交和杂交。在自交系的繁育过程中，隔离不安全，去杂不及时、不彻底，套袋自交不严格，手或工具附着外来花粉等原因，都会造成玉米自交系的人为或天然杂交，导致生物学混杂。

“在理论上，自交系的基因是纯合的，但纯合只是相对的，不是绝对的。玉米的遗传由10对染色体控制，而每对染色体又由成千上万对基因组成，某些基因还可能处在杂合状态，只不过没有表现出来罢了。自交系在生产过程中，姊妹系间互相授粉，在受精过程中必然发生基因的重组与分离，使得一些隐性基因以纯合的性状表现出来，造成自交系混杂退化现象。

“自然界中，生物遗传是相对的，变异是绝对的，由于自然环境的变化或物种本身的特性，基因突变将伴随着遗传无时无刻不在发生。一些细微的变化，经过多代繁殖就会累积起来，形成较明显的混杂退化现象。

“在自交系的收获、运输、晾晒、脱粒、清选、储存过程中，机械或人为的原因而导致自交系之间或自交系与其他品种之间的混杂，会使自交系失去使用价值……”

“喝口水吧。”看到父亲干裂的嘴角，程新建递上一杯白开水。

“可是，咱该采取啥措施来保证自交系基因的纯合呢？”张守林站起来发问。

“这就是咱们来海南的原因呀，为了保证自交系的基因纯合和性状的整齐一致，就要对自交系进行多代自交，一代两代不行，至少要进行四五代自交，在咱北方就要四五年。来到海南育种，就可以多增加几代，所以才叫加代繁育……”

“不是说自交的玉米会退化吗，为啥还要自交四五代？”

看到自己讲课调动了所里上下人员的求知欲，程相文越发兴奋。

“对呀，我们就是要让它有条件地退化，这样才会让它本身的基因达到纯合嘛。但还要采取其他的措施，来防止它自身优势的退化。这就是这节课主题，原种繁育的隔离和去杂。

“在自交系繁殖过程中，隔离区是不是安全，这对自交系的纯度起着重要作用。自交系原种繁殖的时候，空间隔离要在1000米以上，要是良种繁殖，也要隔离500米以上，并且2000米以内禁止放养蜜蜂，防止蜜蜂带来花粉。

“另外，在自交系繁殖过程中，除杂去劣工作是保证种子纯度的重要一环，要做到及时、严格、彻底。在播种前，对繁育出来的自交系种子要进行人工精选，根据该品种粒型、粒色等形态特征挑去杂粒、病粒和小瘪粒，留下典型特征一致、籽粒饱满的种子作种用。

“在幼苗长至3～5片叶时，结合间苗、定苗，根据该品种叶鞘、叶缘、叶片颜色、叶片宽窄、叶片的长相等特征，除去杂苗和小劣苗，保留典型特征一致的健壮苗。

“在自交系进入拔节期，根据株型、株高、叶色叶脉等特征除杂，除去杂株、变异株。这样的除杂工作一般进要行2～3次，然后再抽雄除净。

“自交系雄穗抽出来以后，还要根据这个品种雄穗分枝的多少，颖壳、花药颜色、株型、长势、花丝颜色等特征，除去杂株和变异株。

“在自交系收获、晾晒过程中，根据果穗性状、籽粒颜色等特征，进一步除去杂穗。

“接下来，在自交系的收获、运输、晾晒、脱粒、精选、包装、储存过程中，要由专人负责，做好标志，防止人为弄错或混杂。这就接上了你刚才的问题，咋样防止自交系本身优势的退化。”

程相文摘下眼镜，端起水杯，咕咚咕咚喝了满满一杯白开水，眼前出现的是朝夕相处的田野，他抚摸无数次的叶片、花丝、苞穗，话语仿佛是从手心汩汩流出——

“第一年在原种圃内选择100～200株生长良好的典型优株套袋自交，收获穗选混合脱粒，供下年繁殖。第二年将上年套袋自交的种子在安全隔离区繁殖，再选100～200株典型优株，套上袋，然后进行成对姊妹互交。收获后，严格穗选混合脱粒，供下年繁种用。用这种方法既可保持自交系的良好种性，又可以有效地防止因连续自交所造成的退化……”

程相文内心充满欣喜，他心里十分清楚，讲课的内容，涉及正在培育的一个超强优势新品种，是瞄准黄淮海地区地域特点，既能稳产高产，又有多种抗逆性的针对性高产种子。整个过程比以前技术更强、要求更精准，需要一个团队的学术追求和技术升华。

黄淮海地区包括河南、河北、山东、山西、甘肃、内蒙古、宁夏、陕西、天津等地，是我国乃至世界独一无二的夏玉米集中产区，常年种植面积在1.5亿亩以上，产量约占全国玉米总产的35%，在国家粮食安全中占有举足轻重的地位。因为这个地区夏玉米生产季节具有高温、干旱、阴雨寡照等灾害性天气的特点，而这种特点对玉米生长非常不利并且其衍生的病虫害也相应地发生频繁，严重制约了黄淮海夏玉米区生产的发展，所以，新的玉米品种就要具有适合上述地区玉米生长特点的抗性，从而实现稳产、高产，彻底改变我国玉米种植的现状。

程相文和他的团队方向明确，目标坚定。他们要做的，就是突破高产与抗逆有效结合的育种技术瓶颈，选育出适合整个黄淮海地区玉米生产的优良品种。

然而，程相文知道，要做到这一点绝非易事，需要付出超常的、极其艰苦的努力。

程相文以浚9058作为母本，以浚92－8作为父本，对这两个自交系进行人工杂交，期望会有一个兼具两个自交系遗传优势的新品种诞生。

程相文带着张守林、程新建等人这次来到海南三亚，就是要利用两个优良的自交系，培育新的良种。

地块是早已经选好的地势平坦，排水、灌溉都方便的地块。他们在犁地的时候注意深犁深耕，保证耕层在30厘米以上，播种深度为3～5厘米。

在备种的时候，程相文要求必须超过国家标准，保证种子的纯度达到98%以上，含水量不超过13%，发芽率不低于88%。

凌晨四点，程相文就起床，点亮了煤油灯，早早做好了各种准备工作。

他分别将浚 9058 和浚 92－8 两个品种的玉米种子做好标记，把各种农具、标牌等归拢整齐，然后，他带着皮尺，先走一步，来到了试验田里。

五点十分，张守林等人也都赶了过来。

程相文在打好的地垄上拉开皮尺，先是每隔 40 厘米挖一个穴，然后在另一畦地里每隔 70 厘米挖一个穴。这样，行距和株距就非常整齐地排列开来。其他人按照规定，每个穴里点上两颗种子，覆盖上细土。

然后，他们从水渠中放水，将新种的玉米地仔细浇了一遍。这一遍俗称"蒙头水"的浇灌非常重要，直接关系到种子的发芽率。

中午，大伙儿低头吃着干粮，就着白开水，算是吃了午饭。几乎没有休息，所有人立刻又投入到工作中去。

一天就这么"忽"地过去了。看看太阳将要落山，程相文才想起大伙儿已经将近 8 个小时没有吃饭，就催促着育种队员们踩着夕阳，踏上回家的路。

程相文依然如往常般在地里忙活着，仍然是每天天不亮就起床，晚上太阳落山才回到家。

第五天早上，他来到玉米地，看到所有的玉米都齐刷刷地从土里探出了头。这初生的幼苗只有指甲盖大小，每棵苗上两片翠绿，厚厚的，肥肥的，就像初生婴儿的小手。看着这些充满生机的嫩芽，程相文心中翻涌出创造的喜悦和生命的感动。

他爱这些玉米的幼苗，他爱玉米从播种到收获的整个生命过程。每每站在玉米们的面前，他都有一种父亲般的自豪。

"是我给了她们生命，是我给了她们成长。我喂养她们，给她们吃饭、喝水；她们病了，我为她们看病；大风来了，她们跌倒；大风过去，我把她们亲手扶起。我为她们介绍对象，替她们选择爱人，看她们生儿育女……"

程相文不敢相信，自己转眼间已经 55 岁了。从 27 岁开始育种，已经过去了 28 年。那么，自己余下的生命中，还有没有 28 年的时间让他完成自己毕生的追求？过去的 28 年，他的生命就是这样度过的：每天守着玉米，每天看着玉米、嗅着玉米、抚摸着玉米。

他坚持着，坚守着，辛勤地耕耘着。他常常下意识地对玉米倾诉，告诉她们自己的烦恼，自己的苦闷，自己的祈盼，自己的兴奋。他已经在不知不觉中和玉米融为了一体。他现在所有的思维、意识和行为都离不开玉米。

他还没有完全意识到自己现在的这种状态是否正常，是否怪异，是否有悖常理。他没有想，或者说还没有来得及想。他现在所想的只有一个，那就是玉米，玉米育种。他想要不惜一切代价，甚至是生命的代价，来培育出真正高产、稳产并能够广泛适应各种地域、各种生态条件的优良玉米新品种。

他也从未设想过自己人生的高峰。他觉得自己不是一个具有大智大勇的精英、栋梁、英雄。他只是拥有一个信念，而且这个信念已经坚定明确、让人着迷地成为习惯——那就是在玉米地里的那份安详、宁静、享受。

## 三个大学生

风雨夏春秋，南繁北育忙。二十八载奔波，唯愿百姓欢笑。

这样总结程相文的生活，一点也不为过。眼下，他正愁着逐渐变得更加酷热的天气。

门槛的影子越来越短了，一晃就跨进了 5 月。毒辣的阳光透过层层叠叠的枝叶透射下来，地面光影斑驳，夏天到了，春旱却一直在延续。

已经两个月没有下雨了，整个黄淮海流域笼罩在焦急干燥之中，程相文头上的皱纹深深地刻在脑门上，就像干涸的大地。

晌午，烈日朗照大地，热腾腾地烘烤着干渴的庄稼。风从玉米地里吹来，带着阳光在水泥地上蒸晒的火气，把人烤得昏昏欲睡。

小狗也躲在大桐树的阴凉下，下巴垂落在前爪上面，无精打采地吐着舌头，懒得吭气。

程相文急忙吃过饭，奔走到试验田，一边轻轻挽起衣袖，擦拭额头上冒出的密密的汗珠，一边环顾整片庄稼，把手指插进土层查探。

玉米刚播种不久，才长出一尺多高，这会儿正蔫蔫地弯着腰，只有新吐的嫩芽还算青绿。土壤只剩片片湿斑，连田里的杂草也打着卷儿，受不住这样毒辣的烘烤。

程相文穿梭在170亩试验田里，避不了一点烘烤。汗珠顺着他的下巴滴落在玉米叶上，一溜儿滑到地下，不见了踪影。

见程相文站在地头，眉头紧锁，一个40来岁的中年壮汉朝程相文走去。他是张守林，心里着急玉米，也来到试验田。

程相文一张黑瘦的脸上写满担忧，丝丝白发在阳光下熠熠闪着银光，微微弓起的脊梁晒得似乎要冒出油来。程所长苍老的样子刺痛了张守林，犹豫着侧身站在程相文身边，说出憋在心里许久的想法。

“程所长，每年春旱咱都没法儿吗?”

“现在连井里的水也降得厉害，除了盼着下雨还能咋弄?”

“说不定有法儿呢！新疆恁缺水，棉花照样长得好。咱可以去考察考察。”

“平时咱四五个人都够忙的了。这时候再去考察，玉米谁管啊。”看着玉米缺水的状况，程相文直摇头。

见状，张守林趁机上前一步，站到程相文面前，眼睛直视这位将近古稀的老人，动情地说出自己的想法。

“程所长，玉米生长需要补充水分，育种团队也需要新鲜的血液啊。”

“小张，我明白你的意思。农科所要发展，得吸收更多力量。”

“是啊，咱农科所28年了，该扩充团队力量，增强科研后劲了。我听说河南农业大学最近在办招聘会，要不咱去招几个大学生?”

“中，那咱抽空去农大看看吧。”

做出决定后，程相文舒展了眉眼。顶着骄阳，又在玉米地里转了一圈，这才回办公室。

夜里，银色闪电劈断黑暗的狂妄，久违的大雨倾盆而至，地里的玉米伸直了腰，接受自然的洗礼。

年年岁岁花相似，岁岁年年人不同。

1987 年对大多数人来说不过是个平凡的年份。同样的 365 天，同样的日出日落、四季交替，同样的春光夏雨、秋风冬雪。然而对于程相文来说，这一年有着截然不同的悲喜交加。

经过半年的辛劳，海南的育种终于告一段落。程相文办理好装船的手续，看着一袋袋良种上了船，刚刚返回到罗蓬村，就接到所里的电报，说县里通知，让他抓紧返回浚县。

回到所里，行李还没有安顿好，就接到了浚县人事局肖局长的电话。

“喂，老程吗？王主任说你已经回来了，你现在就来吧，我等着你。”

程相文放下电话，匆匆赶到县人事局。

正在会议室开座谈会的肖国平，撇下另外几个单位的负责人，单独把程相文拉到了自己的办公室。

“恭喜你呀程所长，咱们县的玉米育种事业这一回可是后继有人了。”

果然是关于分配大学生的事。程相文心头一阵激动，但立刻镇定下来，装出若无其事的模样，用平淡的口气说道：“我知道这事儿。咱俩上个月不是在电话里说过了？”

“哦……是这样啊。”

肖国平走到程相文侧面，睨视着这位从不擅迂回的玉米人儿，心想：“好啊，你给我装吧你，看我不让你蹦起来！”

“程所长，听你的口气，可没有上次电话里的那股高兴劲儿啊。”肖局长故意皱起眉头。

“有啥高兴的，又没见到人；闹不清到底是人才，还是逃兵呢。弄不好，请来个土地爷，供不起、得罪不了的，没把握的事儿啊。”

“老程，我知道你从来不做没把握的事儿。既然这样，也不叫你为难，大学生那事儿就算了。”

“算了？咋叫算了？”

“你想想看，咱俩多少年的交情？我不能给老朋友找这累赘。干脆给鹤壁农业局算了，人家那儿也有个农科所，一直火烧火燎地急着要人。中不？”

“你……你这是啥意思？”程相文突然变了脸色，焦躁起来。

“没啥意思。把这几个大学生给鹤壁市里的农科所算了，你也不差这仨俩学生娃。”

程相文腾地站起身，高声说道：“那不中！说好的事儿，你咋说变就变，你到底说话算不算数！”

“哈哈哈……老程啊，你端啊，咋不端了？自己看见了宝贝，明明急得恨不能掂刀去抢，还装得跟吃了大亏似的。哈哈……”

程相文看到肖国平开心得如孩童般的笑容，才明白是故意逗他取乐，也为自己的沉不住气感到好笑。

“中啊老肖，你故意……你故意逗我的猴儿哩！哈哈哈……”

好一会儿，程相文和肖国平才停住了笑声。

“快给我档案。”

“早给你备好了。”

肖国平说着从抽屉里拿出码得整整齐齐的三份档案，郑重地递到了程相文的手中。

“老程啊，这三个大学生的档案我都看过了，个个都是学校的高材生，在校期间学习很用功，品德很优秀，都是可造之材。说真的，老程，我很为你高兴。你常年劳累，是该有几个得力的助手了。”

程相文也很庄重地说道：“肖局长，我非常感谢你，第一时间就想到了我，想到咱农科所。在科研上，我的文化程度不高，全靠摸索，科学技术是第一生产力，大学生是啥，就是这生产力的来源。我累倒不怕，我真希望多一些人才，提高育种水平，育出好种子。”

“你嫂子还说，你看人家相文，身体壮得跟牛似的，一年得省多少药钱。常年千里万里地跑，跟没事儿人一样。我说，可不是，你去跟闺女商量商量，让她换个单位吧？她问为啥，不是干得好好的？我说，都照老程那样，闺女那些单位不都得关门了！哈哈哈……”

三个大学生一起来到程相文的办公室。他们都私下里做好了第一次和领导见面的准备。学校学生科的李科长曾对他们仨交代过，开始的自我介绍很重要，一定要言简意赅，富有吸引力。

他们进去的时候，发现三杯热茶已经放在办公桌对面的木头沙发上。

“来来，喝茶喝茶。”

“程所长，您坐吧。”三个人都显得拘束、紧张。

“给你，张守林。你的，秦贵文。还有你，常建智。都喝茶。”程所长把茶杯分别递到三人手里。

三个人都很惊奇。程所长像老朋友般，很熟稔的样子。

“程所长，你咋知道俺仨的名字？”秦贵文问道。

“我认识你们仨。”程相文指着三个人说道。

“啊？”仨人都感到奇怪。

“程所长，咱们好像没有见过面吧？”秦贵文疑惑地说道。

“你们没见过我，我可见过你们。”程相文笃定地说道。

“不会吧？”常建智也觉得程所长一定搞错了。

“我猜到了，程所长一定到过我们学校。”秦贵文兴奋地说道。

“没有。我是在另一个地方见到你们仨的。”

“在哪儿？”秦贵文、常建智齐声问道。

“档案袋儿里。哈哈，你俩都猜错了。”

程相文像个孩子似的得意地笑了。几个人都被这笑声感染，一齐笑出声来。他们没有意识到，笑声瞬间拉近了互相之间的距离。

“我知道，恁仨都是安阳农校的高材生。我想考考你们，中不中？”

刚刚放松心情的三个人，立马又把心提到了嗓子眼儿。

“考场几个月前都给你们准备好了。”

“那——程所长，我们现在……”

“别紧张，先喝茶。这可是县长送的龙井。”

三个人怀着忐忑的心情胡乱喝了两口，哪里尝得出什么味道。

程相文带着三个人下了楼，出了院，进了田。

此时的浚县，正是春光明媚的时候，农科所的试验田里春苗茁壮，一片喜人的新绿。新栽的春玉米已经长出了两三个叶片，正是到了间苗的当口儿。

三个人看着程相文，不知道在这个考场里有什么特殊的考题。

“伙计们，我现在出第一道题。一般来说，玉米的每亩播种量是多少?”

“这要看什么品种，如果……好像是……五六公斤?”常建智吞吞吐吐地说道。

“二至三公斤。”程相文纠正道。

“程所长，我记住了。”常建智很认真地说。

“第二个问题，一般来说，大田玉米什么时候间苗，什么时候定苗?”

“这要看播种的密度，如果是……应该就是这个时候吧。”这回是秦贵文抢答，答案仍然是不确定的。

“主要看苗期，不是看季节。玉米幼苗长出三个叶片，就要间苗；长到四五个叶片，就要定苗。”程相文说道。

秦贵文点头。

“第三个问题，什么叫大喇叭口期?”

“这个，老师好像没有讲过。”秦贵文说，答案和没答一样。

“你说，张守林。你到现在一句话都没有说过哩。”程相文一直在不动声色地观察张守林，料定他是一个有主见但不善言辞的人。

“我不知道说的对不对。是玉米长到十几个叶片的时候。”张守林不确定地说道。

“十四五个叶片时为大喇叭口期。最后一道题：什么叫南繁北育？谁第一个提出南繁北育？为什么要进行南繁北育？”

三个人都说不明白。

“不要紧，说不明白不要紧。等你们将来到了海南，自然就明白了。你们仨把心放到肚里好啦，咱这是开卷考试，不计成绩，不入档案。”

三个人都松了口气，问还有没有什么是必须注意的。

“有。就是注意休息，注意分配好自己的体力。好了，今天考试到此结束。宿舍，办公室王主任都给你们收拾好了，你们回去整理一下，明天正式上班。”

第二天，三个大学生就面临如何分配自己体力的问题。

一个人一顶草帽、一条毛巾、一把锄头。都是新的，上面有人用圆珠笔工工整整地写上了仨人的名字。写的人还仔细地把笔画描得很粗，看起来很醒目。

“咦，这不是王主任刚从仓库给咱们领出来的，咋还写上了名字？”常建智比较细心，发现了草帽、锄头上的字迹。

“就是。可能是王主任写的，要不就是仓库保管员写的。”秦贵文猜测道。

“是程所长。”张守林沉静地说道。

“你咋知道？”

“我看见的。这草帽和毛巾昨天就在他办公室里搁着。”张守林道。

“嗨，守林，你观察还挺细的。”常建智佩服地说。

秦贵文说：“今天是咱们第一天上班，可要努力着点。所里的人可都看着咱呢。”

“是啊。”张守林小声附和。

“没事儿，不就是锄地嘛，简单。”常建智说。

“你会锄地？”秦贵文问道。

“庄稼活，不用学，人家咋着咱咋着。没吃过猪肉，还没见过猪跑？”常建智满不在乎的样子。

他们虽然是学农的，可并没有多少机会犁地、锄地、摇耧、踩耙。

这时，所里其他的同志已经开始干活，程相文也在他们前边不远处弓腰锄地。他们带着新鲜劲儿，很卖力地干了起来。

开始，秦贵文和常建智还有模有样地锄着，不时还会互相打趣几句。张守林也兴致勃勃，和他俩并肩而行。可是没一会儿，仨人都大汗淋漓。常建智不住地擦汗，抬头看了看左右，忽然发现了问题。

“哎，我说贵文、守林，都一起开始的，咋后头就剩下咱仨了？”

秦贵文和张守林抬头一看，可不，大伙儿都到了前面十来米的地方，把他们仨甩出一大截儿。程相文则在最前边。

“看啥，追啊！”秦贵文顾不得擦汗，拼命干了起来。

三个人再没闲情聊天说笑，只顾低着头、弓着腰锄地，紧闭双唇一言不发。然而，无论他们怎样努力，还是远远落在众人后头。

等到众人锄到地头歇的时候，他们仨才锄了一半。他们站在地畦中间，把锄头当拐杖，扶着，艰难地直起腰来。

是继续锄下去，还是和大家一起歇？这是一个问题。而显然，他们三个都不知道该如何决定。

这时，程相文一脸轻松地来到三人面前。

“歇会儿吧，擦把汗，喝口水。”

三人如释重负，拖着脚步，跨过地畦，跟着程相文往搁置水桶的地方走去。

经过程相文锄的地块，他们仨怔住了。整个地畦像是精心梳理过，平平整整；锄起的土茬紧挨着地畦两边的地垄，像两条绷直的长线。地畦里除了杂草，没有一棵幼苗受伤。再回头看看自己的地畦，高一锄低一锄，凸凹不平，还散落着稍许玉米苗儿在地畦里。苗间，还有杂草支棱棱地站着。再看看程相文的后背，只有巴掌大的汗湿。而他们早已是透湿透湿的。

“服了！真没想到程所长农活干得这么棒。”常建智佩服得五体投地。

“可不，不但锄得又快又好，而且毫不费力。这可是真功夫。”

“看来，这回考试，咱仨都不及格。”张守林不无沮丧地说道。

张守林最后那句话让程相文听见了。他过来对三个人说道："不要心急，也不要丧气，农活是我们搞育种的基本功，你们的劳动态度大家都看到了。许多时候，态度比才能更重要。"

三个人连连点头称是。程相文接着说道："你们应该知道，咱们这一行，虽然同样搞科研，但和那些研究心理、研究导弹的不一样，咱们主要面对的不是仪器仪表，而是大田，工作只有一小半是脑力劳动，另外一大半是体力劳动。所以，你们要有思想准备，更艰苦的时刻还远没有到来……"

## 再招聘

每天八点签完到，职工就聚在办公大楼前，聊着各自关心的话题，等待晨会开始。程相文刚把准备招聘大学生的消息说出，下面就炸开了锅，七嘴八舌地议论开来。

"啧啧，咱还招大学生呢！"

"会招到不会啊？"

"说的是研究所，实际整天面朝黄土背朝天，都上大学了，谁还来种地啊。"

"看咱所长，不是带着大伙儿得这个那个奖？现在讲究发挥专业特长。再说了，大学扩招了，毕业生多得很呢。"

听着大家的反应，程相文抬起双手，朝下压了压，示意职工们安静下来。

"这次招大学生，主要靠大家。咱一定要相互配合，把招聘工作做好。"听了所长的话，职工们个个迷茫地相互对视，希望从别人眼中解读出正确答案，但谁也不知道所长葫芦里卖的什么药。

瞧见大家疑惑的眼神，程相文笑了，他有自己的方法。

这天下午，程相文跟秦贵文交代好工作，转身走到车前，轻轻拉开车门，坐了上去。虽说他生长在郑州，因为育种工作繁重，总是常年在海南、浚县两地奔波。自从他把妻子从古荥带到浚县，已有很多年没回过郑州了。

程相文坐在车内，张望着窗外的风景，感受着郑州哪怕是最微小的变化。金碧辉煌的建筑、炫彩夺目的霓虹……他像个刚进城的外来汉，在这座熟悉又陌生的城市观光，感慨时光飞逝。

思绪不觉回到几十年前。那年收完麦子，父亲同意小相文去郑州读中学，当时心头的惊讶和幸福，至今还会让他热泪盈眶。那时背着干粮步行上学，周末和同学到二七广场看看，已经觉得省会很大很远。

如今，真正繁华的郑州已经陌生。

一同前来的张守林手指向右边说："到了。"他这才从回忆中抽出，跨出车门，远处一面飘扬的国旗，宽敞的校园，环顾四周成群的学生，程相文心里踏实起来。

和河南农业大学负责人联络好后，几个人空着手，说笑着走向就业服务中心，没带一份宣传材料。

临近毕业，周围同学都在认真准备面试，或者详细地计划着毕业旅行，鹿红卫却痛快地打了一下午篮球。洗完澡，他一手拎着澡篮，一手插进牛仔裤的口袋，慢悠悠地在校园里乱转，想再看看待了四年的大学。

五月的校园，是春的海洋。月季、牡丹、樱花，桃树、柳树、紫藤，鹿红卫轻轻翕动鼻翼，连空气都是甜丝丝的。

走到就业服务中心楼前，看到攒动的人头，他停下了脚步。鹿红卫仰目而视，太阳还红灿灿地高悬在天边。离吃饭还早，肚子也不饿，他转过身，朝宿舍方向走去。

鹿红卫推开宿舍门，差点碰着门后照镜子的室友杨子晨，他手里的资料撒落一地。鹿红卫忙放下澡篮，拾起地上的文件，整理好递给子晨。

"晨儿，去招聘会？"

"嗯。你呢，鹿子？"

“我反正就在北京农科院和省农科院中间选，具体还没定。”

“那咱一块儿去招聘会看看呗，反正你也没事儿。”杨子晨热情地邀请，鹿红卫想了想，就把澡篮放到窗台，跟着杨子晨下了楼。

就业服务中心里，人已经散去很多，不少招聘单位在收拾东西准备离开。鹿红卫二人被一阵喇叭声吸引住，扭头看见一个白发老人西装革履，手持喇叭喊着话，他前面的桌子被围得严严实实。杨子晨丢下鹿红卫也挤了过去，踮着脚尖往里探。不一会儿，又攥着简历兴冲冲挤了出来，走到外围——鹿红卫跟前。

“鹿子，是浚县农科所，老师不是经常提他们的玉米品种浚单 18 吗？”

“是呀。”鹿红卫指指拿喇叭的人，“那不，那是所长程相文。”

“这你都知道？”杨子晨吃惊地看着眼前的鹿红卫。

“他自己介绍的。”鹿红卫淡淡地说，忽地又把声音提高了八度，“他们不收你简历？！”

“不是，他们说宣传得再好也不如让咱们实地考察。这个单位招聘方法挺独特的，我想去看看，反正他们包吃住和往来车费。”杨子晨双眼放光。

“对了，那所长说愿意去的同学只要在招聘现场签名，晚上就请吃饭。你签名了没？”

“我签了，”杨子晨自豪着，用一种得意的口吻接着说，“我也替你签了。咱俩正好把晚饭省了。”

“啊……”鹿红卫心里纳闷，“这样招聘，不得把单位吃穷了？”他怔怔地看看杨子晨，张了张嘴，却说不出话来。

其实，农科所里对此存在反对的声音。浚县农科所一年科研经费只有 8.5 万元，这样一顿吃吃喝喝，虽然菜价不贵，但不知来多少人呢，加上这些人来所里实地考察的吃住、车马费，是一笔不小的开支。办公室主任王希保心里嘀咕，但程相文不为所动。

“科研上台阶，发现人才是咱的希望啊。”程相文似乎看透了王希保的心思。

被杨子晨推搡着，鹿红卫不情愿地跟着他来到学校附近的饭店。大厅已经坐满人，鹿红卫左顾右盼，10 张大圆桌旁，不时碰见一张张熟悉的面孔，邻桌就坐着同班同学秦永田。

“来了可有 100 多人，”鹿红卫诧异地感叹着，“这个农科所还真不简单啊！”

程相文亲自给每一桌学生敬酒。

到了鹿红卫一桌，程所长满面红光，趁酒兴讲起来：“咱们搞育种的，有人编了句顺口溜：远看像个种田的，近看像个烧炭的，一问才知是农技站的。”程所长说完，满桌人哄堂笑起来，刚才的紧张消失得无影无踪。

“其实，人生不在别人怎么看，我们搞农业技术的，说到底看成果，我们的成果在哪里？田野上！”

大家鼓起掌来，鹿红卫被这个不同一般的招聘吸引了，情不自禁地站起来，主动和程相文聊起来。

回去的路上，鹿红卫低头走着，不理会杨子晨对饭菜的叨叨。他已经拿定主意，要去浚县农科所一趟。

由于浚县农科所招大学生的方式别出心裁，一传十，十传百，消息很快也传到了安阳农大。两所高校的学生陆陆续续去考察的达 100 多人。这下可乐坏了程相文。

开完招聘会的那个周末，鹿红卫和杨子晨就去实地考察了，路上结识了安阳农大的两个女生——赵晓红和李琳。4 人围绕浚县农科所聊得十分畅快，末了纷纷对程相文科研上的坚韧和生活上的贴心由衷地敬佩。

七拐八拐，4 个人终于来到目的地。

“程相文 1992 年被授予国家有突出贡献专家，享受国务院颁发的政府特殊津贴；1993 年被省委、省政府授予省管优秀专家；1994 年被授予河南省劳动模范；2002 年荣获‘全国五一劳动奖章’。”读完农科所的展板上的材料，4 个人才知道那个朴实得像农民的老头居然这么成就辉煌。

虽是周末，浚县农科所里仍然收拾得干净整洁。值班的职工热情地招待他们，程所长也在其中。他带他们来到试验田，滔滔不绝地介绍浚单 18 的各项特性。蓝天白云下，170 亩地里，绿油油的玉米连成片，蔚为壮观。

鹿红卫看得满心激动，心底萌生了留在浚县农科所的想法。

虽说浚县农科所硬件条件算不上先进，但育种技术、科研环境却好很多。省级科研单位待遇虽好，但竞争也非常激烈。况且眼前这位老人名声在外，依旧这么真诚地接待大学生，跟着他，肯定会有所建树。

这样的念头在脑际飘忽不停，令鹿红卫渐渐心向往之。

毕业了，鹿红卫收拾好行李，心情复杂地告别慵懒的大学生活。

回家途中，他拼命思索着前段时间自己的心理变化，想不通自己竟会放弃省级科研单位，选择浚县农科所，连杨子晨都觉得那儿没有发展前途。但只要脑子里浮现出那天招聘的情景，鹿红卫就是一阵感动。

回到家，他接到了程所长的电话。电话里，程所长嘱咐鹿红卫报到的时候只要人去就可以，一切都安排好了。

挂了电话，鹿红卫平静的心变得坚定起来："以后他就是我的老师了。"而电话那头的程相文心中升腾起说不尽的希望。

同样接到电话的还有秦永田、赵晓红等 4 人。浚县农科所一下引进了 5 名大学生！

7 月 1 日，浚县农科所大门上挂起了欢迎大学生的横幅，程相文特地放了一大挂鞭炮。火红的爆竹在空中阵阵作响，门上的横幅也随风上下翻飞。

5 个人大包小包地拎着行李，跟着办公室王主任来到各自房间。鹿红卫腾出手推开门，却愣在门外，后悔自己拿了这么多东西。

阳光透过窗户投射到屋里，地面光洁如镜。蚊帐撑了起来，床上凉席已经铺好，毛巾静静地躺在枕头边；床头柜上整齐地排列着牙膏、牙刷、香皂和卫生纸，就连拖鞋，也根据各人的脚分出了大小号放在床下；窗前的晾衣绳上挂着衣撑，一条毛巾搭在上面，随着风轻轻晃动。赵晓红屋里甚至放着女性用品——卫生巾。

"咋不进去啊？"王主任见鹿红卫停在门外，笑着问道。鹿红卫这才缓过神，提起撒落在地上的东西进了屋。

“缺啥了给我说，头一次给大学生布置房间，没经验。”王主任又补充一句，转身下楼向程所长汇报。

安顿好5名大学生，程相文才把所有职工召集到主席台前，准备升国旗。几个大学生被安排到最前面，庄严地注视五星红旗迎着风缓缓升起，他们的新生活就此拉开序幕。

而这样的招聘方式也一直延续下来。

要增强农科所的后劲力量，只招到大学生还不够，还得让他们练好田间试验基本功。在玉米地里摸爬滚打30多年，程相文炼就一双火眼金睛。面对几千个杂交组合，他能迅速从中找到最具优势的组合。而现在，他要把自己积累的经验传授给大学生。

开完晨会，程相文就带着常建智领大学生给玉米授粉。鹿红卫他们一听兴奋极了，紧跟着程所长来到试验田。地里的玉米已经长到一人多高，5个大学生不顾袭来的一股股热浪，抓紧换上工作服。

常建智是和张守林一起来的农科所，跟随程相文也有10多年了。他见程所长笑眯眯地望着在地头换工作服的大学生，便和程相文聊起来。

“程所长，咋天天这么高兴啊?”

“小常，你知道我啥时候最高兴吗?”

“当然是看见玉米了。”

“除了玉米呢?”

“那我就不知道了。”

“看见小孩儿和大学生，我更高兴啊。”

看着这些愿意吃苦的大学生，程相文觉得有了希望，眼角的皱纹变成一朵朵花在脸上绽放。

# 第五章　信仰的力量

广大农村推行包产到户的经济体制改革以来，中国经济社会发生了又一次翻天覆地的变化。全党的工作重点实现了以经济建设为中心的战略转移，改革开放全面展开从计划经济向市场经济的转轨。国民经济持续高速度发展，提前实现翻两番的战略目标。人民物质生活水平得到极大提高……

——《再造中国》邓英淘、崔鹤鸣、王小强、杨双著

## 标兵

程相文对自己要求非常严格，浚县干部群众都知道老程做人有个“三不”准则：不考虑地位，不考虑待遇，不考虑名誉。20 世纪 80 年代初，县政府换届，有人提议他为副县长候选人之一，他主动向组织表达了不参选的意愿；1984 年，河南省直某科研机构调他去省城，待遇优厚，他婉拒了；1988 年，上级党委任命他为市里某科研单位的副处级领导，他说他的最好岗位是育种；国内多家种业公司高薪聘请他，他说害怕金钱把背压弯了。多年来，他获得了累计 900 多万元奖金，一分未留，全部用于科研和院所建设。

程相文做事的风格，一直都是低调，埋头干，不叫屈，不争辩。这一点，可以追溯到他的中学时代。

初一时候，程相文因为各方面表现优异，就顺利加入了共产主义青年团。

学校教学楼后面是一大块凸凹不平的荒地。西边一个大土堆，常年长满了齐腰深的蒿草。东边一个大水坑，常年积聚着黄绿色的污水。

学校做出了规划，把西边的小丘削掉，把东边的大沟填平，建一个足球场、两个篮球场以及跑道、田径场……让这大片的荒芜彻底改变模样。

五彩的标语贴出来了，鲜艳的红旗竖起来了，全体党团员、全体教职工、全体同学都被发动起来了。

程相文所在的一年级三班平时并不起眼，但为了夺得红旗，班主任李向前率先贴出了挑战书，向全年级 8 个班发出了挑战。班里年纪最长的程相文，自然成了夺标的干将。

按照分工，女生负责装土，男生负责挑运。可班上的男生多、女生少，程相文便自己装、自己挑。

个儿大不怯力。每次干活前，他总要往手上哈几口气，来回搓揉几下，然后拿起铁锹，使劲抡着，飞快地把土铲到箩筐里，用力拍打。两筐土装好，他身子略微一蹲，扁担刚挨着肩头，两只竹筐立刻悬到了空中，忽忽悠悠便消失在人群中。

程相文所在班级的劳动进度让全校师生刮目相看。“一（三）班”仨字儿排到了光荣榜的最上面。可是，问题就在这时出现了。

这天，刚过十点，广播喇叭里通知李向前老师到教务处开会。还没等到李老师的背影完全消失，几个男生就撂下了铁锹、扁担、箩筐，纷纷躺倒在土堆上，只剩下程相文和另外几个班干部还在继续劳动。

“哎哟，受不了了，再这样干下去，非累死不可。”

率先躺倒的大个子叫魏明，比程相文小两岁，班里几个男同学私下里都追随他，喊他大哥。

一位班干部对女班长说道：“班长，既然大家累了，就一起休息一下吧。”

女班长撑住腰眼，费力地站直身子，把贴在脸前一绺滴着汗珠的刘海儿往耳后捋了捋，迟疑地说道：“不太……好吧，要是大家实在太累了，也可以……但是别的班级……你们看程相文一直也没有停。”

“他个子大，有力嘛。”一位身材矮小的班干部说道。

“班长你看，二班的老师和同学都休息着呢。”另一位扎着麻花辫的女生指着30米外二班负责的地段。

班长四下里看了看，别的班级有休息的，也有不休息的，一时踌躇起来。

所有同学都停住了，等待着班长的决定。

程相文默不作声，始终没有停下手中的铁锹，仍然铲土入筐，挑担疾走。一趟，两趟，三趟……

这时的程相文也相当累了，挑着空箩筐过来，无力地扔下扁担，慢慢拾起铁锹。

魏明调笑着说道：“接着干呀，大傻蛋。老师又没在，你这是叫谁看呀！”

程相文没有回嘴，轻轻将箩筐放在地上，拉过铁锹，一锹锹往筐里装土。

魏明和几个同伴仍然躺在土堆上很惬意地聊天、笑闹。突然，魏明收声，对几个人使了个眼色，两个男生上前将程相文的铁锹、箩筐一把抢走，便装做很卖力地干起来。其他同学也好像看到了什么，全都投入到紧张的劳动中。

程相文两手空空地站在那里，对大伙儿的举动感到困惑不解。

他低头看着双手，然后虚虚地聚拢手指，放在两边腋下。

程相文问班长："班长，你不是说如果累了，可以休息，怎么又……"

女班长红了脸，也不回答，只顾低下头干活儿。

"班长，大家要是累了，就……"程相文道。

"够了！程相文，你自己偷懒也就算了，你还煽动其他同学……"

背后传来炸雷一般的斥吼，让程相文周身一颤。

班主任李向前老师不知什么时候出现在大伙儿面前。他的手里拿着一截儿铅笔和几页稿纸。

程相文扭身看到李老师愤怒的目光，不觉有些害怕、有些委屈。"这显然是个误会，"他心里说，"我没有偷懒。"可他说出来的，却是另外的话。

他喃喃道："李老师，你……你不是走了吗?"

班主任扬了扬手中的纸片道："我走了你才好抱着膀子溜达，我走了你才……是的，我是要走，我这就去重新修改标兵的名单!"班主任说罢，转身离开了。

没走几步，他又停下，拧着身子，黑着脸，对程相文说道："程相文，收工后，你给我到年级办公室来。"

下课铃响了，收工了，同学们往学校食堂蜂拥而去。程相文拖着疲惫的身躯往一年级老师办公室走。

办公室里，几乎所有的老师都在谈论着下午的劳动进度，互相交流着劳动标兵的评选情况。

二班的班主任张悦薇老师是一年级的年级长，她拍了拍手，用她惯有的高亢、清亮的嗓音对大家说道："各位老师静一静，静一静！校长催了，今天必须把标兵名单报上去，明天要张榜公布。各班推荐的情况如果没有变动，我就……"

大家纷纷说，没有没有，没啥变动，就按下午定的报上去好了。

"那好，我现在就去找校长。"

"别慌，我们班要换掉一个人。"李向前老师高声说道。

"换谁？"

李老师抖着手里的稿纸说道："把程相文换成魏明。"

"啊？"

李向前老师站起身，情绪激动地对大家说道："同志们，长期以来，我一直对自己的鉴别能力很自信，可今天下午，我才发现要真正认识一个人是多么不容易……"

"李老师，请你说重点。"八班的班主任在办公室角落对李向前喊道。

"今天下午，发生在我眼前的事实，彻底改变了我对一个同学的看法。我们班的程相文出身于剥削阶级家庭，是富农的儿子。他不但自己偷懒，还抱着膀子煽动别人。原来，我一直认为，这个程相文在学习、卫生、团结、劳动等方面都很好……"

"报告。"办公室外一个怯怯的声音让老师们不约而同地把目光投向办公室门口——程相文背着双手站在门口，脸上写满疲惫。

大家都不再说话，整个房间陷入一种窘迫的沉静。李向前老师也干咳一声，回到座位。

张悦薇老师过去，伸手拍了一下程相文的肩膀，热情地说道："程相文同学，请进来坐。"

程相文的身子颤抖了一下，脸上露出一丝痛苦的表情。

张悦薇老师似乎发现了什么，就轻轻揽着程相文的后背，把程相文带到了办公室的正中央。

大家窃窃私语，担心李老师的话被程相文听见。那是会让人尴尬的。

张悦薇对其他老师朗声说道："各位老师，我想，我可能发现了一些小迹象，这些迹象大概可以让咱们消除对程相文同学的误会。李老师，请你过来，帮助证实一下我的判断。”

李向前老师不甚情愿地把脚步挪到近前。

张悦薇老师道：“李老师，请你把程相文同学的衣服脱下来……不不，只是把他的肩膀露出来。”

李向前纳闷地伸手解开了程相文的纽扣，将衣服扒开，露出了双肩。他立刻吃惊地瞪大了双眼，不知所措地回望着张悦薇老师。

看到李老师异样的眼神，其他老师好奇地围了过来。

程相文左边的肩膀红红地隆起一个大包，可右边的肩头比左边的还要高出半寸多，像极了带血的馒头。肿胀的周围，是大片的瘀青。瘀青的中间，是一块卷起皮的红肉。

“程相文同学，请伸出你的双手。”张悦薇老师轻轻对程相文说道。

程相文犹豫着往后面退了两步，迟疑着，低低地将双手手心向下伸了出来。

张悦薇老师道：“请你把双手翻过来。”

“不……”程相文往后退，眼神一片慌乱。

李老师抢上一步，托起程相文的胳膊，扳过手掌。

“嘶……”所有的人都不约而同地吸了一口气：这是一双什么样的手呐！十根手指几乎布满了水疱，而手掌上的水疱早已磨破，津津地渗出鲜红的汁液，像是刚被炸药炸过，一片血肉模糊！

老师们注视着眼前的情景，看着这个浑身散发出浓重汗味儿的年轻人，全体怔在那里。

从看到程相文的那一双让人过目不忘的双手起，一直到程相文离开之前，谁也没有再说一句话。

大家憋闷着，竭力控制自己的泪腺，控制住内心奔腾的情感——谁也不想让自己显得脆弱。大家沉默着。

“饭点儿要过了。相文同学，你先……回去吧。”张悦薇老师的声音突然变得嘶哑、低沉。

李向前牙关紧咬，再次回到了座位上。离他最近的老师似乎听到了一阵隐约抖动的、竭力压抑着的啜泣。

程相文微垂着头，耷拉着双手，缓步走出了办公室。

看着程相文的背影，谁都没有修炼出那种超脱凡尘的淡定——所有老师的眼睛都润湿了。

## 党课

1981 年，浚县农科所。

秋末的正午，日头仍然不依不饶地把暑气倾落在中原大地，直到暮色徐降。

汗珠把程相文蜇得睁不开眼。他这才从玉米地里直起身，痛快地伸了个懒腰。一不小心，毛巾从肩上滑下，掉落在地上。他低头去捡，才觉出腰背的酸痛，拎起沾满尘土的毛巾，把两腿叉开，来回扭动几下才缓过劲儿来。

眼前一个个肥硕的玉米棒子，喜盈盈地任由晚风轻拂。程相文脸上的汗水已然风干，只留下浅浅的盐渍。背后湿腻腻的大片汗渍也被吹成绚烂的梨花，开在身上泛滥成海。

他在地头的水桶里拧了毛巾，将脸面、脖子、耳朵仔细擦个遍，哼着小曲儿，跟乡亲们结伴回家。

“玉田哥，恁家玉米收得咋样了？”程相文问身边一位五十来岁的乡亲。

“还多着哩。”

“你嘞，庆发嫂？”他又问另一位中年妇女。

“我也多着哩。哎呀，这才收了一天玉米，浑身都像被醋泡过，酸得难受。”

“今年收成这么好，累得舒心，累得痛快。”

“看这架势，一亩地能打1000斤。”

“估计可以，明年咱还买这个种，叫啥来着?”

“哈哈，连名儿都记不住，浚单5号啊。”

“对，对，浚单5号，再也忘不了啦。”

听着，程相文全然忘掉了身体的不适，心里乐开了花。他终于兑现了自己的诺言，让乡亲们的玉米从亩产50多公斤提高到400多公斤。

农科所离邢庄大概3里地，每当傍晚炊烟袅袅升起，乡亲们的欣喜就乘着凉风飘来，忽而远，忽而近，最终消失在倦鸟归巢的暮色里。这种场景每每让程相文心潮荡漾，周身舒坦。

回到农科所，他洗了热水澡，换上洁净干爽的汗衫，来到窗前，目光落到翻开的笔记本上，上面有他工工整整抄写的报摘：“1981年6月6日，袁隆平的籼型杂交水稻获国内第一个特等发明奖。”这个人不得了啊，水稻杂交成功，并且获得国家大奖，这能让农民粮食增收多少啊？程相文看着想着就入了迷，感到说不出的欣慰，他懂得在基层搞农业科研何其艰难。袁隆平获奖对他来说，是天大的利好消息，水稻能搞成功，玉米同样也能，手头的浚单5号就是他的希望。

微风吹来，赶走了初秋的炎热。天边如火的晚霞，映着淇水河畔的新月，脉脉含情。大雁掠过头顶，匆忙地消失在南方天际，没有留下一丝痕迹。

他自言自语：“大雁已经飞走了，我也该上路了。”海南育种的渴望，让程相文想起前两天去见县农业局局长的情景。

“小程不简单哪，群众都反映种你的浚单5号，产量唰唰往上窜，我得代表农民谢谢你啊。”

“这可不是我个人的功劳。”

“相文，育出来这么好的品种，一定要往省里申报。”

“局长，我马上得去海南，往上头申报的事儿恐怕……”

“放心吧，往上申报最多也就一个月。不耽误事儿的。”

“嗯。我考虑考虑。”

眼下，这份申请文件正静静地躺在办公桌上。他轻轻拿起，逐字念着，又摇摇头，叹着气轻轻放下，双手背在身后，在办公室里踱来踱去。

“申报成果虽说会耽误时间，但是一旦获奖，就能大面积推广，更多老百姓就能有好收成。问题是，我无法分身呐。”他恨不得有孙悟空那样的分身术。

还是要努力，程相文在笔筒中捏出一支钢笔，想了想，开始填写申请报告。

立冬了，海南仍是一片灿烂的夏。为了不耽误播种，不等申报结果出来，程相文就踏上南下的火车，匆匆赶往三亚。

五更天里，一声鸡鸣打破大地的沉寂，东方天际尚且昏黄。半空中，团团浮云懒洋洋地不肯散开。整个崖城镇还未醒来，报晓的公鸡懒于职守，重又把头缩进脖子里，闭上眼，昏昏打盹儿。

程相文眨眨干涩的眼睛，摸黑儿下了床。

透过薄薄的窗纱，月亮晕晕地亮着。程相文点上煤油灯，拿起床头的书，接着昨晚看的部分认真读着。灯光微黄，窗外芒果的甜香似乎也是浅黄色的，梦幻般笼罩着他。他合上书，转身拿了铁锄，独自走向玉米地。

清晨的田间静得出奇。程相文躬身锄草，遇到挨近玉米棵子根部的杂草，便蹲在地上，细心地将草一一拔除。不时地，他会哼两句豫剧《红灯记》，独享独乐。

程相文这厢正如醉如痴，就听到远处房东老黄的叫喊。老黄喘着气跑到田边，摇晃着手里的东西。

“相文老弟，你的信。”

“啥信啊?”

“浚县农业局来的。”

“哦?”

“你赶紧看看吧，是个加急的。”

“谢谢老哥，看让你跑的。”

程相文放下铁锄，撕开信封，扫了两行，手不自觉地抖了起来，脸上却绽开了笑容。他弯下腰，把信放到老黄眼前，指着信纸的中间，让房东老黄看。

“老哥，你看，我的浚单5号获了河南省重大科技成果三等奖!”程相文笑出声来。

老黄仔细地辨认着，可因为年老眼花，只能看见一块块黑乎乎的字迹，程相文便念给他听。

“1971年开始，浚县农科所程相文以‘获白’作母本，‘旅9-4’作父本，杂交育成玉米单交种浚单5号。该品种一般亩产800~900斤，最高达1400斤，具有高产、抗病、适应性强、春夏播种皆宜等优点……”

老黄不太明白“母本”“父本”这些专业用词，但看他讲得眉飞色舞，一听亩产达1400斤，便忍不住打断了他。

“哎呀，程老弟，一亩地1000多斤？这可太好了。”

“是啊，这样就会有更多老百姓买到好种子了。我这季度的思想汇报也有东西写啦。”

老黄不明白什么叫“思想汇报”，而程相文知道。但是，只要一想起这个词组，程相文心头总会有一阵轻霾飘过，一下子让他了无心绪。

虽说他已从最初的绞痛中平复下来，可在科研、评奖双丰收的当下，一想到自己的组织问题，还是忍不住心潮翻涌，久不能平。

“我到底啥时候才能入党呢?”

一次，程相文和一起开会的县科委的老沈在宾馆闲聊，不觉自语道。

“哎，我说程老弟，还真是巧了，我去年才知道，原来咱俩都是富农出身。”

程相文看老沈的眼睛，并没有啥沮丧的表情浮现，反而一脸的兴奋，好像富农出身丝毫也没影响过他的情绪。

“老沈，我总共写了20多年思想汇报了，可那些管事儿的人老是让我再努力一下，经受住组织考验。”

“别说20多年了，出身这东西，一辈子都洗不掉的。我也写过两回入党申请书，还是因为出身，书记不让上党课，我就放弃了。咳，不入党又咋啦，咱哥俩现在不还是过得好好的。”

“老弟啊，你不了解，入党对我来说意味着什么。我天天……”

“那你给我说说，入党到底意味着什么？”

“这……”

程相文没有说下去，因为他这种愿望已经转化为一种生理上的焦虑，一种难以名状的欲望。他实在想不起来有什么语言能够表达清楚这种长久的渴望。他知道那里面一定有某种使人激奋的东西，会让自己产生那种战胜一切困难险阻、冲向巅峰的巨大能量。

可是，20多年过去，弹指一挥间。他的渴望和他的失望始终如影随形，须臾不曾分离。

## 入党

入党，是程相文的梦，也是他的梦魇，每每让他痛苦，也时时激励他进步。

那年，他高二，就读于河南省工农速成中学（后改为郑州七中）。

程相文在教室门口站了好久，确定不会有人进来，才像初次作案的小贼一般溜进教室。他快速收起书本，从课桌最下面拿出厚厚的一沓稿纸。这稿纸是学校发的奖品，他一直舍不得用，珍藏了大半年，上面的几张已经微微有些发皱。

他深吸一口气，提起钢笔，一笔一画地挥洒着对党的热爱，饱满的“入党申请书”几个隽秀的大字在稿纸上晕染开来。

快上课了，刘斌和几个同学说笑着从后门走进教室，见程相文在写着什么，四个人便猫腰悄悄来到他跟前。

身形魁梧的刘斌瞅准时机，一把抓起程相文刚写好的入党申请书。

“哈哈，快来看啊，富农儿子也想入党呀。”

刘斌跳到凳子上，一边喊着，一边把申请书举在空中来回摇晃得呼啦作响。

“快还给我。”

程相文急了，蹦跳着去夺申请书，刘斌把入党申请书扔给了另外的男生，稿纸在四个人手里传来传去，程相文急得够呛，却怎么也抢不回来。

“嗬，文笔不错嘛。你再写一份得啦，这一份算我的吧，我这贫下中农还没入党呢。”刘斌说着掏出钢笔，就要写上自己的名字。

“刘斌，入党申请书上写的情况跟你不符，别签名。”

见刘斌要在入党申请书上写字，程相文一把揽住刘斌的胳膊。

刘斌说道：“恁爸是富农，你家就是剥削阶级，就是吸血鬼，吸贫下中农的血，共产党是穷人的党，绝不会要你的。”

“俺爹没有剥削，俺家的地都是俺爷、俺爹流血流汗挣来的。他们不是吸血鬼。”

“谁有空和你穷叨叨！给你，趁早多誊写几份，最好是三百份，每年交一份，三百年后保准你能入党。哈哈哈……”

刘斌极为轻蔑地把入党申请书扔在地上，几个人大声笑着，走了。

程相文不管，他就是要入党！他带着虔诚和庄严，把入党申请书双手捧着，郑重地交给了学校党总支书记。

交了申请书之后，他把老师因学习成绩优秀奖励给自己的稿纸偷偷攒下，齐整整地缝成了一个厚厚的本子，找来牛皮纸，自制了一个封皮，工整地写上“党课专用本”的字样。从此，他开始了兴奋的期待。

他做好了准备，希望下一秒就是通知他去参加业余党校学习的消息。自习课上，几个争先入党的同学被班主任叫去谈话了，教室里一阵窃窃私语，程相文坐立不安，生怕老师漏掉了他的名字。

等他们回来，所有人都能感受到他们的自得。程相文热切地望着班主任，却再也没有听到下一个名字。他知道，党课与他无关了。兴奋顿时变成焦躁，一种无形的压抑瞬间笼罩了他的身心。

这天，程相文走到教室门前，手扶着门把，正欲推门进去，却停了下来，把手收回。教室里，几个同学在议论上党课的情况。程相文耳朵紧紧贴在门板上，把他们的谈话听得一字不漏。

直到上课的铃声响起，他才缓步跨进教室，悄悄拿出那个“党课专用本”，把听到的党课内容工整地记录下来。

晚春时节，这一轮的南繁北育画上了句号，程相文踏上回乡的旅程。一趟趟跋涉中，火车一步步拉远了他年轻的模样。转眼间，24 年已经过去，如今的程相文双眼透着疲惫，满脸饱经风霜，可想起“入党”两字，心海依然会泛起热浪。

浚县农科所里的大桐树枝干矗立，等待主人归来。塔形的树冠把翠绿堆得满院都是。紫色的桐花安静地开放着，院内溢满清香。

程相文却在熟悉的门口踌躇起来，疑惑地看着院内说笑的人们，有县委书记、县长，还有许多不熟悉的脸庞。

“哎呦，程所长，可算回来啦。”县委书记第一个向程相文打招呼。

“书记，你们咋在这儿啊?”

“这不是来给你接风的嘛。”

“那……咱进屋坐吧。”

一干人簇拥而上，把程相文团团围住，卸下他的行李，你一兜我一袋地提进办公室。接着，他们便七嘴八舌地夸赞起程相文的功绩。

“老程啊，你这次可是给咱浚县长排场了。”

“就是，就是。”

“俺们都得向你学习啊。”

“咱得把程所长的事迹宣传出去，让全县、全省、全国都知道。”书记说。

“书记，你说得太对了。我们就是要……”

程相文动动嘴，张望着，却插不上一句话。他冷清惯了，面对这突然的热闹，一头雾水，忍不住问了一句：“书记，恁这次来是不是有啥事啊?”

“是这样，程所长，你的贡献组织上都看到了，想请你当咱县的县委委员。”

“县委委员?”

“别紧张，当领导和育种一样，都是为老百姓服务嘛。”

“可我还……”

“就这么说定了。回头你请客啊!”

“别走，这……你们不了解情况呀。”

这班人不等他把话说完，就推搡着走出农科所，留下尴尬且苦涩的程相文。

跟随程相文多年的老伙伴王希保走上前去，看着那一群远去的背影，随手关上了门。

“程所长，你看现在贪污腐败的党员多少，整天不给老百姓干实事，这党咱别入了。”

“希保，别太偏激。毛主席说过，世界上除了沙漠，凡是有人群的地方，都分左中右……党员队伍也应该是这样。况且，我从来也没有当官儿的心思。”

“你看看，他们连你是不是党员都不知道，可见这些当官的把心都用到哪里去了。还县委委员！”

“希保，这么多年了，你还不了解我吗？我想入党不是为了当官，是要证明我这颗心。”

县委组织部里，一个爆炸性的消息在大伙儿中间传开了——程相文不是共产党员！

“不是党员？不是党员咋能当县委委员呢？这……这不是瞎胡闹嘛！”

“快去查查，到底是咋回事？”

上级个个诧异，下级一双双手快速翻阅着厚厚的卷宗。一阵忙乱之后，他们发现自己犯了多么低级的错误：

“你看看，他写了这么多年思想汇报，一直在向组织靠拢，还培育出了这么好的玉米品种，做出这么大贡献，老党员都比不上，咋就不让入党呢？”

“人家程相文1957年就写申请书了，这么多年来，勤勤恳恳，大家都以为他早是党员了，到底是谁从中作梗，把这么好的同志拒之门外！”

“这个……其实也是有原因的，他……出身不是不好吗？”

“啥年代了，资本家都回来变成投资商了，还说什么出身？还是赶紧向上级请示弥补办法吧。”

组织部郭部长走到办公桌前，清了清嗓子，示意干事把程相文的材料递过来，拿起电话，快速拨着号码。

“书记好，忙呢？有个事儿得赶紧向您汇报一下……”

“你说农科所的老程啊，对，知道，当然知道。”

“……是啊，他出身……一直没能办。是是是，那我等您电话。”

挂了电话，郭部长擦擦脸上的汗，厉声道："你们给我听仔细了，以后这样的差错绝不能出了！"

一片寂静，大家都注视着桌上的电话机。铃声响起，所有人的耳朵似乎都伸进了听筒。

"是的，是，好的，这样太好了，我一定亲自去办。"

组织部长放下电话，立刻面向众人：

"王书记说了，程相文入党要按程序、抓紧办，组织上认为程相文完全符合中共党员条件。你们各负其责，立刻办理相关手续。"

"那，程……"

"这你们就别管了，我亲自去通知老程。"

多少年了，为协调育种土地、为推广优良品种、为解决技术员待遇，他一次次找过不同的党委书记，可始终把心底最大的那个渴望，严谨地按照纪律，用书面的方式一次次表达，岁月却再一次证明，最神圣的最容易被世俗埋没忽视，岁月也最终证明，真正的信仰属于高尚者。

那一刻，程相文平静接受，他从衣箱里找出西装，用毛刷仔细擦去灰尘，穿戴整齐，大步走出农科所。

阳光格外明媚，县委办公楼也似乎从未有过的高大。程相文再次拉平衣角，大步走了进去。

镰刀、锤头在梦里闪着耀眼的红色，党旗下，程相文挺直腰板站着，紧紧攥起右拳，慢慢抬起右臂，放到耳边，面容庄重，盈盈泪光里，他看见大片的玉米吐蕊结籽，香飘天涯……

# 第六章　搏击市场大潮

传统经济增长问题的典型描述指标 GDP，由于其对可持续发展问题的不敏感性，使其受到了越来越多的指责。理论界对新的可持续发展的测度指标的需求已经很强烈。

可持续发展应该以人的全面发展、经济的持续增长、社会的和谐共生、自然活力的维系、资源的永续利用为依归，以科学理性的生产方式和生活方式推进社会的文明进步。在未来文明社会里最重要的价值观将是“和谐”。

——《中国 21 世纪安全减灾战略》金磊、徐德蜀、罗云　著

## 集资

“记得以后通信地址要改了。”把一沓报纸信件交给张守林，邮递员专门大声说道，让周围的人都听到。

从浚单5号培育成功，10年匆匆过去了。海南建省，三亚成为地级市，而在中国的其他地方，有着更大的变化——改革开放十二年，在经济快速发展的同时，改革观念与保守思想相互交锋，各种思潮相互碰撞。1991年，上海市委机关报《解放日报》发表了署名“皇甫平”的评论文章《做改革开放的“带头羊”》，文章一扫当时舆论上对改革开放欲言又止的沉闷气氛，激情、鲜明地歌唱改革，鼓动改革。

“有你的电报。”张守林找到正在忙碌的程相文，电报是浚县农科所发来的，说县领导让他即刻回去，商量来年夏播玉米的种子供应问题。

程相文立刻收拾行装，踏上北上回家之路。

临行前，他把张守林叫到跟前，嘱咐了一些苗期管理的注意事项，特别交代了不要与那些闲杂人员交往，不要参与赌博，要带头把心思用在育种上，才放心离开。

回到浚县，程相文才知道问题的重要性、困难性和紧迫性。

赶到县农业局局长办公室的时候，他没有想到县长郭伟良正在那里等待自己。

“老程啊，看样子你还没有回家呐。”郭县长瘦削的脸上显出沉重的神色。

“郭县长，有什么任务，你就布置吧。”程相文知道县领导把他从几千里外的海南召回，一定有非常重大的事情需要自己去做。

“好吧，我就直奔主题了。张局长和农业局的同志们近一个月来对全县明年的夏粮种植工作进行了摸底调查。他们发现，全县90%的农民都希望政府帮助解决玉米种子问题。”

“哦，是玉米种子的问题。”程相文轻轻舒了口气。他多少放下心来。

“咱们的浚单5号还留有一定的储备。另外，现在海南正是播种的季节，如果我们现在把种子运过去，估计……”

“程所长，现在的情况是，我们收到了全县各乡镇送来的调查结果，有90%以上的农民想要另外的玉米种子，而不是浚单5号。”农业局张局长带着一脸抱歉的神色，说出了让程相文颇感意外的话。

“哦？”程相文确实没有想到会出现这样的情况。浚单5号一向是包括邻县在内的许多农民的首选，今年怎么会出现这样的状况？

像是猜透了程相文的心思，郭县长接着对程相文说道：“是这样的，老程，去年，新乡、修武、博爱等几个粮食大县试种了另外一个玉米品种，叫新黄单851。根据你掌握的情况，这个品种与咱们的浚单5号相比，到底有什么优势？”

郭县长起身给程相文倒了一杯茶。

“说实话，如果单从玉米的生物指标与综合抗性上看，新黄单851和浚单5号不差上下。但是，新黄单851有一个最大的优势，就是它特别耐密植。我们的浚单5号每亩植株为4000棵左右，而新黄单851每亩可达到5000~7000棵。这样，它的单位产量就会超过浚单5号。可是，这是在不出现灾害天气的前提下。一旦出现大风大雨天气，新黄单851的抗倒伏能力就不及浚单5号的好，肯定要带来减产，这样就抵消了它比浚单5号产量高的优势。”程相文胸有成竹。

县长和局长两人又对两个玉米良种的施肥、灌溉、田间管理等问题，一一向程相文做了详细的询问。

认真讨论一番后，郭县长对程相文恳切地说道：“老程，我们讨论到这里，思路也基本明确了。我有一个主导思想，那就是，群众的需要就是我们努力的方向。我不太懂育种，但是经过你的分析，我认为应该全力支持全县群众的迫切要求，想尽一切办法让农民得到能够增加收入的玉米良种。好了，我们现在可以谈谈在海南育种的具体问题了。”

张局长也对程相文说道：“程所长，咱局里给县里打了报告，主要还是依靠你们农科所在海南进行大面积育种，并且要立即着手进行。”

“是的，我们一定要有个提前量，及早做好明年的种植规划，确保全县农民能够得到新黄单851的种子。”

“郭县长，张局长，我完全赞同你们的意见。为农民提供优良种子本身就是我们农科所的任务，我们责无旁贷。但是，要在海南大面积育种，首先是土地问题。要解决全县十几万亩的夏玉米种植需求，至少需要40万~60万斤玉米种。那么我们就要在这个月内到海南，租赁下1000亩以上的育种用地。”

“租金有困难吗？”郭县长关切地问道。

“租金……当然很重要，但不是主要问题。关键是现在全国在海南育种的单位有上百家，土地缺乏，租地十分困难，尤其是要租到连片的大块土地，更是难上加难。”

“那么，有什么需要县里提供支持的，请你现在就告诉我，县政府一定全力支持。当然，我说的主要是政策方面的支持。至于资金方面，我也不瞒你，老程，今年咱们县特别困难，恐怕不会给你提供什么实质性的帮助。”郭县长说道。

程相文想了想，没有往下说。他知道，在海南租地，县政府所能够提供的支持实在是少之又少。他本想要求县财政提供至少80万元的资金支持，但郭县长已经说得这么明白，自己也就不好再提了。

“程所长，郭县长说的政策方面的支持我认为很重要。你们可以充分利用市场机制，进行市场化运作，对农科所的发展也会有促进。”张局长看到程相文沉默的样子，知道他在担心什么，就在一旁提醒。

程相文当然知道，目前的种子市场已经放开，各种名目的公司也不时给所里带来影响，商机、利益、发展，这些过去在农科所没有听到的词汇，如今都需要面对。但是，程相文心中始终有一颗定心丸，那就是种子安全，粮食安全。无论风云怎样变幻，这是最强硬的道理，是决策的底线。

他平静地说："让我回去考虑考虑吧。"

"程所长，时间不等人。咱们县明年的粮食产量可全靠你了。"张局长满含着期盼对程相文说道。

郭县长也用充满信任的语气对程相文说道："老程，我相信你一定会想出办法，完成任务。我对你很有信心。"

提着行李从县农业局出来，程相文叫了一辆三轮车，直接来到农科所的办公楼前，恰巧遇到办公室主任王希保。

"程所长，你咋突然回来了，也不先发个电报，是不是有啥急事了?"王希保从三轮车上拿下程相文的大帆布提包，担心地询问道。

"是的，是有急事。你立刻通知所有班子成员到我办公室开会。"程相文说着把行李从王希保手里接过来，噔噔噔地上了二楼。

他走进办公室，打了盆凉水，一整天没有洗脸了，此时更需要冷静。洗完脸，放下毛巾，他又顺手拿了块抹布，把办公室内的桌椅抹了一遍。王希保和所里领导班子的其他几位成员也匆匆来到了程相文的办公室。

秦贵文接过拖把，程相文对大伙儿说道："同志们坐吧，我们现在开始开会。贵文，你也别拖了。"

坐定，程相文便立刻把郭县长和张局长的指示和面临的困难和盘托出。

看看大家没有发言的意思，他接着说道："同志们，你们也知道，过去，我们一直是按所里的计划开展工作，主动完成我们自己的任务；不管是局里还是县里，从来没有给我们下达过这样紧迫的任务。这次提供良种的任务是紧急，但也说明县里的领导在为老百姓干实事儿，看准了种子的重要性。咱们现在不能提任何要求，只能无条件地接受，尽一切能力出色完成任务。我们手上端着全县的老百姓的饭碗呢，让百姓增加收入，这是对育种人员的一次考验，更是信任。大家有什么意见和建议，在会上提出来，咱们一道商量商量，尽快拿出意见，郭县长还在等着我们的回复呢。"

王希保首先发言，他说道："我完全支持程所长的意见，一定要克服一切困难，坚决完成上级领导交给的任务。我们下面应该对具体工作步骤展开讨论。比如，由谁负责购买种子，要落实到人，明确完成期限。”

秦贵文合上笔记本，看着程相文说道：“程所长，我认为首要是资金问题，其他问题都可以先放一放。”

“刘科长，你是负责财务的，你的意见是啥?”程相文问财务科科长老刘。

“咳，说实话，我没想到，县里会让我们自己解决资金问题。当然了，既然程所长接受了任务，我们就应该想尽一切办法去完成任务。可是，大家伙儿都知道我们所里的资金状况，每年就那么几万块钱。今年我们几项大的开支已经把上级拨款和我们自筹的资金几乎用光了，只剩下不到一万元了。”

“刘科长，你先给大伙儿粗算一下，租 1000 亩地，包括人力、化肥、运输等各项费用，总共需要多少钱。”程相文对财务科科长老刘说道，一边翻开笔记本，准备记录。

“如果租到 1000 亩地，土地租金、劳动力、肥料、种子，等等，怎么也要有百把万元。”

老刘既没有拿算盘，也没有用计算器，甚至连纸笔也没有动一下，就说出了一个沉重的数字。

老刘的一番话让大家面面相觑，不知该怎么解决这天大的难题。

“说完了？怪不得大家都说你的脑瓜儿是电脑，想都不用想就说出所需费用了。可是，你咋没有说说用啥办法弄到这笔钱呢?”程相文看到大家紧张、担心的样子，半开玩笑地对老刘说道。

“这……数目太大了，我没法儿。你就是叫我砸锅卖铁，也弄不到这么多。”老刘满脸愁容地看了看程相文道。

“咱所里就这么多钱，除非找县财政担保，到银行借钱。其他的，我想不到还有什么办法可以搞到这么多钱。”王希保也带着失望的语气说道。

听了王希保的发言，大伙儿纷纷低下头不再说话。一时间大家陷入沉默。

程相文看到众人情绪低落，就提高了嗓门说道：“去银行贷款这个办法可以考虑，但那是到了万不得已的时候才要用上的。理由很简单，一是手续复杂，二是银行的钱不是白给你用的，是要利息的。嗨，老刘刚才那句话提醒了我。我想咱们可不可以在咱们所里搞个临时集资？”

大家听了程相文的话，顿时全都瞪大了眼睛。

看到大伙儿吃惊的表情，程相文不紧不慢地接着说道：“我也是临时想起的这个主意，不一定合适。但我请大伙儿先沉住气，听我把话说完，之后尽可以讨论，发表不同意见。”

程相文从办公桌后站起身子，拿着笔记本来到大家面前，不紧不慢地说道：

“我的意思是，咱们所里现在有 49 名职工，如果每个人拿出 1 万元，那就快 50 万元了。这样就可以先启动起来，我个人先拿出来些钱，去购买种子。大家看看这个办法中不中？”

“咱们这几个人没啥可说的，都是班子成员，也都跟你这么多年了。我们即使手头没这么多钱，也会找亲戚、朋友想方设法去凑够这个数。但是，下面的群众和一些刚参加工作的职工不知道有没有啥困难。”王希保抬起头，第一个表明了态度。

听了王希保的话，大家都纷纷表示支持程相文的这个动议，每人至少拿出 1 万元。

“好，太好了。你们总是能够在关键的时候支持我。”程相文看了看墙上的挂钟说，“现在还有时间，离下班还有一个多小时，那么，咱们几个分头下去，把情况讲清楚，分别征求每个职工的意见。对于家中确有困难的职工，我们绝不要勉强，一定要做到完全的自愿。我们今天晚上就要落实到每一个人，由财务科负责，明天把钱收上来。大家看好吗？”

大家一致同意。程相文刚说出“散会”两个字，老刘又说道：“程所长，即使每个职工都和我们一样，每人拿出来 1 万元，可还不到总费用的一半啊，剩下的钱怎么办？”

“我已经有想法了，回头告诉你，先落实咱所里的集资再说。”

没怎么动员，全体职工都毫不犹豫地在登记本上写下了自己的名字和集资金额。就连一些家庭经济条件并不宽裕的职工，也都纷纷表示，就算东拼西凑，也要为所里渡过这次难关贡献一份力量。

名单很快送到了程相文的手中。他看着一个个熟悉的名字，看着每个名字后面的集资数目，心中既高兴又难过。他的心情很复杂，因为这是他第一次向本单位的职工“借”钱。他知道很多职工家中实际上根本没有这笔开支，没有这个能力。他暗自想，一定要坚守承诺，在预定的时间里把这些钱如数还给大家。

“这 50 万元算是捏在手心里了。就看下一步的行动顺利不顺利了。要让广大农民兄弟认可农科所的信誉，那才是对自己真正的考验。”

程相文拿出纸笔，准备给海南育种队张守林和房东黄生忠发电报。

他写下了如下的电文：急！请生忠帮守林尽一切努力租赁田地 1100 亩。我三日后返回。

夜幕不知不觉降临。程相文的肚子开始咕噜作响。他把名单放进抽屉，揣起电报稿，拿起提包，往家中走去。

门虚掩着。程相文推门进屋，妻子董桂枝赶忙上前接过程相文手中的提包，把洗脸水送到了程相文跟前。程相文洗了手脸，坐到桌前。

妻子已经来到桌前，把盖在盘子上的瓷碗揭开，递上了筷子。

程相文夹了一口黄豆芽炒粉条，还烫嘴呢。

“你知道我回来了？”

“嗯。希保过来说了。菜都还热吧？”

“嗯。永梅没回来？”程相文看着妻子的眼睛，问道。

“今儿礼拜四，还不到礼拜天。”妻子回答道。

“你咋样？”程相文依然盯着妻子的眼睛问道。

“你看啥看！我好着咪。再盛碗汤？”妻子显得有些不好意思。她看到丈夫很快把一碗绿豆小米汤喝完，就上前端碗。

“中。”程相文一边答应着，一边盘算着怎么开口和妻子说集资的事儿。

程相文接过妻子手中的饭碗，放在桌上，却停住了筷子。

“桂枝呀，我想问你件事儿。”

“说呗。”

“永梅结婚的事儿咋样了？”

“你咋想起来问永梅的事儿了？”

“这——我是想，你把给永梅准备的那些钱先拿出来，我有急用。”

不等妻子询问，程相文紧接着把所里集资的情况一五一十地告诉了妻子。

妻子听了，呆在那里，许久没有作声。程相文也没再多说什么，又低下头吃饭。

董桂枝看着丈夫把饭吃完，默默地收拾好碗筷，擦干净桌子，走进厨房。

半夜里，约莫两三点的时候，程相文发现妻子还没入睡，觉得很奇怪，便问：“你一直没睡？”

“嗯。”

“没啥不舒坦吧？”

“没有。你啥时候走？”妻子幽幽地问。

“后天。我得赶紧……”

“知道了。睡吧。”妻子轻轻地说。

说完，妻子背转身去，把被子往上扯了扯，几乎要蒙住脸，睡了。

程相文对着妻子，还想再说些什么。可他突然感到，似有什么东西拥堵在胸口，便迟疑着，终究没有说出话来。

黑暗中，他浑身涌起一种非常熟悉的感觉。每一次和妻子相见，他都会产生这种让人发堵、让人鼻酸、让人喉头蹙紧的感觉。他明白这种感觉，他憎恨自己的这种感觉，他知道那就是他永远摆脱不掉的愧疚。

第二天傍晚，程相文早早便回到家。刚进屋，便看到妻子董桂枝正在为自己整理行李。餐桌上，五沓厚厚的百元大钞整齐地码放在那里。

虽然这是他预料中的事，但他还是难掩心中的兴奋。他的兴奋不仅来自妻子的支持，更来自全县老百姓对他的信赖。当他把情况告诉那些农民的时候，全县大多数的农民和几个种粮大户都愿意先垫上种子钱。程相文答应大伙儿，等种子运回来，他一定平价给大伙儿，决不让农民吃亏。

“桂枝，你放心，这 5 万元现金，不出 100 天，我定会一分不少地还给你。”

“我有啥不放心的？你只要想着闺女，把这里当成是你的家就中了。”

“咳，看你说的，只是，到时候我只还本钱，可没有利息哦。”程相文用玩笑缓解气氛。

“谁要你的利息。新建、立新都结婚成家了，就剩下永梅这一个闺女了，你搁到心上就是了。”董桂枝柔柔地说道。

“桂枝，我……”

“啥也别说了。你赶快洗洗脸，我去给你盛饭。”

“好，今儿个早点吃、早点睡，明天一早我就得上路。你不知道咱县的那些农民多够意思，都说就冲着老程，这种子钱咱先垫上，能拿多少拿多少。今儿个下午，我已经叫老刘把钱往海南汇过去一些。海南那边租地还是大头儿，还不知道守林和老黄他们咋样哩。”

“守林这孩子不要紧，啥事儿交给他，他保准不会偷懒、不会耍滑。”

“倒不是对守林不放心，只是他也不会有太多办法，还得依靠老黄。”

“你不是说老黄很好，很可靠吗？还有，我记得你说过，老黄他爹是公社书记。”

“是啊。我也想到这一层了。只是你不知道，他爹也是干板直正的一个人，从来不允许家里人占公家半点便宜。你看，这么多年了，老黄还是个农民，他爹连老黄的工作都不给安排。”

“要是这，你那一千亩地咋办？”

“不要紧，我总觉得，老天不负苦心人，车到山前必有路。好了，我吃罢了，你收拾吧，我去希保家串串门儿。”

程相文说着把碗一推，站起身准备往外走去。

“相文，明天你就要走了，一走又是几个月，你就不能跟我多说几句话吗？”

程相文站住了。他站在门口，看着妻子那幽怨的眼神，慢慢把门关住了。

晚上，程相文拥着妻子入睡。可两个人都睡不着。妻子把头枕在丈夫的臂弯里，半闭着眼睛，安静地躺着。

程相文也没有言语，只是轻轻地抚摸着妻子的头发。他有许多话要对妻子说，可又说不出口。他记得自己和妻子的每次相逢都是在这无言的依偎中度过。每次都是这样，他甚至在火车上、汽车上都打好了腹稿，想把心里积攒了许多年的安慰的话、贴心的话说给妻子听，可每次他都咽了回去。因为他知道自己说了那些话以后还要走，还要把妻子置身于苦苦的期盼之中。而且，这次的相逢又是那样的短暂。他希望妻子能够对他倾诉，对他埋怨，对他指责，可他从来也没有听到妻子说过这样的话。今天看她的眼神，他知道妻子这次一定有话要对自己说，他在等待着。

许久，董桂枝才开口说话。

“相文，你知道我昨晚上为啥睡不着吗？”

“为啥？”

“我想了一晚上，总觉得咱俩这一辈子活得太不值了。”

“你咋这样想？这么多年了，咱不都熬过来了？”

“看看，你也说了，咱这不是过日子，是熬日子。相文，我问你，你知道啥叫熬吗？”

“你说。”

“熬，就是……就是一直都难受，成天都在担心，成天想掉泪。有时候，憋闷得不行了，就想找个没人的地方，扯着喉咙大声喊叫一回。可我又喊叫不出来。我得咬着牙过日子。几十年，一直都……相文，你难道真的不知道俺这种心思吗？”

“我知道。可是……”

“你不要说。你听我说，中不中？”

“中。”

“相文，从我嫁给你到如今，已经32年了。你给我算算，咱俩在一起的日子加起来一共有多少？”

程相文没有回答，只是用右手轻轻抚拍着妻子的后背。

“我知道你算不出来。我能。因为我根本不用算，我都记下了。我告诉你，咱俩在一起的日子加起来还不到8个月。你要不信，我一天天查给你看。每年的月份牌，都在那儿放着。”

“32年……8个月。桂枝……”

“你听我说完，相文。人都说，嫁鸡随鸡，嫁狗随狗。我忍了，我认了。因为我知道你在外面是干正事儿，你在替全国的老百姓干大事儿。我知道你心里也有苦，你也不容易。可是，我就是想知道，咱俩都50多岁了，往后的日子可要掰指头掐算着过了。咱就这样过下去，还得多长时间？这样的日子到底啥时候是个头儿？”

董桂枝的声音轻轻的、柔柔的，仿佛潺潺滑过的溪水，仿佛微微拂面的春风，仿佛片片飘浮的白云。然而，程相文的心里翻江倒海。多少年来，他第一次听见这样的倾诉。

可是，他却不知道该如何回答，无法给她任何确切的答案，哪怕是模糊的承诺。

程相文伸出左手，用手指轻轻地在妻子的脸庞划过，把一缕花白头发理到耳边。

“桂枝，你是世界上最好的妻子，最好的媳妇，最好的母亲，我……”

“中了，我说完了，心里也舒坦了。睡吧，你明天还要起早。”

程相文鼻子酸酸的，再次把妻子拥在怀中……

## 租地

程相文带着全县农民兄弟的托付和所里员工们的信任，回到了海南三亚。当他见到房东黄生忠的时候，立刻忘记了舟车劳顿、女儿的婚事和妻子的哀怨，立即着手租赁土地。

程相文走后的这几天，黄生忠带着张守林，跑遍了附近方圆 30 里的村镇。总算没有白跑，他们已经租到了将近 400 亩土地，和农民签了协议，预付了一半的租金，完成了近半数的任务。程相文高兴地夸奖了黄生忠和张守林。

接下来的三天，程相文凭着自己多年来积攒的人际关系，加上黄生忠在当地人缘好，很快又租到了 500 多亩地。

然而，离目标越近，租地越困难。根据手上的资金，程相文的目标是 1100 亩。他必须做到双保险，万无一失。

可是，不管他们再怎么努力，收获却微乎其微。附近方圆 50 里内的土地已经完全没有指望。要想租到田地，就必须到 50 里以外去找。但如若距离太远，一是不好管理，二是费用太高。随着时间一天天过去，他们要保证在最佳播种期内完成任务的难度就越来越大。

程相文正在大伤脑筋的时候，黄生忠无意中透露了一个重要信息：他的父亲要出差，需要把黄生忠的妈妈送到他这里住一段时间。

“对不起，程所长，我这几天就不能再陪着你去找地了。”

“没关系，照顾老人要紧。大妈什么时候来？”

“今天晚上。”

“你爸一起来吗？”

“肯定呀。我原来就不让我妈走，是我爸非得让住到他那公社的破仓库里，也没人照顾我妈……”

“哦……”正在和黄生忠聊着的程相文思想突然抛了锚，心不在焉地听不清黄生忠下面说了什么。

晌午刚过，他就差人去集市上买了酒肉、蔬菜。他让全体人员下午在家休息，而他自己，则和张守林一起，在黄生忠的院子里忙活开了。黄生忠和爱人看到程相文杀鸡、宰鸭、洗鱼，感觉很奇怪。

“程所长，你买这么多菜，这是要请客呀?”

“是啊，你老爸老妈今天要来，我不该表示一下吗？再说，你们这几天，天天几十里地跑，腿都跑细了，太辛苦了，我今天买点下酒菜，晚上好好和大伙儿喝几杯。”

黄生忠的妻子第一次看到程相文下厨，觉得稀奇，就站在旁边看着。黄生忠看见妻子抱着膀子站在院中，不禁皱起了眉头。

“我说你这女人好不懂事，程所长这几天也累坏了，你赶紧去帮忙啊，还站在这里!”

黄生忠的爱人笑嘻嘻地走过去，一把抢过程相文手里的鱼，手脚麻利地干了起来。

程相文则打了水，回到屋里，仔细地把周身擦洗了一遍，然后换了干净衣裳，坐在院中的榕树下，一边和黄生忠聊着，一边等待着黄生忠的父亲回来。

当小院里飘出阵阵菜香的时候，外边传来了一阵汽车的声音。正在聊天的程相文和黄生忠站起身来，快步走到门外迎接。

黄生忠的父亲黄书记和司机小赵一起扶着黄生忠的母亲小心翼翼地下了车。

“黄书记，你好。我叫程……”

“你叫程相文。程所长，你忘了，我们五年前已经认识了。这是咱们第二次见面喽。”

“哎呀，对呀，五年前……咳，你瞧我这记性。多谢黄书记还记得我。”

“怎么能不记得你，我这老婆子几乎天天念叨你，你的名字都让我的耳朵起茧子了。”

程相文赶忙上前接替司机，搀扶着黄老太。黄生忠的母亲过去住在儿子家，常年与程相文他们在一起，很是熟络。只是一点，她勉强能够听懂普通话，但自己一句普通话也不会讲。尽管如此，她仍然很亲切地对程相文说着话。

“我妈说，她一直挂记着你，很想你的。”

“大妈，我也一直记挂着您呐。来来，慢点慢点……守林，快给大妈搬凳子来。”

“来啦。大妈，您坐，快坐下。”张守林把凳子放在老太太身后。

黄书记是那种一身正气、快人快语的人。而且，他似乎有一种超强的对于人事的洞察力。

大家坐定以后，黄书记关心地询问程相文育种的事情。

“程所长，你们舍家弃口的，几千里地来到海南，都是为了工作。我一向很忙，和你一样，家也很少回。咱们虽然不常见面，可我很佩服你们这些从内地来的育种人。如今，你来咱们海南也很多年了，可我从来也没有在工作上帮助过你们，心里总有些过意不去。以后你要是遇到啥困难，尽管和我说，只要是为公家、为工作，我一定全力相助。”

黄书记的一番话让程相文愣住了。他为今天和黄书记的相见颇费了一番心思，就是想请他帮助解决租赁土地的事情。整个下午，他都在想着如何开口，如何让黄书记了解当前的局面。他毕竟不了解黄书记的脾气，也不了解黄书记的工作环境和工作作风……他没有想到，黄书记一开口竟然就说到了自己的心坎上，好像已经知道自己遇到了解不开的难题。

“黄书记，我不知道应该怎么形容我的心情，我……我很担心，很不好意思……谢谢你。你一说，我就不用……不用费那么大劲儿了……”

由于激动，程相文的表达一时间出现了小小的障碍，结结巴巴地不知所云。他左右看看，希望有谁能够帮两句腔，帮自己打个圆场。可是，在场的人谁也不明白他的心思，只好带着疑惑的眼神看着他。

“守林，还不去把菜端上来!”

程相文大声对坐得稍远些的张守林喊道。张守林正在和黄老太连说带比画地交谈着，冷不丁被程相文一叫，吓了一跳。

“到！所长，我在这儿……”

“我知道你在那儿，我叫你去把菜端上来。都啥时候了，老爸老妈，还有这位小司机，大伙儿都饿了，赶快吃饭吧。生忠，给老爸倒酒。”

黄书记看着程相文突然激动的神态和语无伦次的样子，很是诧异，便撇开程相文，转身用海南话询问自己的儿子黄生忠。

“你说，程所长这是怎么了?”

“他听了你的话，太高兴，太激动。”黄生忠当然知道程相文的心情，他也没有料到父亲会主动提出愿意帮忙的话。

“我说什么了？我没说什么嘛!”黄书记还是感到不可理解。

“你说帮他解决困难，他就高兴了。他这几天都快急死了。”

“什么困难？你……你要再这么半句半句地说话，不赶快告诉我到底怎么回事，我也要被你给急死了。”黄书记用指头点着黄生忠的脑门儿说道。

黄生忠从头到尾把程相文这次的任务与目前租地的困难说给了父亲。

程相文尴尬地坐在旁边，似懂非懂地连连点头，脸上始终堆满了笑容。他知道，他的生忠老弟正在把自己心里的话告诉黄书记。

“黄书记会帮忙吗？这附近的地可是都已经被自己租下了呀。我这是在强人所难吧?”程相文突然想到了这一点。他担心即便黄书记肯帮忙也无法租到自己需要的数量。黄书记自己手里是没有一分土地的。他突然后悔自己给黄书记出了一个大难题。

黄书记却连看也没看程相文一眼，还在用海南话和黄生忠交谈着。其间，还不时地对司机小赵交代几句。

“黄书记，菜都上来了。你看，咱们边吃边聊好不好?”

“好的好的。”黄书记一边答应着，一边拿过一个空盘子，把鸡鸭鱼肉分别往盘中夹着，然后递给了司机小赵。

小赵也不答话，接过来菜肴，端了米饭，对众人点头示意了一下，就背转身子，大口吃了起来。

程相文和众人对眼前这种不太合乎礼仪的情况都不理解，却也无法问询，就含糊地等待着黄书记动筷子。

黄书记则从口袋里掏出钢笔、笔记本，在上面迅速地写起来。

也就三五分钟时间，黄书记合上钢笔，小赵刚好吃完。黄书记把从笔记本上撕下的纸条交给司机小赵。小赵起身往外走去。

“咦？这桌子都摆满了，大家怎么还不动筷子啊？来来，大家吃。”

院子外面传来汽车发动然后离去的声音。众人附和着黄书记，开始喝酒吃菜，但都显得有些矜持和拘谨。

黄书记不时询问河南的情况，旅游景点、农业生产、农民的收入，还不时调侃着自己和老伴。酒桌上的气氛逐渐显得轻松愉快。

酒席临近结束的时候，司机小赵回来了。他快步来到黄书记跟前，俯身用海南话对黄书记说了几句。黄书记的脸色顿时显得兴奋起来。

“好了，程所长，你的问题解决了。我也可以放心地出差了。程所长，咱们10天后再见啊。”黄书记说着站起身来，大步朝门外走去。

“黄书记，这……”程相文对黄书记突然的离去感到十分惊异，赶忙追了上去。

黄书记坐进车里，汽车发动了起来。

“黄书记，你怎么说走就走，我还要和你……”

“问题解决就走人嘛。小赵已经出去协调过了，明天你去找崖城镇的镇长，他那里原来要建设商业区，现在停建了，至少可以为你解决200亩上好的田地！”

程相文愣住了，也许他这一辈子都不会明白，他本人的执着勤恳会为他带来什么样的惊喜和成功。

程相文在黄生忠父亲的帮助下，顺利在50里外的崖城镇租到了200多亩地。经过连续10天的紧张作业，1100亩田地全都制上了高产品种新黄单851。程相文现在集中全力去关注自己的那两个大有希望的自交系——浚9058和浚92－8。

这天回到家里，程相文在煤油灯下，认真地填写了当天的工作日志和实验记录。他想早点睡觉，就拿起脸盆到压水井边去取水。这时，他听到老黄的屋里有人在说笑，还有洗麻将的声音，不觉有些好奇，就在门口停了下来。

老黄和另外两个人的声音很熟悉，一个是张守林，一个是李玉田，都是自己的育种队员。另外还有一个陌生的声音引起了他的注意。

“我说哥几个，咱们在这里实在没意思，天一黑，啥也没有。别说看电影看电视，就连个电灯也没有。你说，咱这些搞育种的咋这么倒霉呢，来到这里……”

“那你可以不来嘛，谁还能强迫你？”说话的是张守林。

“开始，是我自己要来的，觉得好玩儿。你想，咱老家冬天那是什么鬼天气，晚上老婆搂着都暖不热……看这儿，冬天还得穿裤衩……”

“你们说什么说，赶快出牌嘛！”老黄不耐烦地催促着陌生人出牌。

“哎，我问你们，知不知道海南五大怪？”陌生人对张守林和小李问道。

“俺只听过四大怪，咋是五大怪？”

“看看是不是？这就叫没学问。我告诉你们，几个蚊子一盘菜，几个老鼠一麻袋，三条蚂蟥连个裤腰带，毒蛇窜到床上来。”

“这不还是四大怪嘛！”

“别慌，你们不知道最后还有一大怪——大姑娘出嫁把孩子带。姑娘要是不怀孕就嫁不出去。你们知道不？”陌生人得意地说着。

“嗨，我自摸了。每个人一块，每个人一块，快掏钱呐！”老黄兴奋地嚷着。

又是洗牌的声音。程相文踌躇着，不知道应该咋办。按理说，他可以直接进去制止，让自己的育种队员离开麻将桌。可农村的夜晚实在是没有其他的娱乐项目，看样子老黄显然正在兴头上，如果自己这个时候进去搅了他们的牌局，会不会让老黄不高兴呢？还有那个陌生人，对自己来说，是素不相识；可听那人的口音，明显是河南人，他与守林、小李是不是熟识的朋友呢？

程相文闷闷地想着，悄悄离开了老黄的屋门，自顾打水、洗漱睡觉了。

第二天，晚饭后程相文一如往常，给自己的大女儿程新建上课，讲授玉米育种知识。与往常不同的是，程相文今天的讲授不再用其他的例证，而是直接针对当前正在培育的浚单系列的新品种进行讲解。

"……我现在着重给你讲一下培育浚9058和浚92-8的技术要点……"

程相文讲着讲着，发现自己的精神越来越难集中。开始，他并不知道原因，就硬着头皮对女儿讲授。他发现自己的讲解水平在不断下降，就问女儿听课的感觉。

"新建，你觉得我今天讲得明不明白，你听着觉得咋样？"

"明白倒是明白，可我觉得你好像有啥心事儿。可能你今天太累了，要不，今儿个算了。反正这一段时间该种的都种了，等……"

"等一下，你先别说话。"程相文中止了和女儿的谈话，侧耳仔细听着屋子外面的动静。

"新建，你听，楼下是不是有啥动静？"

程新建听了说道："爹，你听不出来？那不是老黄叔家在打麻将嘛。"

"我说今儿个咋回事儿，再也集中不起精神来，原来是楼下的声音。咱们的人都谁在？"

"好几个呢。有的玩，有的看。"

"经常这样吗？"

"都是趁你不在的时候。前一段你回去那几天，他们都打疯了。都是那个修武育种队姓魏的，天天不干正事儿，说是来海南育种，我看净是来咱们这儿胡混!”

“修武姓魏的？我好像听谁说起过这个人。不行，我得下去看看。这样吧，你回屋自己看看书，今儿个就不讲了。”

“你可别发脾气，那人跟老黄叔关系不错，俩人成天叔侄相称，还经常在一起喝酒。”

“嗯，我知道了。”

程相文关了自己的房门，尽量轻手轻脚地下得楼来，像昨晚离开时那样，悄悄来到黄生忠的房门前。

黄生忠家是一个没有院墙的宅子，只有L形的几间房子。海南人盖房，不像内陆中原讲究坐向、风水，只是依照地形顺势而为建构的。

程相文站在廊檐下，一边看着天上的皓月，一边仔细听着屋里面的动静。

没一会儿，他就确定，那个人就是他上次临走前和老黄、守林几个人一起打牌的河南老乡。

上次因为走得急，他只是草草对张守林交代了几句，并没有太重视。想着，倘若在城里，人们唱歌跳舞都不稀奇。年轻人，远离家乡，远离亲人，千里迢迢来到海南，又没有其他娱乐生活，玩玩就玩玩吧，也就几毛钱的输赢，犯不着上纲上线地说赌博违法之类的重话。这次回来后，因为忙着找地、租地、抢种，就把这件事儿丢到了脑后。

可现在，他再次遇到这样的事情时，却有一种说不清的感觉。

正想着，屋里突然出现了魏姓老乡的声音。

“喂，我是小利。哦，大哥呀，是的、是的，一切都很顺利……是啊，要不都叫我小利呐……不不，不是那样，不是蝇头小利，是一本万利……好了，我会记住自己的重要使命。好，再见!”

程相文在外面听着，怔住了。这不是打电话的调子吗？老黄家安电话了？没有啊，下午我还在他屋里呐。

程相文终于忍不住好奇，推门走进了黄生忠的上房。

看到程相文进来，所有的人都吃了一惊，全都缄口不言。屋里的气氛顿时显得尴尬。老黄也显得无趣，讪讪地和程相文打着招呼。

“相文大哥，你来啦。”

“嘿，我就说嘛，咱程所长也不是铁人，也得劳逸结合嘛。来来，程所长，你来两把，保准能赢。你坐老黄叔下手，我肯定给你喂牌吃。”

“你是?”

“哦，我还没有自我介绍。我姓魏，叫魏立，修武县育种队的。咱可是正儿八经的同行，亲不溜溜的河南老乡啊。”

“哦。你也来这里好几年了?”

“没有没有，跟你们这些老海南没法比。我是去年才到海南。以后，还得跟程所长好好学习。要是小侄有啥不懂事的地方，还得程所长多担待呀。哎，程所长别站着，快坐啊。”

“不了，我不会打牌。”

“既然来了，就打两把。这玩意儿不用学，上场就会。而且，我保证，你要学会以后，就会越来越上瘾……”

“小魏，我刚才好像听到你在和咱老家的人说话，这是咋……”

“嘿，程所长，你看，就是这玩意儿。神着呐，几千里地，就跟在跟前似的，可清楚了。不信，你来试试，往家里打个电话……”魏立说着，把手里的“大哥大”伸到程相文面前，来回晃动着。

“这，恐怕很贵吧?”

“不贵不贵，才1万多块。”魏立说着，把“大哥大”在手里来回地颠着，就像玩着一把塑料玩具手枪，一副很不屑的样子。

“哦，小魏，你们先打着，我和老黄有点事要商量商量。老黄，咱去我屋吧，别耽误大伙儿打牌。”

程相文说着，和黄生忠一起离开了麻将桌。

“相文哥，你是不是不高兴了?”黄生忠刚在程相文的屋里坐下，就忐忑不安地问道。

“没有。我想……”

“你要是反对打牌，我以后……”黄生忠过意不去地说道。

“生忠老弟，咱俩的交情不是一天半天、三年五年了。我想问问你，这个魏立，你俩是怎么认识的？你对他的印象咋样？”

“去年，你们回河南后，他找上门来，还带了礼物，说想交朋友。我看他这人挺随和的，就和他来往了。他喜欢打牌，我也喜欢。我知道这不好，是赌博，可就是想玩，不是为了赢钱，只是喜欢。相文哥，你要是反对，我今后就不打了。”

“打牌也是一种娱乐，没什么不好的。只是不要玩得太大，有个输赢就行了。你觉得呢？”

“是的是的，以后每次一毛钱，小玩一下，就当打发时间啦。”

“好，打牌的事儿就这样。我叫你出来，是有另外更重要的事儿。生忠老弟，我想让你帮我一个忙。”

“你说，相文哥。”

“我想让你注意一下那个小魏。有关咱们育种的事儿，还有咱们的玉米种子，一定要多操点心，多留意着这个小魏。你明白我的意思吧？”

“明白明白。你放心，相文哥，我知道哪头轻哪头重。没有你的允许，谁也别想从咱手里拿走一颗玉米种！”

“好兄弟，你这样我就放心了。好，你去继续玩吧。”

晚上，他把张守林和其他的育种队员都召集起来，把对黄生忠交代的话又说了一遍。他没有对自己的部下发出禁止令，也没有批评和责备，但谁都可以看出来程相文的警惕和不满。

## 抢种子

转眼间，三个月过去。新黄单851玉米制种已经到了收官阶段。

这天，张守林和几个育种队员正在地头巡视，远远看见魏立顶着大草帽走过来。他们想起程所长的话，赶忙过去和魏立寒暄。

“小魏，你咋闲了？”

“我忙过吗？没有。但我今天可是要为众兄弟忙活一阵子。”魏立说。

大家看时，才发现魏立身穿短袖衬衫，背着一个带着长长镜头的照相机。那衬衫上印着大朵的花卉图案，很是扎眼。

“哟，小魏，没衣服你言语一声，弟兄们可以借给你一件。没有必要把你老婆的衣服也穿到海南吧。”

育种队的小王扯着魏立的衬衫，调侃道。

“别瞎扯。这可是将来要流行的海岛衫。看吧，不出三年，这样的衬衫就会穿遍海南岛。”

“你没事儿拿着相机在玉米地里转悠啥？”张守林问道。

“嘿，你这算是问到重点了。这是专门给你们弟兄几个准备的。快，拿着家伙跟我走。我要给你们拍最美的海南留影。”魏立回答道。

见大伙儿犹豫着，他上前一把拉住小王的手，不由分说往另一块玉米地里走去。

张守林看看太阳正往西边走得急，也快到了收工的时候；同时，他也想看看魏立到底想玩什么花样，就招呼着大伙儿随魏立前去。

魏立在一块玉米地前停下，说道：“嘿，你们看，这儿有棵椰子树，衬着玉米地，大伙儿再拿着干活的家伙，在夕阳西下的时候，拍这么一张，让媳妇看了，多浪漫啊！”

听魏立这么一说，大伙儿顿时来了精神，纷纷站在镜头前，摆姿势，做表情，尽情地把自己光辉的影像嵌入镜头里，留在记忆里。

张守林也觉得魏立这样做确实是一片好心，就凑上前去，准备着自己也来一张。

张守林还没有站好，魏立便很快按下快门。这时，张守林觉得好像哪里不太对劲，就左右看看。他发现，用这块玉米地当背景太不带劲了。这片玉米地里的玉米和浚县农科所的玉米根本没法比。已经到了收获的季节，这些玉米穗子还没有巴掌长。再看那些玉米秆子，一棵棵也都像害病似的，没一点精神，明显是得了大斑病。

“咳，我说魏立，你咋挑了这么一块烂脏地当背景，放着咱们那么好的玉米地不用?”张守林皱起眉头问道。

“张大哥，您那玉米确实长得不赖，可您那地里有椰子树没有？啥东西最有海南的特征，不就是椰子树嘛！至于玉米地，只起个陪衬的作用，能说明你不是在海南玩就中了。你得记住，这照片可是要给你老婆看的。”

大伙儿觉得魏立说得有道理，就不再说什么了。

大伙儿一路说笑着回到了村里。叫魏立同去吃饭，原来见了饭场从不推却的魏立今儿却一反常态，极为客气地拒绝了浚县育种队员的邀请，在村头的小路上一拐，就不见了。

魏立没有在浚县育种队的住地吃晚饭，而是到大路旁租了一辆机动三轮车，急急往三亚赶去。他找到一家熟识的照相馆，出了高价，连三赶四地把两卷胶卷冲洗出来。

第二天，他带着洗印好的照片，到银行取了半提包现金，登上长途汽车，匆匆往水南赶去。

车到水南，魏立满意地看到十几个壮小伙已经等在车站。这些人中，有的是他从河南带来的手下，有的是当地的年轻人，与魏立是趣味相投的牌友、酒友。他们昨天就接到了魏立的通知，早早地等候在这里。魏立知道，自己想要克敌制胜、一战成名，是少不了这些好帮手的。

“史泰龙大酒店。好，就这里!”

魏立冲前面一个硕大的招牌一挥手，众人便簇拥着他走了进去。

“雅间！要最豪华的!”魏立对跑过来的老板颐指气使，显得豪气十足。

魏立带着满脸的奸笑把这一干人带进饭店里一个最好、最大的包间，好酒好菜一顿猛吃。

酒过三巡，菜过五味，魏立站起身来，抹了一把油滋滋的嘴唇，一只脚踏在椅子上，晃动着手里砖头般的“大哥大”，像一位久经沙场的将军，开始了“战前动员”。

“弟兄们，俗话说，养兵千日用兵一时。你们跟大哥我交往多日，你们说，我姓魏的对弟兄们够不够意思？”

“咳，大哥，瞧你说的，你要不够意思，我们会跟你混吗？”

“是啊，是啊，我们这辈子跟大哥跟定了。两肋插刀，赴汤蹈火，就凭你一句话。”

一群人一阵鼓噪，全都慷慨激昂，信誓旦旦。

“好，我魏立没有看走眼，弟兄们个个都是好样儿的！你们看——”

魏立说着，把背在身后的大提包一把提到胸前，用力地拍了拍。

“这里是啥？是比亲爹都亲的伙计，是比老婆都贴心的宝贝儿，我不说，你们也明白，这是票子，是人民币！是我为弟兄们准备的新年大礼。”

众人顿时热情高涨，所有人的目光同时聚焦在魏立胸前的大提包，个个儿眼睛都瞪成了核桃！

又一阵激昂喧嚣之后，魏立开始“排兵布阵”，把任务落实到每一个人。最后，他按照“多劳多得”的分配原则，把完成任务后的犒赏进行了预告。

之后，按照魏立的要求，他们每两个人一组，签了字，按了手印，打了领条，领到了让人眼热的一沓沓百元大钞。

此时，外面下起了大雨。

一个细柔的女声和敲门声同时在雅间外响起，魏立腾地冲过去，把门开了一个四指宽的小缝，用身体遮护得紧实，然后探出头，声色俱厉地问了一句：“你想干啥？”

女服务员胆怯地往后面退了两步，双手摇晃着，结结巴巴地回答道：“下雨了……很大。店里有……雨伞。要不要……租赁。租金可……优惠。老板说……就、就这样。”

这位小姑娘完全没有意识到自己打扰了一个阴谋的制造者。

“告诉你们老板，雨伞全要，租金一分不给。你走开！”魏立从牙缝中挤出了自己的愤怒。

女服务员张着嘴，惊慌地逃离。

魏立大喊了一声："弟兄们，考验你们的时候到了。"

所有人立刻扛着被烧酒和欲望刺激得晕乎乎的脑袋，冲进滂沱大雨之中。

"不好了，程所长！"

程相文正带着所有的人员紧张地收新黄单851的玉米种，水南二村的夏氏三兄弟急急忙忙跑来报告。

"怎么了，福强?"程相文看着他们弟兄三人着急的样子，赶忙问道。

"你们河南的，那个姓魏的，派了好多人在抢购你们的种子……我们村里许多人都把种子卖给他们了。"

夏家的老大夏福强连说带比画地把魏立带人抢购浚县农科所的玉米种，用高出市价一倍的价格到农民家收购的事情告诉了程相文。

"那魏立还向农民们允诺，等到卖出种子后，再付三分之一的补充款项给这些农民。"

"不要紧，我们和那些种植户都签了合同。种子是属于我们浚县农科所的，他们只是我们雇来种地的。而且，我们已经给他们工资了，这些农民兄弟没有权利出卖种子，也不能出卖起码的信誉。"

程相文将信将疑地喃喃，希望这一切只不过是个误传。

但他知道，夏家三兄弟一向细心，为人谨慎，绝不会空穴来风，捕风捉影。这种事情是开不得玩笑的。他沉思着，在心中谋划对策。

程相文转而强装笑颜，一边安慰众人，一边派张守林等人去附近几个村庄展开调查。

晚上，程相文胡乱吃了两口饭，就在大门外徘徊，焦急不安地等待张守林他们的消息。

天完全黑了下来，程相文派出去的育种队员陆续回到了住地。所有人调查的结果和夏家三兄弟所说的完全一致。现在，程相文可以确定魏立真的是在抢购新黄单851，而且的确是高价抢购。

程相文明白了事情的原委，反倒镇定了下来。他现在最担心的是张守林。已经是晚上九点多了，还没有见到张守林的踪影。

“不行，我要去找他。”

程相文决定自己亲自去修武县育种队的住地。他知道张守林去找魏立了。

“所长，我们跟你一块儿去吧，大黑天的……”

“不用。你们奔波一天了，赶快吃饭吧。我有手电筒，又是熟路。”

程相文刚走出屋子，张守林便气喘吁吁地回到了院中。而且，他的身后，就是那个油头粉面的河南老乡魏立。众人看到魏立过来，呼啦一下围了上来，恨不得痛揍他一顿。但看到程相文制止的手势和严厉的眼神，便又退了回去。

魏立目无表情，显得气定神闲，对众人愤怒的眼神不屑一顾。他冷冷地穿过众人，大模大样地跨进了黄生忠的屋子，一屁股坐在了屋子正中的椅子上。黄生忠凑过去，小声责备着魏立。

魏立慢慢撕开烟盒，叼了一支香烟，猛吸一口，然后慢慢吐出烟雾，对黄生忠的责备并不答话。

程相文和张守林也对着魏立坐了下来。魏立仍然一言不发，甚至看也没有看程相文一眼。

“小魏，你这么晚过来，是不是有啥话要告诉我？”

“程所长，你派张守林跑到我那儿，黑丧着脸质问我，说我不讲良心、不讲道德……我咋啦？不怕告诉你，我魏立明人不做暗事，我就是买了些种子，这不犯法吧？”

“小魏呀，咱们都是搞育种的，你应该知道，我们花了很大的气力，租地、雇人……我们在这一千多亩地里投入了……”

魏立蛮横地打断了程相文的话，用不屑的口吻说道：“哎，我说老程，你们投入多少和我有关系吗？那些玉米种子，我也是出钱买的，不是到你们地里偷的。那些农民情愿把种子卖给我，周瑜打黄盖，愿打愿挨。”

“可是……”

看着魏立这无赖的面孔，程相文一时语塞。

“你以为你是谁？你也是搞育种的，有啥权利抢购我们的种子！”张守林看到魏立翻脸不认人，对程所长的态度如此恶劣，忍不住大声呵斥魏立。

然而，魏立以更加无礼的态度对张守林反唇相讥。

“我是谁？实话告诉你，张守林，你恐怕还真不知道我是谁。你认字不认？程所长，从他这没有教养的态度来看，他肯定也没什么文化，还是让你这当所长的看吧。”

魏立说着从口袋里掏出一个信封，递给了程相文。

程相文疑惑地打开信封，抽出一张纸来。

“证明……河南省种子站驻海南联络员？”

程相文不觉念出了声儿，愣愣地看着魏立。

张守林从程相文手中拿过那张纸，迅速扫了一眼，顿时怔在那里。

白纸黑字，鲜红的大印，明白无误。这个游手好闲、无所事事的魏立，竟然是河南省种子管理站特别任命的驻海南联络员。

眼前的事实让程相文、张守林都哑口无言。

魏立起身来到张守林跟前，一把夺过那个证明，态度更加蛮横。

“老张，你看见了吧，你现在认识我、知道我是谁了吧！”

“联络员咋啦？联络员就能不顾职业道德，不劳而获，来抢购我们的种子？”张守林气哼哼地说道。

“算了，我不想听你这车轱辘话。程所长，你是个明白人，希望你能够理解，我们也是为了全省的大局，其他地区的农民也需要优良玉米种。这种子虽然是你们浚县农科所弄出来的，但现在市场经济了，买卖是大伙儿自愿的，我很忙，没工夫在这里陪你们玩儿。再见，老黄，改天请你到三亚喝酒。”

魏立说着，拍了拍黄生忠的肩头，嘲笑地看了看程相文，扬长而去。

“程所长，我和守林觉得这可是一件大事，咱们不能就这样看着魏立把咱们的果实给抢了去。”黄生忠替程相文焦急。

“是的，程所长，我也觉得这事儿不能不管，咱一定要想出办法阻止他们。”张守林更加着急。

“是啊，你们俩说得很对，这不仅是大事儿，还是急事儿。我们没有时间了。现在每过一天，就会损失大量的种子。如果不能把种子足量、及时送回浚县，那我们的心血就白费了，而且，更重要的是，那将会耽误全县农民一季的粮食。”程相文忧虑地说。

“是啊，咱县的农民可都是预先付过钱的呀。还有，这里面还有咱们全所职工的……”

“可是，咱们却不能强迫农民不去出售这些种子。这就需要两方面的努力。第一，咱尽量去那些比较远的村庄，直接把现金送到他们的手上；第二，还是要把道理和农民兄弟们说清楚，让他们以大义、情谊为重，尤其是要强调我们和农民打交道不是像魏立那样，只是一榔头买卖。”

“是啊，我就不相信我们海南人都是贪财鬼。”黄生忠不甘心地说。

“老黄啊，我们还是得依靠你啊。你在这十里八村还是有一定影响力的。你去告诉那些农民兄弟，我们浚县农科所是要长期与他们合作的。”

“你放心，相文大哥，我一定照你说的去做。”

“那好，我们明天全体出动，赶在魏立他们前面去荔枝沟、崖城、常陂一带，全力说服那些和咱们签了合同的农民，然后咱们连夜收打归仓。”

一个星期过去了。

程相文他们几乎是连轴转，日夜劳作，总算抢收了大部分种子。程相文亲自过磅，最后的结果是，总共收获39万斤新黄单851玉米种。有将近10万斤的种子被魏立一伙儿抢购而去。

“总算没有影响大局，我们县今年的玉米种植不会受到影响。事不宜迟，咱们立刻组织装车，明天一早赶到三亚装船，尽早把种子运回去。”

第二天，程相文带领全体队员和当地强壮劳力，将种子紧急装运，他亲自押货上船。39 万斤良种回到了鹤壁。

货运列车正点到达鹤壁车站，程相文长长松了一口气。前来接车的农科所职工看到程相文跳下列车，来到站台上，都激动地围了上来。

“程所长，你可回来了，大家都在盼着你呐。”

王希保、秦贵文、常建智等人都过来和程相文握手。

“你们都来了。车呢？我咋没看见车呢？”程相文在站台上左右看看，没有看到原来说好的用来拉种子的货车和拖拉机。

“放心吧，程所长，都在车站外面等着呢。咱这边办完手续，那边就能立刻装运。”王希保兴奋地回答道。

程相文手里拿着货运单，带着满心的喜悦和大家交谈着，一起往车站货运处走去。

来到车站，王希保指着一排排木条长椅，让程相文坐下休息一会儿，他不愿意，坚持亲自办理卸车手续。

来到货运窗口，程相文把手里的货运单递了进去后，仍然向同志们询问所里近来的情况。

好一会儿过去，仍然不见窗口里面的动静。程相文提起脚跟，双肘高高地架在窗前窄窄的木台上，竭力伸长脖子，往里面窥探。刚才那位接过手续单的小伙儿早已离开了窗口，在和谁打着电话。他扭头看见程相文趴在窗口的面孔，便一脸明显的厌恶。

程相文很久没有看到过那种尖锐的眼神，便在心里泛起一种冷凉的警觉。他不知道自己怎么就会惹得这位素昧平生的年轻人如此强烈的厌憎。

约莫过了十多分钟之后，那年轻人回到窗口，从里面冷冷地丢出一句话，让程相文大吃了一惊。

“你们的车皮被查封了，没有县级以上单位的证明，任何人不能卸车。”

那人的话音还没落地，窗口便“啪”的一声关闭了。

恰在这时，秦贵文等人从外面大步跑了过来。几个人边跑边喊：“程所长，你快去看呐，咱那几个车皮被封住了。”

程相文和大伙儿赶紧往站台跑去。老远，他们就看见几个人正在用长长的封条将车门封住。

“请问，你们是哪单位的？为什么封我们的车皮？”程相文急迫地上前质问。

“你自己看呗。”

程相文走进车门，看那封条上的大红印章——河南省种子管理站。

程相文看着这个印章，就像看见一副狰狞的鬼脸，那鬼脸伸出长长的獠牙，张开血盆大口，向自己扑来。

他突然感到一阵强烈的眩晕，身子几乎站立不住，不禁伸手扶住身旁的王希保。

“程所长，你咋啦，快来人啊！”王希保一边慌忙扶好程相文，一边对旁边的人大声呼喊。

大伙儿听到王希保的喊叫，惊慌失措地围在程相文周围。有人递过一杯热水，程相文慢慢喝了两口，渐渐站直了身子。

“咱们被人暗算了。”程相文对王希保低声说道。

“谁？封条上是省站的公章，你是说，那公章是假的？”

程相文摇了摇头，没有再说话。突然，不远处传来一阵激烈的争吵，很明显是农科所的职工和那些贴封条的人发生了冲突。

程相文立刻推开众人走向两拨互相推搡的人群。

“住手！你们都给我住手。农科所的人，都过来。”

农科所的职工从来没有听到过程相文如此大声地说话，先是愣了一下，接着，全都顺从地走到程相文的身后。

“走，跟我到一边去。”

大家离开了那些贴封条的人。而那些人也都像是接到了什么暗号，立刻齐刷刷地一起往站台的另一边快步走去。

大家你一言我一语地纷纷要求程相文强行卸车，个个情绪激动，义愤填膺。

程相文左右看看，镇定地说道："同志们，咱们现在一定要冷静，千万不能冲动。冲动不能解决问题。下面，大伙儿听我的安排。我先回所里召集全所同志，然后去县政府汇报情况。所里能上班的全都来车站值班。大家从今晚起，分成3组，每组8小时，轮流在车站上看守。希保，你带几个老同志负责后勤，送饭送水。贵文，你们几个现在就留在这里，坚决守住车皮。大家记住了，这39万斤玉米种关系到全县百姓的利益，无论如何也不能丢下，不能让一些别有用心的人抢走！"

程相文分派完毕，便带着王希保，快步离开火车站，直奔县政府而去。

站台的另一边，一个废铁皮焊成的小售货亭后面，有位穿着风衣、戴着墨镜、手拿"大哥大"的男子正压低声音打电话。

"哥你放心，我知道分寸，不到万不得已，不会和他们武力冲突。没事儿，有我在，你放心。是的，车都备好了，后半夜装车。好，好，就这。"

下午三点，程相文和王希保回到了农科所。大气未喘，便立刻分头通知正在上班的职工停下手头的工作，准备晚上到火车站集合。

不到半个小时，所有人员都安排完毕，程相文匆匆下楼，准备去县政府汇报情况，寻求帮助。

可是，还未走出办公楼，便看到上百个农民蜂拥而至，把他堵在了大门的台阶上。看着黑压压的一群人，程相文一时搞不清是什么来头、什么用意。

"你们是……有什么事？"

"程所长，我们是咱县十来个乡镇的农民代表，现在，我们要求你立刻把全县农民原来预付的种子款退给我们。至于利息，你看着办好了。"

一位30多岁、身材高大的农民被后面的人簇拥着来到程相文面前，开口就要退款，让程相文一时间摸不着头脑。

“这是咋说的，种子已经运回来了，大家今年难道不种玉米了?”

“你说运回来了，咋不见在院里呀?”

“就是送到我们家，我们也不要了。”

“啥也别说，赶快把钱还给我们!”

“是啊，那可都是我们的血汗钱啊。”

大家乱哄哄地嚷作一团，让程相文无法说话。

“大家静一静好吗？你们能不能告诉我，你们为啥不要种子了，这新黄单851可是高产的好品种，咱们原来都说好的，只要……”

“只要是好种子，我们当然要，问题是你运回来的是啥品种?”

“别以为我们不知道，早就有人告诉我们内幕了，你们农科所从海南运回来的种子不是杂交种，不是新黄单851，是你们自己培育的自交种。”

“程所长，要是种下你的孬种子，打不上粮食，就会耽误一季儿的收成，你这不是麻子进屋——坑人到家吗?”

“就是，那么大的损失你包赔得起吗?”

“俺东拼西凑地先垫了钱，到时候再打不上粮食……程所长，你……你这不是麻子跳井——坑人到底了吗?”

“程所长，我们原来那么相信你，没想到你也会见钱眼开，做出这样的事儿来。你让我们太寒心了，程所长!”

又是一阵喧哗。听着这一句句满含着愤怒、满含着幽怨、满含着无奈的话语，程相文的心揪得阵阵发疼。他忍不住用手掌在胸口上下抚摸着，以平复这突起的痛楚。

大伙儿看到程相文的表情，立时住了嘴，呆呆地看着程相文。

看到大家平静下来，程相文用嘶哑的声音恳切地对众人说道：“我想告诉大家一句话，叫作‘谣言止于智者’。就是说，聪明的人不会相信谣言。我程相文虽然老家不在咱浚县，但我从参加工作起，就在这里生活着，把这里的工作当作一辈子的事业。几十年了，我从没有欺骗过任何人，一次都没有。如果大家不相信我的话，相信那些谣言，好，那就过了明天再来，我一定会把钱一分不少地全都退还给大家，还按银行全年的利息给你们。如果大家对我还有一丝信任，我告诉你们，这是有人故意造谣，让大家不要真正的好种子，然后他们把你们不要的种子拿走，再转手去卖高价、赚大钱。我现在就去县政府，让县政府派人检验，就是送到省里、送到北京检验，我也不怕，因为我们运回来的全都是最好的新黄单851。如果我程相文卖假种子，有法律在那儿放着，法律不饶人，我程相文立马就要去蹲大牢、挨枪子儿……你们给我点儿时间好不好，好不好？”

大伙儿听了程相文这番极为诚恳的言语，先是一阵沉默，接着开始小声议论起来。渐渐地，人们开始扭转身躯，带着同情、带着希望，也带着疑惑，慢慢离开农科所，离开了呆站在台阶上的程相文。

就在程相文押着39万斤玉米种子进入鹤壁火车站的那一刻，浚县人民政府办公室收到了寄给郭伟良县长的一个来自海南三亚的加急挂号邮件。办公室人员不敢怠慢，立即把邮件送到了郭县长办公室。

封面的字迹很模糊，郭伟良县长仔细辨认才看出是来自海南的邮件，以为是程相文寄来的，就赶忙打开邮件，发现是一摞彩色照片，厚厚的，足有三四十张。郭县长看到照片上的人，都是陌生的面孔，只有一个比较眼熟，想了想，好像是农科所的张技术员。他迅速翻看了所有的照片，几乎都是在打麻将、闲聊的场景。最后几张是在一个背景下拍摄的，背景是一块玉米地，那玉米稀稀拉拉的，长势明显很差。他翻过照片，发现每张照片后面都有注释，大意是说浚县农科所的育种队员在海南的生活情况。而最后那几张玉米地的照片的背后，则说浚县农科所培育的玉米种不是新黄单851，而是品相极差的自交种，如果农民种了这样的玉米，肯定会大面积减产，给广大农民带来巨大的损失。

郭县长看完了所有的照片，也仔细阅读了照片后面所有的文字，眉头不禁皱成了一个大疙瘩。

这个邮件带给郭县长的不仅是吃惊和沉重，还有深深的疑虑。他想了想，便给农业局的张局长打了电话，让他立刻来办公室。

张局长在郭县长的解说下，很快看完了所有的内容，也和郭县长一样陷入了沉思。

"如果照这些内容来看，我们将会遇到一个从来也不曾遇见的严重问题。首先是今年的玉米种植，必然要影响播种期，后果很严重。你怎么看?"郭县长心情沉重地对张局长说道。

"这些照片看起来很真实，里面的人有好几个我都认识，肯定是农科所的人了。但我的疑问是，是谁拍摄了这些照片呢？照片寄到县政府的目的是什么呢?"张局长说出了自己的疑问。

"拍摄照片的人显然和农科所的育种队员很熟悉，而且对育种队采取敌视的态度，这是第一。第二，把照片寄给咱们的目的很明显，就是让我们阻止这些劣质的玉米种流散到农民手里。这样吧，你赶快往海南发个电报，让程所长尽快回来，当面解释这件事。"郭县长也谈了自己的看法。

"好的，我马上办。"张局长说着把桌上的照片归拢起来。这时，郭县长的电话响了。

"哦，是省站的魏站长啊，我是老郭啊。"

郭县长一边接听电话，一边打手势让张局长坐下。张局长坐了下来。

"哦，是的，我也听说了，但具体情况还要核实。当然，我们一定会认真对待这件事情的。好吧，我们再联系。"

郭县长放下电话，对张局长说道："是省种子站的魏站长打来的，说接到了群众的举报，程相文他们这批种子是假冒伪劣，已经暂时把车皮查封了，就在鹤壁车站。"

"程所长把种子运回来了？也就是说，他本人现在已经到了鹤壁?"

"看来是这样。我们现在……"

郭县长的话被一阵急促的敲门声打断。他刚要起身开门，房门已经豁然打开，进来的正是满面旅尘的程相文。

“老程啊，你啥时候回来的？你看，我和张局长正商量着要给你发电报呢。来，快坐下。”

程相文看了看郭县长的脸色，平静而又和蔼。再看看张局长，也是很友善的样子。

“怎么，老程，是不是遇到麻烦了？”郭县长起身来到程相文身边，伸出手，用力握住程相文的手。

“郭县长，能不能给我口水喝？”

“哦？当然可以。”郭县长赶忙为程相文倒水。郭县长拿了两个杯子，一边把开水在两个杯子来回倒腾着，一边撮起嘴唇吹着。这个让水凉凉的过程持续了两分多钟，而在这两分多钟的时间里，屋里的三个人都没有说出一句话。

程相文接过杯子一饮而尽。他感觉自己的嗓子几乎要冒出火来了。

接下来，程相文从车皮被查封开始，把育种的过程，魏立的所作所为，农民要求退款的过程，自己对整个事件的怀疑，一口气告诉了两位领导。最后，程相文对郭县长说：“郭县长，我是一名共产党员，我以党性做保证，我说的全部都是事实。请组织上相信我，这回运回来的全都是精心培育的新黄单 851，品质全都能够达到一级标准。你可以亲自带鹤壁农科所的专家到现场检验。如果农民种了这批种子出现减产，我不但愿意接受组织上的处分，还愿意承担一切法律责任。”

程相文的话音刚落，张局长就兴奋地喊道：“我说嘛，就凭老程的为人，也绝不会做出那样的事情。这一定是那个叫魏立的家伙从中捣鬼。其目的显然是看新黄单 851 在市场上走俏，想趁机大捞一把，发个横财！”

程相文由于激动而变得脸色通红。他从来没有这么一口气慷慨激昂地说过这么长的话。

程相文的话让郭县长放下心来，可他的脸色却没有任何改变，仍然是亲切的、和蔼的，和程相文刚走进办公室那一刻完全相同。

“老程啊，事情虽然都明白了，可我们还是要履行一下程序。事实胜于雄辩，我们就按你说的，亲自到现场去，实地检查一下这批种子的品质到底如何。老张，你立刻通知鹤壁市农科所的检验人员，半个小时后赶到车站。走，老程，坐我的车，立刻出发到火车站。”

火车站上，三拨儿人马正在激烈地较量着，争吵的声音几乎盖过火车鸣笛的嘶吼。

郭县长和程相文赶到火车站候车厅，和鹤壁农科所的检验人员以及车站的值班站长会合后，一起往货运站台走去。他们第一眼看到的就是人们高声争吵的火爆场面。程相文刚要冲到人群中进行劝说、阻止，却被郭县长轻轻拉住衣襟，绕道而行，来到了被查封的车皮的另外一侧的车门前。

站长和另外一名车站职工拿出工具，三下两下就把车门打开，上去用探针从袋子里取出玉米种，然后和检验人员带来的新黄单 851 原种比对之后，很快做出了肯定的结论：两种样品完全一致！而且，从海南运回来的种子的籽粒更加饱满，色泽更加光亮。

郭县长带领程相文、检验人员、车站值班站长和车站工作人员一干人等来到正在争吵的人群跟前。

人群中有人认得郭县长，便高呼：“郭县长来了，说话算数的人来啦!”

人们呼啦一下把郭县长等人包围在核心。郭县长站到一个水泥板搭成的条凳上，伸出两只手臂，只往下压了两下，站台上立刻便鸦雀无声。

“同志们，我刚才大概听了一下，初步判断这里互相争吵的人可以分为三拨儿。一拨儿是贴封条的人，他们说是省种子管理站派来的，我也没看到他们的证件，所以不好判断他们的真实身份。但这封条确实是真的没错。他们的目的是不让其他的人动这些种子，原因是这些种子是假的，担心农民受骗，他们要拉走，交到省里，另行处理。这一拨儿的同志们，你们告诉我，我说的对不?”

“对，郭县长说得对，不能坑害农民!”几个人在人堆里大声应答，并高声呼喊了两句口号。看到郭县长伸手示意，他们便停住了。

“第二拨儿，是浚县农科所的职工，这批种子是他们亲自在海南种出来的，历尽艰辛，租地雇人，紧张忙碌了近100个日日夜夜；他们自己单位的每个职工都把自己的工资拿出来，解决了先期的资金问题。他们保证这些种子是最好的新黄单851，他们说，要是骗的话，他们先要受到损失。他们要坚决保护这些种子，不让任何人拉走。农科所的同志们，你们说，我说的是不是你们的意思?”

农科所的人齐声高呼：“是，我们就是这个意思，我们决不让把种子拉走!”

“好了，大家继续听我讲。第三拨儿人，是三里五乡的农民弟兄、种粮大户。他们也是在三个月前就东挪西凑，先行垫付了种子款，解决了海南育种所需要的大部分资金。他们最有权利得到优良的玉米种，他们把这一季的希望都寄托在优良的玉米种子上。农民兄弟们，你们害怕自己垫上的钱拿不回来，就想把车上的这些种子当成饲料卖出去，好弥补你们的损失。你们说，我说的对不对?”

“对!我们宁愿不要利息，宁愿再多掏钱，也要真种子，不要假种子!”

“好了，现在的问题就很明朗了。全部问题的关键就在于，这批种子到底是货真价实的优良种子，还是假冒伪劣的种子。只要这个问题解决了，是不是所有的问题都解决了?”

“是的，是的……”下面又是一阵不大的骚动。程相文注意到人群中有一个手拿“大哥大”的人往人群外挤去。他轻声对身边的王希保交代了几句，王希保点了点头，悄悄走出了人群。

“好，大家的意见终于一致了。那好，我现在就告诉大家答案。大家听好了，这里一共有39万斤玉米种。我刚才带着火车站的杨站长、农业局的张局长、鹤壁市农科所的刘所长和高级检验师谢工，我们一起，打开了车门，拿我们带来的样品和车上的种子进行了认真对比，结果是，这39万斤玉米种是货真价实的新黄单851，质量全都在一级以上!我再说一遍，这是真种子，不是假冒伪劣种子!”

人群中几乎立刻响起了巨大的欢呼声。程相文看到，农科所的职工，还有一部分农民，甚至流下了喜悦的泪水，而他自己也情不自禁地湿润了眼眶。

可此时，突然有一个刺耳的声音在人群中响起来。

“郭县长，你说话不讲事实！这批种子根本不是新黄单851，是他们自己培育的自交种!”

“这位同志，请你走近些，我没有听清楚。你能到我跟前说话吗?”

“有什么不能!”

随着人群中的骚动，一个手持“大哥大”的人来到了郭县长身边。程相文很确定地知道自己的判断没有错，一切的纠葛和乱象都是由他引起。他就是魏立。

只见魏立也站到了那个水泥条凳上，一手摇晃着手里的“大哥大”，一手摇晃着一沓子照片，对众人高声说道：“同志们，农民兄弟们，我们是河南省种子管理站的工作人员，我们的职责就是查处假冒伪劣的种子，保证农民的切身利益。刚才郭县长说这批种子是真的新黄单851，那么我要问，你的证据在哪里？就凭你们用眼睛一看就能断定真假，那么试问，还要那些仪器设备干啥用?”

“好，你这个同志问得好，用肉眼检验不科学，不可靠，那么请问，你们用的什么仪器检验出这批种子是假的？你们的检验报告呢?”

“我们……我们有在海南的证据，是我亲自拍摄的。”魏立说着，抖动着手中的照片。

“请问，你这些照片是什么时候拍摄的，你都把这些照片给什么人看过?”

“这不重要。重要的是，这些照片可以证实浚县农科所拿着国家的钱，在那里整天打麻将、搞赌博。还有，他们地里的玉米都长得非常差劲，根本不是新黄单851……”

“你叫魏立是吗?”

“我……是的，我叫魏立。那又怎么了?”

“你的哥哥是叫魏明吗?”

“你这是什么意思，郭县长，我们现在是在说这批玉米种到底是真是假，不是吗?”

“我告诉你，这些照片我那里有一整套，想必是你给我寄来的。我知道，你哥哥是咱们省里种子管理站的负责同志，而你则是修武县育种队的负责人。在海南的情况我们多少了解一些。请你不要再搞这些见不得人的勾当了。同志们，我现在郑重其事地告诉大家，这些种子是最好的种子，完全没有问题……”

“郭县长，如果种子出了问题，你能负责吗?”

“我能。”

“你拿什么担保?”

“我用全县一年的财政担保，而且，也用我个人的信誉担保。如果农民兄弟们种了这批种子出现减产，造成的所有损失，我们县人民政府全额赔付!这样可以吗?同志们，我这样说，你们认为可以吗?”

“太好了，我们相信政府……”

郭县长的话音刚落，车站站台上立刻响起了热烈的欢呼声。

郭县长大声喊道：“卸车!”

次日早上六点，程相文和所里的大部分同志都在仓库里忙着过磅、分袋，为农民提种子做好准备。

王希保昨晚跟着魏立，听到了魏立和哥哥魏明的对话。证实了程相文的猜测：他们确实是想要把这批种子卖到全省各地，买家都联系好了。

程相文听后感慨地说，这老同学差点把他给坑死，差点把全县的农民坑死。可最终，还是自己心里的那个抵挡一切的信念，使对方以失败告终。

“唉，要说这魏明，已经做过对不起人的事儿，别人不追究就算了，他还要这么费尽周折地整人，真是不可思议。”王希保感慨地说道。

“这世上的人啊，有多少就是为了一个钱字去铤而走险，最后闹得身败名裂。再多的教训也难让他们惊醒、回头。希保啊，咱们可要把这当成一辈子的教训啊。”

“是的。我会记住你的话。”

关于种子的售价，昨晚半夜，所里的领导班子成员和职工代表连夜召开了扩大会进行讨论。

经仔细核算后，所有成本加在一起，每市斤合 2.49 元，而当时全国都在抢购新黄单 851，市场价暴涨到每市斤 7.9 元。所里许多人提出，不图太大的利，每斤只象征性地加收 1 元钱，以集资款利息的名义发给职工，算是弥补大家几个月的辛劳，回报大家的信任。程相文坚决不同意，告诉同志们要说话算话，不赚农民一分钱，当初农民相信我们，在我们最困难的时候拿出钱来支持我们，这种情谊、这种信任是金钱难以衡量的。

程相文想起会议上的情形，就对王希保说道：

“希保，对有些同志要求提高种子价格的事你是什么看法？要说心里话啊。”

“我还是同意你的意见，既然咱当初说了按成本价，就要说话算话。”

程相文听了高兴地说道：“希保，你这样想就对了。下面的人虽然表面同意了我的意见，但心里还是有想不通的，你要帮我多做工作啊。”

“放心吧程所长，我相信大家很快就会明白这样做的道理。”

次日上午八点，大门刚打开，几百个等在外面的农民便欢天喜地、潮水般涌进了农科所的大院。而且，还不断有人加入到购买种子的队伍中来。虽然已经有五个“柜台”在营业，但还是不够，后面一些性急的人不停地往前涌动，把五张桌子全都挤翻在地。

经历了这次“山重水复”的绝处逢生，浚县农科所的改革大幕也应运拉开。

全国改革开放的步伐在继续。人们的思想也随之活跃起来——尤其突出的是，人们对市场经济突然热起来，全国掀起了一股公务员辞职下海的浪潮。当然，在追逐经济效益的过程中，难免会有人被欲望的魔鬼俘虏，成为害群之马。可以说，在市场经济的大潮中，一不小心就会“沉船”。

程相文以坚定的信念和诚信美德，满怀对农民无限的深情厚谊，小心翼翼地驾着浚县农科所这艘“科研之船”“创新之船”，在市场经济的汪洋中继续前行。

# 第七章　胸怀像大海那样

应用基因工程在抗虫、抗病毒、抗旱、抗除草剂、保鲜、不育系和恢复系的利用等方面也广泛地开展了研究，并得到了一大批转基因植株，抗虫棉花已成为商品化的又一个基因工程植物。据不完全统计，目前已获得了20多个科的60多种转基因植物，其中批准进入田间试验的已达120多例。这些都说明利用基因工程培育新品种已有了良好开端……

——《生物技术与未来农业》赵军良　著

## 遇刺

秋天是收获的季节。地里庄稼成熟，枝头硕果累累。浚县农科所育种田喜获丰收。更令人高兴的是，这一年，1977年，在农科所成立三年之后，由县农业局所属二级机构升格为县政府一级机构。这无疑是农科所发展史上的一个里程碑。

这天，王希保半夜醒来睡不着，隐约听到一阵窸窣声。他披了衣服来到窗前，往外面察看。起了雾，天漆黑，三两米之内都看不太清晰。但那窸窣的声响他听得真真切切。

“刺啦……刺啦”很轻，很有节奏，有点近似于扫地的声音。

王希保有点迷惑。不会吧，这么早扫地？

王希保的睡意全无。他迅速穿好衣服，悄悄循着那声响，沿着通往大院西边的小路追踪过去。

王希保看见一个黄色的光柱在前方约30米的地方来回晃动。那光柱悬在半空中，距离地面大概有一米多高。

王希保停下来，仔细观察。看这高度，最多是个十来岁的小孩。不对呀，这小孩该不会半身不遂吧，怎么来回晃动得这么厉害？不是闹鬼吧？王希保心里嘀咕起来，不觉心跳加快。

王希保的紧张是有原因的。半个月前，不断有人来办公室找他，说是近来每天天不明，西边的小树林里都会有一种奇怪的“梆梆”声。还有人告诉他，解放前，这里有一个年轻俊俏的小媳妇儿，不知怎的新婚之夜被善妒的丈夫怀疑与人通奸，第二天，也没有吵闹，丈夫就在她饭碗里下药迷昏了她，然后把她扛到村外的枯井里给埋了。小媳妇的冤魂每年收玉米的时候，都会来这院里扫地。说得有鼻子有眼儿的。明知道这是迷信，但每到夜间大家伙儿都会犯怵。

为了安抚大家的情绪，王希保安排人员每天夜里值班，加强戒备，还向程所长做了汇报。程相文当时正忙着组配玉米杂交组合，没怎么在意，只是对王希保说："没那事儿，这都是自己吓自己。"

王希保赶紧回到宿舍喊了几个青年职工，跟着他往那晃动的光柱奔去。

这时，小树林里响起了脚踏树叶的声音。没错，大伙儿都清楚听到那脚步声很急促地朝围墙那里跑去，随即消失得无影无踪。

"快看，那明晃晃的，还在！"

王希保打开手电筒。借着亮光，几个人走上前。

那光柱并没有落荒而逃，反而直直地射过来，照得王希保睁不开双眼。

"明明听到跑到围墙那里了，怎么还在原地？"王希保想。

"你们几个干啥呢？"这声音太熟悉了，是程相文。

程相文手拿扫帚走过来。他的脖子上挂着一个手电筒。

"程所长，你起这么早干啥啊？"

程相文说道："没看见我扫地吗？"

"刚才明明听到有人往围墙那儿跑了，咋就你一个人？"

"哪儿还有人？好了好了，你们以后再不要看到啥都大惊小怪的。回去吧，我还没扫完哩。"

大家往回走，程相文叫住了王希保。

"刚才你听见啥响动了吗？"

"确实听到小树林那里有脚步声。"

"我也听到了。回头咱俩去看看。"

"中啊。"

"别给旁人说，免得大伙儿疑神疑鬼的。"

中午吃过午饭，王希保和程相文一起来到了小树林。他们边走边看，并没有发现什么异常。后来，他们在一棵粗大的桐树上看到了离地一米多高的地方有几个小坑，旁边有几块树皮翻了起来，像是有人拿利器戳过。俩人又反复分析、猜测，最终也没弄明白。

他们又走出树林来到围墙下，沿围墙察看。

“所长你看，有情况。”走在前面的王希保指着围墙上的印记说。

“很明显，这是有人踩踏过。”程相文仔细观察后说。

“今儿个那人肯定就是从这儿翻墙出去的。”

“谁会半夜里翻墙到咱这儿来，还偷偷摸摸的。另外，看这些印儿，绝不是一次。所里不是没有丢啥东西吗?”

“是啊，谁会大半夜来这儿，来这儿干啥呢?”

程相文说：“时间不早了，咱不能把时间浪费在这上面。你这几天小心点，不要声张，别叫大家夜里害怕。”

“好吧。是不是在围墙上扎一圈铁丝网?”

“不用了，钱那么紧。快过冬了，职工取暖的问题还没有解决呢。”

农科所的开支一直很紧张。每年两万多元的拨款，听起来不算少，但花钱的地方多，尤其去海南育种，这钱真不经花。

接下来的一个多月，王希保每天天不亮就拿着手电筒在院里巡逻，没有再发现有人从墙头上翻进翻出。一切都恢复了平静。

这天，程相文照例五点钟醒来，靠在床头翻看最新的科技书刊。

近来，原本对轮流打扫厕所抵触的那些人，看到程相文带头干，也就没了意见。所里的风气渐渐地正了，同事之间更加团结，工作也更加顺利了。

想起这些日子所里的变化，程相文感到非常欣慰。他相信，只要领导以身作则，任何工作都能够搞得好。

看了一会儿书，程相文准备起床洗漱，然后去打扫卫生。

他的身子刚离开床头，随着“咣当”一声，一个什么东西“忽”地飞过来，紧擦着他的胳膊落在床边。他定睛一看，竟然是一支八九寸长的匕首扎在褥子上。窗玻璃被打碎了。

程相文惊得大喊了一声：“谁，站住！”

窗外，一个黑影掠过窗户，眨眼间消失得无影无踪。住在程相文隔壁的王希保和另外一位同志，听到声响马上赶来。

“程所长，怎么回事儿?”王希保急促地问道。

程相文开了房门，摇了摇头说：“没事儿。”

“玻璃咋烂了？谁砸的?”

床上、桌上、地上到处是碎玻璃碴子。

王希保一眼就看到了破碎的窗玻璃，也看到了那把扎在床铺上的匕首。

“在事情没有搞清楚之前，谁也不准把这事儿往外说。这是纪律，你们听我的就是了。”

王希保想要说什么，立刻被程相文制止：“我再说一遍，这件事到此为止。你们回去吧，该干啥干啥。”

对于刚才那惊险的一幕，程相文几乎没有说一句话，只是陷入深深的思索。他在反复问自己，到底干了什么，能够引起一个人如此的仇恨，以至于非要置他于死地不可。

王希保却没有程相文那样冷静，他说：“程所长，报案吧，我连襟是公安局刑警队队长，我找找他。”

程相文想了想说：“等明天我安排好去海南的事再说。”

第二天，王希保看到程相文一脸平静，对昨晚的事儿只字不提，沉不住气了，非常严肃地说：“程所长，你很清楚，昨晚的事儿是赤裸裸的犯罪，已经远远超出了我们的处理权限，必须立刻报案，依法处理。”

程相文摇了摇头，没有同意。

“程所长，我说这话绝对不是因为咱俩私人关系好，也绝对不是因为你是所长，是领导。你再想一想，如果我们就此罢手，不追查，以后再有呢?”

“现在还不能报案。那样就没有任何挽回的余地了。”程相文打断王希保，恳切地说。

“我不这样认为，挽回啥，挽回谁？你这样做是助长犯罪分子的嚣张气焰，他要再对你下手，后果就不堪设想了。”

“不会，这一点我很自信。那个人，不管是不是咱单位的，短时间内不可能连续作案。”

“那也不能不管不问，这是我的职责，我不能不管。”

“我知道你对工作一贯负责，但你毕竟没有我的岁数大，我经历的事情远比你要多。我不急于处理，当然有我自己的理由。”

程相文把自己的担心告诉了王希保。

“说来说去，你总是觉得自己有对不住别人的地方。可你自己也说，你想遍了，也没有做过坑害别人的事情。那么，我们有理由怀疑，这起案件的作案人很可能来自社会。那样的话，我们不报警，可能就会让他有更多机会去危害别人。”

程相文没有立刻回答。他对王希保讲了一番道理后，又说：“说实话，还真有点后怕。我突然想到，这个人可能不是社会上的人，而是咱单位的人。”

王希保吃惊地问道：“程所长，你心里是不是已经有怀疑对象了？”

“还不确定。”

“那你怎么说是所里的人？”

“你还记得咱俩看到的桐树上的小坑吗？”

“记得。”

“那应该是练飞刀留下的痕迹。”

“啊，你是说，几个月前，他就在筹划着要刺杀你了？”

“应该是吧。你先去把咱单位的花名册拿来，咱们一个个排查，说不定就会有意外的发现。”

“好，程所长，我给你三天时间，如果到时候还查不出来，我必须报案，哪怕你开除我！”

“好，就这样说定了。”

五天过去了，还是没有任何线索。王希保终于忍耐不住，没有经过程相文允许，到公安局报了案。公安局的刑侦人员几乎是立刻就赶到了现场，带队的正是王希保的连襟。

刑警队长对程相文说："现场看过了，凶器已经派人送到分局检验。根据了解的情况，我们推测罪犯就在你们单位。"

"罪犯？现在下结论是不是有点早？"程相文忧心忡忡地问。

刑警队长严肃地说："程所长，这是一起典型的杀人未遂案，属于重大恶性犯罪。而你正是罪犯侵害的对象，又是单位领导，所以，我们需要你的配合。"

"你说，咋配合？"

"这样吧，你先把全体职工召集起来，咱们先开个会。"

"不用费事啦，事儿是我做的，要杀要剐我一个人担着，跟别人没关系！"伴着朗朗的声音，一个人破门而入，屋内的人无不震惊。

闯进来的是一个瘦小、文弱的青年。刑警队长一挥手，两个公安立刻扑过去，眨眼间，锃亮的手铐已经铐住青年的双手。

程相文万没有料到，想要杀死自己的人竟然是袁善义。

看着自己单位的职工被公安局带走，程相文五味杂陈，他并没有报仇雪恨的快感，伤心、自责、懊恼一起涌向心头。

程相文在接下来的整整一周内都显得心神不宁。这天，他不知不觉来到了玉米地。

玉米已经收完，只剩些秸秆堆在田间。程相文信步走着，来到一堆较大的秸秆前停下。他看到下面的一棵玉米秆上藏有一穗玉米棒子，就弯下腰将玉米棒子掰了下来，剥掉苞衣，轻轻握住玉米棒，双手背到身后，让手指在饱满的籽粒间来回摩挲、游走。

他在玉米地里来回踱步，陷入沉沉的思索当中。

袁善义刚满 18 岁，共青团员，参加工作还不到一年。他的父亲老袁曾任县农业局副局长，与程相文是故交。1957 年反右时老袁因一句话而遭到批判，加上 1949 年前曾在伪警察署当差，被划成右派，撤销了职务，下放到农场劳动。虽然老袁本人和他的家属也曾多次上书有关领导，要求平反，但问题迟迟没有得到解决。

老袁的爱人也失去了工作，靠着给别人裁剪衣服拉扯着孩子过了这么多年。袁善义从小受歧视，养成了沉默内向的性格，毕业后在一家小企业找了一份临时工作，很是辛苦。

程相文对老袁一家的遭遇十分同情，就主动找到老袁，提出把他们的儿子安排到农科所来。老袁的爱人喜出望外，对程相文千恩万谢。老袁却显得淡然，只是礼节性地对老朋友表示了谢意。

按理说，自己费尽周折，做了这样一件有情有义的事情，得到的绝不应该是仇恨、谋杀这样的回报。袁善义的举动让程相文百思不解。

“我不能眼睁睁地看着一棵青春正盛的绿苗就这么在我的手中夭折。”程相文想着，腾地站起身来。他急火火地找到王希保。

“你立刻去县公安局，把这份证明材料交给陈局长。”程相文把一份材料交给王希保。

王希保接过来翻阅着，眉头不禁皱起。

“程所长，我觉得这不合适。”

程相文问道：“说说看，哪里不合适？”

“首先，袁善义没有你说得那么好。充其量，他在所里的表现也只能算作一般。另外，他并没有主动投案自首，更没有向你承认过错误，这不符合事实。”

程相文耐心地说：“我明白你的心情。但我们看问题应该看得长远些，不能因小失大。”

王希保瞪大了双眼道：“怎么就因小失大了？对罪犯的纵容就是对社会的犯罪，这一点，你是领导，应该比我更清楚。况且，我们这么做实际上是干扰公安办案。我不去。”

“希保呀，咱不能光说大道理，如果单位不出面，完全按照法律，至少要判他个七八年。那样，小袁这一辈子就让咱给毁了。”

“怎么是叫咱给毁了？是他自己恩将仇报，做出这天理不容的事儿来。”王希保愤愤不平。

“别说得那么严重。什么天理不容？不过是年轻气盛、法律观念淡薄嘛。你快去，到那儿好好给人家说，一定要想尽办法把人给我保回来。不许出任何差错啊。”

看到王希保那种执拗，程相文的口气中已经多了几分愠怒。

“我不去！”

程相文急了，恼火地说：“到底我是所长还是你是所长？王希保，这么小肚鸡肠，能干点啥大事儿？”

“我这一辈子从来没有打算干大事。”王希保也来了气。过去他从来没有在程相文面前发过脾气。

“你眼里还有没有我这老大哥了？没经过我的允许，擅自去报案，弄得没法收拾，这账我还没给你算呢。”程相文拍着桌子对王希保吼着。

王希保愣住了。他过去也从来没有看到程相文发过这么大的脾气。

“程所长，我不想惹你生气。”王希保的语气缓和下来，眼圈也红了。

程相文也放缓了口气，耐心地说：“我们不是在和谁赌气，我也绝不是想表现自己的气量有多大，更不是藐视法律——我们是要挽救一个人，关系着他一生的前途。你将来会明白我这样做的道理。咱们要知道，法律之外还有人性……去吧，别忘了在材料上加个公章。”

最终，袁善义得到宽大处理，免于刑事处罚，无罪释放。

消息传开，大家都很气愤，纷纷找到程相文，要求立刻开除袁善义。

“我们绝不和整天想着杀人的家伙在一起朝夕相处。”

面对大家激动的情绪，程相文只好耐心地解释、劝慰，费了不少口舌才说服了大家。

程相文亲手拟定了《关于对袁善义同志的处理决定》，主要内容为两条：一、责令其赔偿3毫米厚的玻璃一块，折合人民币一角八分；二、留团察看一年。

袁善义的父母带着儿子来到程相文家，全家人热泪横流。

“相文老弟，是这兔崽子误会你了。听信闲言，他以为你告了我的黑状，我才被打成右派，还以为你让他到这儿工作是要整他、折磨他。他一直还做着干部梦，压根儿没想过干农活，所以对你怀恨在心，我真不知道该对你说啥。”

“啥也不用说。以后孩子好好干工作就中了。”

老袁紧紧握住程相文的双手，久久不愿松开。

程相文的宽容和善良不仅让袁善义一家感激终生，也让农科所一代代职工为育种事业心甘情愿地付出、奉献。

一年后，在程相文的帮助下，袁善义被调到安阳一家事业单位。临别，袁善义来到程相文的办公室，对程相文鞠了三个九十度的躬。

多年之后，袁善义说起这件事还会流泪。有机会回浚县，他总会抽出时间去看望程相文。

## 上访

2010年春末的一天，河南浚县的一个小院里，一大早就聚了一拨儿人。他们小声嘀咕着什么，好像怕惊动邻居，尽量压低声音。

这是鹤壁农科院职工赵强的家，聚在这里的26个人，与赵强一样，都是农科院的工人。

他们或蹲或坐在院子里，一个个情绪激动、摩拳擦掌的样子。

赵强准备从屋里出去，不经意向门外一瞥，看见了院子里的26个人。他犹豫片刻，最后依然走出屋门。看来这次是躲不过了，赵强的脑子飞快地旋转着，想着该说些什么。

看见赵强走来，有人不自觉地向后站了站，有人缩进人群，生怕被发现似的。

“赵大哥，你在家呀。”小鹏仗着胆子站起，冲着赵强打声招呼。

“哦，在家。啥事?”赵强语调冷漠，用语极简。

“编制的事。你不上心?”小鹏抬高声音，示意周围的人帮腔。

“赵大哥，你都是老员工了，不应该没有你啊。”

“我说这编制本身就有鬼，不知道怎么分配的。”

七嘴八舌的话扑面而来。赵强没有说话，他明白人们是为编制的事拉他告状。他不愿意参与这样的“小动作”。在他心目中，程相文是个好人，不应该在背地里传他的流言。他也明白，浚县农科所升格为鹤壁农科院，全靠程相文一个人撑着。

“都回去吧，这事我不参与。”赵强的话像石头一样坚硬而冰凉。

“赵大哥，我们可都想好办法了，联名上访，让领导评评理，看这问题怎么解决。”小鹏说着掏出联名状，展开让赵强看。

一张被叠得很平整的白纸在小鹏手里伸开，上面有 26 个人的名字，还有歪歪扭扭、密密麻麻的内容。这就是上访状了。赵强咬了一下嘴唇，脑子有点发热，他不屑于这帮年轻人的做法。他没再看白纸一眼，搓搓拳头，注视着小鹏透亮的大眼，他要看看他的下一步行动。

“赵大哥，我们敬重你，你也是所里的老员工。我们都希望你能带这个头。”小鹏真诚地说。

赵强的确是农科所的老员工，他从 1998 年就在这里工作，从 4 级工人到现在的工人技术岗，负责给工人安排分工。他的职权涵盖播种、施肥、浇水等。他带头干活，还坚持每天写工作日志。在农科所员工眼里，赵强是个果敢负责的大哥。

今年市政府分配给单位 65 个编制，但还有近 30 人得不到编制。改革开放 30 多年了，市场经济逐步成熟，人事制度早已打破旧体制，进入多元时代，很多人已经不在乎编制了。但在一些人的潜意识里，编制还是一个金光闪闪的光环，好像拥有了编制就进入了保险箱里。

而这次农科院的事业编制，是“僧多粥少”，自然有人被挡在编制之外。

“不患寡而患不均。”这些得不到编制的人心里难免不平衡，于是便有了这样的“活动”。

那天宣布在编名单时，赵强没有听到自己的名字，心里也堵得慌，回到家没吃晚饭就蒙头睡觉了，闹得媳妇一头雾水，不知道是哪儿惹他不高兴了。

第二天，媳妇问清了来龙去脉，也愤愤不平，鼓动赵强去找程院长反映。在玉米地任劳任怨干这么多年，这么多编制竟然没有他的。女人的抱怨，让赵强更烦心。他干脆请了两天假在家休息，想避开风口浪尖。但他没想到工人们会联名上访，还找到家里让他带这个头。

赵强已经想到联名上访的后果，无论编制问题能不能解决，程院长，乃至农科院的名誉都会受很大的损失，可能丧失很多种子企业的订单，更可怕的是老百姓会怀疑农科院的信誉。他打定主意，抬高声音：“让我带这个头，是不是都听我的？”

众人见赵强的态度有所缓和，互相看了看，齐声说：“嗯，听赵大哥的。”

“那咱现在就开会。”赵强把人群拢了拢，站在中间。

“咱这联名状不能往上递。你们想想，这一递谁还相信咱程院长，谁还相信咱农科院，这不是自己往自己脸上抹黑吗？”赵强说着，偷眼瞄着大家的反应，酝酿着下边的话。

人群很安静，他们在琢磨着耳朵听到的每一个字，好像在转动大脑，思忖着利弊。三分钟的沉默，像是大战双方的对峙。农科院好不容易才进入发展的快车道，名声已经打出去，如果贸然上访，后果会怎么样呢？小鹏已经惊得一身冷汗，佩服起赵强来。

“那咱的问题咋解决，就这么拉倒了？”人群里飘出来一个声音，打破了沉默。

“那大伙儿都说说问题，记下来，然后去找程院长谈。”赵强的话掷地有声。

“有用？”

“我相信程院长。”

“那咱们不上访了，找院长谈。”

人群又开始骚动，慢慢达成共识：不上访，去找程相文反映情况。

“赵大哥，多亏你啊，不然这后果不堪设想。”小鹏握住赵强的手。

“做事多动脑，可不能脑子一热就蛮干啊。”赵强说。

赵强拿过联名状揣在怀里，进屋拿出纸和笔，让小鹏帮着记录。有关编制、待遇以及管理等问题记了好几页。

大伙儿这一说，没想到还找出了平时看不到的问题。赵强与小鹏决定找院长谈谈，不仅仅是为了编制问题。

“院长你掂量掂量，为啥小李刚调过来就坐办公室?”

“院长，俺不是胡闹。农科院成立前，咱跟疯子一样干活，多么团结，连会计都下地干活。但现在，人都变得不踏实了，积极性也不高了。科室恁多，分工俺都搞不清。”

“程院长，我是个实在人，说实话，我想过外出打工，外出打工挣钱多，继续留下就想图个稳定。现在我媳妇都比我挣钱多，你说我咋好意思。”

…………

跟赵强和小鹏一块来的十几个人刚到程相文办公室，就开始七嘴八舌地说。

人多口杂，拦也拦不住。赵强心里憋了一口气，他没想到这群人一来就当面质问程院长，吵架一样，一点感情都没有。等着人们把抱怨说完，他就可以慢慢给程院长说。

小鹏没敢抬头看程院长，他也嫌这帮人不懂事，在办公室大吵大闹。他拉了拉慷慨激昂发言的小张，用眼神示意他停止。

程相文一声也不吭，他坐在办公桌后面的椅子上，盯着发言的每一个人，身子前倾，侧着耳朵听每一句话，手指在桌上画着什么。办公室的简易衣架上，挂着程相文昨天晚上去地里刚穿过的白大褂和戴的一顶草帽，窗台上花盆里的青枝绿叶，使整间办公室平添了几分清雅。

赵强终于没能忍住，打断了没完没了的抱怨，往前走了一步，站在程相文办公桌前对着还在发牢骚的人群说："好了，大家都别乱说了。我给程院长详细汇报，小鹏带大伙儿去外边等消息。"

小鹏招呼着大伙儿出去了，轻轻地关上门。办公室只剩下赵强和程相文两个人了。

"赵强，坐。有啥事，都说出来，我会尽力解决。"程相文从办公桌后走出来，给赵强倒了一杯水放在茶几上，顺势坐在赵强对面的沙发上。

赵强接水的那一瞬间，程相文的脸庞在他眼前一闪，一阵酸楚不禁涌上心头——那张脸上皱纹堆累，还有几块显眼的褐斑，眼窝深陷；还有那双古铜色的手，青筋暴露，干涩而瘦削。院长今年已经 74 岁了，这双手不知道摸过多少玉米，干过多少农活，捧过多少奖杯……

他想起几年前，工人播种不到位，地头出现麦垄缺苗，程相文脸色难看，却没有发脾气，而是让所有人看着那块缺苗的地说自己的感受，坚定地认为只要大家和他一样心疼缺苗的损失，以后就会避免这样的失误。赵强知道程相文这一辈子都给了玉米地，他看在眼里，除了感动，还有敬仰。

"院长，刚才大伙儿有点莽撞，您别生气。今天来是跟您反映问题的。"赵强把水杯放在桌上，从口袋里掏出联名状和几张纸。

"有啥事，就直说。就跟咱在玉米地里一样。"程相文的语气平缓。

"给，您先看看。"说着赵强把准备的东西递到程相文手里。

程相文小心展开，20 多个名字的联名状，写满意见的纸。他先是一惊，然后很仔细地看起来。

程院长手托着纸，两眼游走在文字上，眼神不时在某处停留。赵强偷偷观察程相文表情的变化。

"其实，这份联名状主要是为了编制的事，大伙儿觉得心里别扭，想让院长想想解决办法。”赵强说。

程相文还是没有说话，眉头皱了皱。他感到大伙儿写的意见很中肯，没想到原来单位管理上存在这么多漏洞。他想起自己平时只顾着抓科研生产，管理上没有多下功夫，总是鼓励一起干活，一起发工资。

“行，我都知道了。编制的问题我去找领导争取。反映的其他问题也很好，我会想办法解决的，谢谢你小赵。”程相文把联名状和意见书叠好装进自己的口袋，推开门与赵强一起走出来。门口的十来个人早就等急了。

“我对不住大家。”程院长来到大家面前，弯腰鞠了一躬。

小鹏赶紧扶住程相文，在场的人都蒙了，他们没想到程院长会鞠躬道歉。程相文的腿脚不好，弯腰的时候有点站不稳，小鹏马上扶着他。

“编制问题，我去找领导反映。其他问题咱逐条解决。”程相文带着商量的口气说。

人们不好意思再去看这个老人操劳的样子，脸上发烧，心中愧疚，很快散了。

赵强和小鹏没有走，他们执意回去帮程相文打扫办公室。

程相文来到市政府门口，这个地方他不知道来了多少次，除了参加大小会议，每次去海南前，他都要来这里找分管领导落实科研经费，连在门口的保安都对他熟悉了。

“程大伯，又来要钱了?”保安小王带着玩笑的语气，冲程相文笑了笑。

“这次不要钱，要比钱还贵的东西。”程相文语气里好像有点无奈。

小王这才仔细打量他，今天的程相文，穿着一套黑色西装，白衬衫的领子立着，手里提着文件包，鼓鼓囊囊。苍老的面庞没有变，两道眉毛下边的眼睛里透出几丝惆怅。小王奇怪，平时程大伯都是笑呵呵的，今天怎么一副满怀心事的样子？

程相文走进市政府办公楼，来到孙副市长办公室门口。

孙副市长一直都非常支持农科院的工作，无论市里资金多困难，他都会多方协调，为程相文筹集经费。他总说程相文是市里的宝贝，不仅带来农业增收，而且受到各界的关注，成为市里的一张名片。

“咋站在门口呢？”孙副市长刚上楼就看见程相文，伸手握住他的手，拉程相文进屋。

“孙市长，我是来反映问题的。”程相文开门见山。

“啥问题，是不是又来要钱了，别着急，我已经安排过了，钱下周一就能到位。你就放心吧。”孙副市长笑着说。

“不是，这回是编制问题引起院里员工不满，差点闹出上访来。”程相文低头说着，重重叹了口气。

孙副市长知道这次在编制上的确存在一些困难，农科院有很多老员工都没有入编，但是一下子给这么多编制已经是史无前例了。

如果不找出个解决方案，到时候如果真闹出个上访事件，不光影响农科院的发展，还会让市政府很被动。孙副市长心里十分清楚。

“这样吧，编制问题，我记下来了。增加编制目前不可能，我研究一下看有什么好的办法，你放心吧。”

“还有——”程相文欲言又止。

“有什么事，你只管说，我想办法替你解决。”孙副市长看程相文不好意思说，鼓励他说下去。

“这次一闹，大伙儿反映很多具体问题，说缺乏现代管理。”程相文说。

“那你觉得啥问题是属于管理问题呢？”

“考勤制度不完善、分工不明确、积极性下降，应该是管理出了问题，孙市长你说是不是？”

孙副市长脸上的肌肉放松了一些，他明白程相文作为一个老科研工作者，对新的管理方法和理念的渴望。

“对啊，程院长，管理和你的玉米是两回事，但是关系大啊。”孙副市长郑重其事地讲起他对管理的理解。

市政府今年新招聘了两个管理学硕士，就在孙副市长办公室工作。他跟程相文说，这周末他会带着这两个硕士去农科院讲管理课，也打消大家对编制问题的误解，拿出一个让大家满意的解决方案来。

孙副市长连续去农科院开了三次会，管理课上他还鼓励农科院领导班子开拓思路，支持程相文大胆管理。经过孙副市长的努力，也给大家带来了好消息：农科院职工工资由市财政全供。

这次上访风波平息后，程相文除了钻玉米地，开始到图书馆啃管理方面的书籍。

事后，孙副市长半开玩笑地对程相文说：“程院长，对要上访的人，你可不能记仇啊，人家反映的问题，也是为咱农科院好不是。”

“这件事请孙市长放心。”程相文豁达地说。

2010年的一天，李潮海又给程相文打电话。两个“天作之合”的搭档，经常在电话里交流想法。

“老程，听说鹤壁市政府给你们解决了财政供给问题，这可是好事啊。”

“嗯，是呀，市政府对农科院是真支持。不过，因为编制的事，差点出了问题。我一直在思考，要想把研究做大，光躺在政府的背上不行，还得大胆进行科技创新，开拓进取啊。”程相文把自己的想法说给李潮海。

“主要得转变观念，打品牌，扩销路，你们不是有个浚单种业嘛，这就是很好的基础。”李潮海对浚单种业科技有限公司成立五年来取得的成绩很看好。

程相文深有同感。2006年10月召开的秋季郑州种子信息交流暨产品交易会上，浚单种业科技有限公司的浚单系列玉米新品种展厅人流如潮，来自内蒙古、河北、山东、安徽等地及本省的玉米种子经营大户把偌大的展厅围得水泄不通。

这让程相文认识到，除了育出好品种，还要瞄准市场。这样不仅可以解决农科所经费问题，还开拓了育种思路，使大面积良种推广成为现实。于是，当年浚县农科所出资组建了浚单种业科技有限公司，一个集科研育种、繁育生产、经营服务、示范推广于一体的新型玉米专业公司从此诞生。公司借助先进的通信技术和信息终端，在鹤壁市率先全面启动建立高科技种子防伪系统，实现对种子的精准、保密和追踪标识，为生产经营的每一袋玉米种子建立了“户口本”。

程相文通过学习管理理论，学会了知人善用。他让秦贵文负责公司运作，研究创收策略，让浚单种业科技有限公司负责推广浚单 18、浚单 20 种子。所有农科所培育的良种都通过浚单种业科技有限公司统一供应市场，全部采用 2.5 公斤防伪精品包装。很快，种子销路大开，推广面积大范围扩展，公司效益也日益增长。农科所的事业越做越大，过去设想的实验室、图书室都有了着落。2009 年 5 月，在浚县农科所的基础上，顺利成立了鹤壁市农业科学院。虽然升格带来了编制、待遇一系列问题，但新机制让新机构很快过了这道坎。

大家发现，过去拖拖拉拉的工资有了保证，逢年过节还有奖金。没人再去想是不是有编制，按着效益拿报酬，凭着良心干活，走向市场让大家尝到管理机制创新的甜头。

程相文也很欣慰，他要感谢李潮海，感谢秦贵文，感谢所有的员工，感谢国家的好政策。当然，这其中最主要的因素，是他们拥有优良的玉米种子。

用知识创造财富，用机制促进市场。程相文又在笔记本上记下了这句话。

# 第八章 伴我在天堂育种

2012 年，我国玉米产量超过稻谷，成为中国第一大粮食作物。2013 年我国玉米播种面积仍然会延续逐渐增加的态势。未来，国内玉米市场行情仍然明朗。

稻谷、玉米和小麦三大主要粮食作物的排序发生了变化……

1978 年，我国玉米种植面积只有 2.99 亿亩，远低于小麦的 4.37 亿亩、稻谷的 5.15 亿亩。2007 年，玉米种植面积达 4.42 亿亩，超过稻谷的 4.3 亿亩、小麦的 3.5 亿亩。

——《产量超越水稻小麦 玉米增产标志粮食新时代到来》新华社通稿

## 发筷子

海南三亚。清晨四点三十分，程相文起床，仔细地整理好床铺，把当天要用的套袋、标牌一一叠放整齐。之后，他踏着星光，来到了玉米地里。

前面影影绰绰的，好像有人在田里。程相文扶了扶鼻梁上的眼镜，想要看清是谁比自己起得还早。

走近，才看清楚是自己的大女儿程新建。程相文的脸上露出欣慰的笑容。

“新建，你咋起这么早?”

“睡不着，起来转转。”新建淡淡地回答。

“昨晚……又想你妈了?”

“嗯。你呢?”

“我？我咋啦?”

“你不想俺妈?”

程相文的笑容僵在脸上。他没有回答女儿的问话，只把目光轻轻从女儿脸上移开。

“我去那边看看，你早点回去吃饭。”程相文说着，独自沉默着往大田深处走去。

清晨的第一缕阳光照在程相文痛苦的脸上。

程相文无法回答女儿，并不是因为他没有答案，而是因为这是他心中无法抚平的痛和难以言表的愧。

自从1959年结婚，到现在——1985年，26年的婚姻生活，他与妻子董桂枝是聚少离多，在一起的日子加起来还不到一年。

来到浚县，最初交通很不便利，通信也落后。妻子远在郑州古荥老家，除了要照顾幼小的儿女，还要侍奉自己日渐衰老的父母。一年到头，几乎没有闲着的时候。

贤惠的妻子从来不告诉丈夫家里的情况，无论大事小事，好事歹事，全都是自己一人扛着。

程相文深知妻子的劳累，但他实在抽不出身回家帮妻子一把。他也曾想过给妻子多写几封信，表示一下思念之情和慰问之意。信写回去了，可妻子托人捎来口信儿，说别再写信了，一张邮票就要八分钱，拿去买盐，够全家吃一个月。

不是妻子不解风情，不懂浪漫，她也是初中生呢。可在那个落后贫穷的年代，她要先想着家人的温饱，把钱花给纸上的几句话，实在太奢侈了。

由于终年辛苦，妻子积劳成疾，身体一直不好。1985 年初，妻子患中风被紧急送往医院，经抢救治疗，虽保住了性命，却落下了半身不遂的后遗症。他这才把父母和妻儿老小接到了浚县，住进了农科所的职工宿舍。

全家终于团聚在一起了——虽然住在简陋的小平房里，妻子董桂枝还是高兴得合不拢嘴。

晚上，熄灯了。兴奋的妻子睡不着，在黑暗中拉过丈夫的手，放在自己身上，悄声说着现在的感想和以后的向往。

“相文，你说怪不怪，我一来到浚县，就觉得哪儿都舒坦多了，根本就和好人一样。”

“你本来就是好人。”程相文笑道。

妻子轻轻打了丈夫一下，一本正经地说道：“别给我乱，我是说真的。今天你看，我走路一点儿也不侧歪了。”

听妻子这么一说，程相文也好像发现了奇迹：“就是，你今天屋里屋外忙了一整天，我都忘了你是个半拉人儿了。”

“嗯，我真的好了，好得和病前一个样。以后，咱俩就能天天在一起了，你不会烦吧？”

程相文郑重地对妻子说道：“桂枝，我对天发誓，我从来没有烦过你，一天也没有。我以后只要不去海南，一定天天陪着你，让你过上舒心的日子。”

夜深了，妻子静静地躺在丈夫身边，那久违的鼾声，让她感受到从未有过的幸福。

在浚县安了家，程相文能常见到家人了，妻子的身体也一天天好起来了，他算是过上正常的家庭生活了。但实际上，程相文与家人相聚的时候并没有增加多少，就连一起吃饭的次数也屈指可数。

即使在浚县，程相文不是在玉米地观察，就是坚持下乡为农村青年讲课，天天不沾家。

这天，程相文一如往常，早上五点多就出门了。按老习惯先到所里的试验田转了一圈，看到玉米地里有草，就蹲下来拔了一会儿，心里在思考着今天讲课的内容。

眼下，随着生产责任制的深入，豫北农村不但解决了温饱问题，还能全年吃上小麦面。“温饱思进步”，农村青年也开始重视科学种田，种地也不像以前那样随便了，不光认识到种子、化肥、农药的重要性，也懂得了依靠科学增产增收的重要性，大家都愿意学习农业科技。

矩桥乡党委政府成立了个乡级的农村青年科技小组，先办培训班，请农科所派人为这些年轻人讲解玉米种植技术。第一堂课由程相文讲授。

程相文知道，这个小组里都是各村推荐的年轻人，他们大多是刚从学校出来的中学生，有一定文化基础，但很少参加农业生产实践，对玉米种植、田间管理一窍不通。他琢磨着，怎样才能深入浅出，让这些学生娃早日成为农村的科技骨干，带动大家爱科学、学科学、懂科学、用科学，把心思用到改变农村面貌上。

“我先说说为啥种玉米吧……”程相文讲的第一句话惹得学员们哄堂大

笑。

他接着说："大家都在笑。哈哈，好啊，这说明大家对玉米有了解。但是，我要告诉大家，玉米里的学问是要花几十年甚至一辈子才能够弄个半懂。你们不相信？我可以很负责地告诉你们，在中国，专门搞玉米良种选育的专家、教授不下几千人，专门从事育种的科技人员不下一万人。以后，还会有更多人加入到这个队伍中。为啥？因为玉米不仅可以让人吃饱肚子，还能够做饲料，做酒精，将来还要代替汽油，成为重要的能源资源……玉米用处这么大，我们就得想法叫玉米高产。这就靠我们在座的年轻人了。玉米亩产要是能达到2000斤，我们算一算，全县有30万亩耕地，那就能产6亿斤粮食啊！"

台下很多人都瞪大了眼睛。他们的眼神告诉程相文，那是强烈的求知欲，那是未来农村的希望。

程相文讲完课回到办公室，已经是下午一点。职工食堂的炊事员看他没吃饭，赶紧做了碗面条给他送到了办公室。程相文匆匆吃完，马上投入实验报告的书写中，又要不回家熬通宵了。

程相文家里，父亲程远修和母亲老两口一连几天没见到儿子，心中不断生出忐忑，就问儿媳："桂枝呀，相文一天到晚不着家，你也没问问他咋样了？"

"问了，可问了他一回，他说忙，就不叫再问了。"

"那可不中，成天不照时吃饭，时候长了，不得落毛病呀？"

"我不敢问。"

"哦，要不，让永梅去问问。"

程远修交代孙女永梅去办公室问她爹晚上是否回来。夜幕已经降临，永梅高兴地答应着去了。

其实，职工宿舍和农科所办公楼就在一个院子里，总共也不过三五十米的距离。

从出生到高中，永梅只有十五年前的那一次，唯一的一次，和爸爸一起吃团圆饭。每年春节的饭桌上，爷爷、奶奶、哥哥、姐姐都在，总是缺少爸爸一个人。

那年大年初一，四岁的小永梅正在外面和村里的几个小孩儿玩堆雪人，妈妈满脸笑容地走到她身边，拉她回家。小永梅正和小伙伴儿玩得高兴，说啥不肯回去，挣脱了妈妈的手又要往雪人儿那里跑。

“回来，该吃饭了。有肉肉。”

“不吃不吃，我要堆雪人儿。”

“听话，快跟妈回去。吃了饭给你新衣服穿。”

“妈骗人。早就说买新衣服，就不买，光叫我穿大姐的。”

“这回是真的，你爸给你买的。”

“又骗人。新衣服都是一早起穿，现在晌午了，才没有呢。”

“永梅，你这次信妈最后一次，要是没有新衣服，我就让你到你大爷那儿住一个月，天天堆雪人。好不好？”

“真的？”

“妈说话算话。”

到了家，妈妈、大姐都在往桌上端菜端饭，小永梅抢着给大家发筷子。

“爷爷，你的。奶奶，你的。大爷，你的……妈，快过来呀，给你发筷子啦……”小永梅很快发完了一圈。

“永梅，咋不给我发筷子呀？”程相文正和父母、大哥聊天，发现自己跟前没有筷子，问小永梅。

小永梅看了看爷爷，怯怯地问：“他是谁呀？”

程远修愣住了，程相文愣住了，一家人全都愣住了。

“永梅，那是你爸。”程远修一句话没说完，泪水早已盈满眼眶。

妻子董桂枝看看落泪的老人，再看看丈夫发愣、失落的眼神，赶紧说："永梅，那是你爸呀。前两天你还吆喝着说想你爸呢，怎么这会儿说不认识他了？"

董桂枝说着转过脸去，泪水汹涌而下……

如今，永梅即将高中毕业了，放假回到新家，心里一直乐颠颠的。她来到程相文的办公室，不假思索推门就进去。

"爸，这么晚了，你咋还在这儿……"

"谁让你来的？"

程相文的表情和语气让永梅吓了一跳，一时手足无措。

"我……我……是爷爷奶……叫你回去……"永梅结结巴巴地不知道自己说了什么。

"赶快回家，以后不准再到这里来！听见没有？"

"听……听见了。"

"回去，告诉恁爷和恁妈，我晚上不回去了。"

永梅没听完爸爸的话，转身跑了出去。她一直流着眼泪回到家。

从那以后，程相文的家人再没有谁去过他的办公室。

海南的日头从不贪睡，总起得很早。程相文在玉米地里徜徉着，把这几年的工作、生活粗粗地刚捋了一遍，太阳就追着他的身影赶了过来。

该回去了。他沿着地垄中间快步朝地头走去，远远地就看见大女儿新建还在那里等他。

"新建，我叫你早点回去吃饭，你咋不听哩？"

程新建犹豫着，没有说话。

程相文在前面走着，程新建在后面不远不近地跟着。快到罗蓬村村头儿的时候，程新建开口了。

“爹，我有话问你。”

“说吧。”程相文停住脚步，回头看着女儿，满眼都是爱怜。

“我就问你一句，那天永梅去叫你，你为啥发那么大的脾气？”

“新建啊，这多简单啊。那是办公的地方，如果大家都让家属去办公楼，那会成啥样子？我是领导，自己不以身作则，咋去管好别人？”

“爹，你知不知道，永梅为这事儿哭了大半夜，娘也掉眼泪了。”

“唉，新建啊，下回，你多问点玉米育种的事儿好不好，别让爹心里不好受了，中不中？”

“中，爹。”

“你过两天回家，给家里捎点海南的特产，也给永梅捎件衣裳。”

“爹，我不想回去了。”

“哦？你这是啥意思？不工作了？”

“爹，我想跟着你，你到哪儿，我到哪儿。”

“跟着我干啥，监视我？”

“跟你学玉米育种！我也要和你一样，一辈子就干这一件事儿。”程新建坚定地说。

“好啊，新建，我很高兴听你说这句话。只要你有决心，有恒心，就会学好。我支持你。”

程相文了解女儿的秉性，女儿和自己一样倔强。只要认准一件事，一定会坚持到底。

晚上收了工，吃了饭，程相文从抽屉里拿出两个厚厚的笔记本，两支铅笔。他用小水果刀一点一点把铅笔削好。他拿起铅笔、本子，准备去找女儿，一起制订一个学习计划。没想到，还没出门，程新建已经来到自己的房门口。

程相文还没等女儿坐定，就开始给女儿设定学习计划。

“新建啊，你以后可要吃苦了。白天，地里的活不能耽误，人家咋干咱咋干。晚上收工吃了饭，你就过来，先从玉米育种的基础理论学起。你同意吗?”

“我听你的，爹。”

“好。我知道你有决心。其实，这理论上的东西好学，短时间就能掌握得差不多。因为咱们是用传统方法育种，主要在实际操作。但要想把玉米的特性掌握好，那就不是三两年能够达到的。我给你预备了两个本子，两支铅笔，你要在一个月内把它们用完。”

“嗯，我听爹的，我不怕吃苦。”

“不光是吃苦，还要用心。用心听，用心记，用心想。你要让自己尽快成为一个玉米人。”

“玉米人?”程新建第一次听到这样的叫法，非常惊奇。

“对，玉米人，就是全部心思用在培育玉米这一件事情上，这是你能不能成功的关键。”

程新建摊开笔记本，拿起爸爸削好的铅笔。

“也就是说，你整个人都要钻进玉米育种里，从今往后不能再想别的事儿。你能做到吗?”

“我能。”

“你这个回答太快了。你是出了门儿的人，孩子也小，将来要遇到的困难不会少。”

“爹，你放心，我一定会坚持下去。”

看着女儿坚定的目光，程相文既高兴又担心。

她这个年纪，正是享受爱情、享受家庭幸福的时候，她能这样做，也许是对父亲选择的最大的理解与支持。

程相文很高兴女儿愿意做自己的学生，他还想拉所里更多的人听他讲课，把自己掌握的玉米育种技术传授给大家。

“我就先从基本概念讲起。首先，我给你讲讲玉米的繁殖特性。玉米是雌雄同体、异花授粉。一棵玉米既是爹又是妈。上面的缨子是雄穗，也叫天缨。下面玉米棒子上出来的玉米须就是雌穗，也叫花丝。雄穗成熟了，就会长出花粉，花粉落到花丝上，玉米才能够结籽。一根花丝结一个玉米籽。同一棵玉米有公有母，就叫雌雄同体……”

程相文说到这里，从桌上拿起两支圆珠笔，比画着。

“为什么要用异花授粉？把同株的雄穗扔掉，不就浪费了吗？”

“你这个问题问得好。同株授粉当然可以，也可以结出玉米籽。但这样结的籽又少又瘪，产量上不去，而且品种容易退化，第二年结籽更少，这样一来就会减产百分之三十以上。采用异花授粉就可以避免这些毛病，提高产量。”

“我明白了，爹。你接着往下讲吧。”

“根据上面讲的，我们把同一块地里的同一个品种连续自交多代后结出的种子叫一个自交系。如果把这个自交系当成母本，把另外一个品种的自交系当父本，把它俩放到一块地里，再进行人工授粉，就能收获一个新的玉米品种，就是我们说的杂交玉米种。实践证明，杂交玉米种和自交种相比，有不可替代的优点，杂交玉米种不但能同时得到两个自交系各自的遗传优势，还可以提高产量，提高玉米的抗病虫害、抗倒伏能力。我们的工作就是选育出最好、最适合全国各地农民播种的玉米良种。你说，咱的工作重不重要？”

“爹，你讲得太好了。爹，你过去在家一年说的话也没有这一回多。”

“看你这妮儿，正说着玉米，咋又拐到家了。好了，不怪你。我平时对家里关心太少了，是我的错。”程相文笑道。

“爹，通过你今天给我讲课，我理解了你为啥要成为一个玉米人。”

“为啥？”

“你还是想让农民多打粮食，让老百姓能吃饱饭。”

“嗯，这就是爹一辈子的追求，一辈子的梦想。我要培育出世界上最好的玉米种，为咱们中华民族争光，让更多老百姓过上好日子！我不仅要给你讲课，还要给全农科所的人讲，跟更多的农民讲，让他们了解玉米，懂得农业，打更多的粮食。”

程相文的声音有点颤动。女儿的懂事，让他欣慰。

## 送亲人

新品种实验需要更多的人手，程相文把秦贵文和常建智留在了浚县大本营，把张守林带到了海南。

第一次去海南，张守林一路上难以抑制激动、兴奋的心情，一改过去的沉默，不停向程相文问这问那，程相文也是有问必答，十分高兴。因为张守林问的问题都和玉米育种有关，海南的景色、风俗、物产等大家经常问到的，他却很少提及。

育种事业就需要这样的人。程相文心中暗自对张守林做出了评价。

“南繁北育对中国的育种事业有着非凡的意义。海南得天独厚的气候条件，可以让玉米一年两熟，这就大大缩短了玉米良种的培育周期。玉米从播种到收获，生长周期一般在96天左右，这样，从当年9月中旬到下一年4月下旬，这6个多月的时间里，我们就可以收获两次。”张守林在本子上认真记着。

“程所长，培育一个玉米优良品种需要多长时间？”

“一般来说，一个优良品种从选育自交系开始，到最后选定，至少需要五六年的时间。而配出杂交种，也需要二至三年的时间。品种选定后，还要参加省级试验、国家区域试验，再到各种植区域审定，又要三至五年时间。然后才可能大面积推广，产生广泛的社会效益和经济效益。这样，总的算下来，没有一二十年时间，是培育不出各方面性状都优异的玉米品种的。可是，一个人一辈子有几个十年、二十年？这就要求所有立志搞育种的人，都要有一个坚强的意志、一个坚定的信念、一种献身的精神……”

张守林的思绪随着列车奔驰：为了培育出优良的玉米品种，程相文常年奔走于浚县、三亚两地，长年不能与家人团聚。这个人，是一个真正的科学家，一个值得终生效仿、终生追随的人。

那一刻起，张守林怀着对程相文深深的敬仰之情，义无反顾地踏上了育种事业的漫漫长路。

“程所长，你累不累？要是累了，就睡一会儿吧。”

“我不累。你还有啥，接着问吧。”

“我……我想问，咱们的浚单5号，是根据啥起的名字？”

“哦，这个简单。第一个字是代表浚县，代表浚县农科所，后面的5号，是实验代号。只有中间的‘单’字，你要了解一下。这个单，就是指的玉米单交种。这就牵涉玉米杂交的四种形态：一是单交种，二是双交种，三是顶交种，四是混交种。先说单交种，是指两个自交系进行杂交后所产生的第一代种，就叫单交种。双交种，顾名思义，就是四个自交系经过杂交，生出两个单交种，这两个单交种再次进行杂交，所产生的第一代玉米种，就叫双交种。守林，我这样说是不是有点拗嘴、有点乱？”

“不乱不乱，很清楚。我都记下了。”

“那，后面两种就好理解了。顶交种就是一个单交种和一个自交系杂交；混交种，说白了就是一母多父……”

海南到了。三亚到了。罗蓬村到了。

房东老黄没在家。程相文为张守林安排好住处，风尘未除，便带着他直奔试验田。

试验田里，先期到达的几个人已经带领黄生忠等黎族老乡将玉米地平整完毕，打好了畦、培好了垄、挖好了穴，只等程相文来了便可以播种了。

程相文仔细查看土壤、墒情，拿出卷尺对行距、株距认真测量后，才满意地站起身来，和赶过来的黄生忠打招呼。

“好兄弟，辛苦你，辛苦大伙儿了。”

“相文哥，半年没见，你又瘦了。大伙儿都想你了。”

“我给你介绍一下，这是新分配到我们农科所的大学生，名叫张守林。守林，这就是咱的房东，黄生忠。”

“你好你好，早就听程所长说起过你。以后就要麻烦你了。”

“小张，以后可别说这些客气话了，我们一家早都把河南的专家当成自家人了。走，跟我回去，让我家掌柜的炒几个菜，咱们晚上喝两杯。”

程相文、张守林和黄生忠一家围坐在院子里的大树下，喝着程相文带来的信阳毛尖，兴高采烈地聊着。厨房里，黄生忠的妻子和儿女们都在择菜、洗菜、炒菜。

菜端上来了，酒杯斟满。黄生忠举起酒杯，刚要祝酒，外面传来一阵自行车铃声。乡里邮局的小林“吱哇”一声捏住车闸，单脚着地，屁股斜跨在车座上，对黄生忠招手。

“是小林呀，快过来呀，来，陪程所长喝两杯。”黄生忠也对小林招手。

小林用海南话对着老黄急速地说了句什么，老黄立刻愣住了。他先看看程相文，又看看小林，慢慢把手中的酒杯放在石头圆桌上，表情木讷地朝门口走去。

大门口，小林将一张纸片塞给老黄，嘟囔了两句，用力甩了一下自行车，匆匆离去。

黄生忠拿着纸片，看着，看着，不敢抬头。

程相文过来，接过纸片，看着，看着，不敢相信。

张守林过来，慢慢从程相文手里抽出纸片，看着，看着。

这是一封给程相文的加急电报，上面写着："父去世，速回。妻：桂枝。"

张守林一遍遍看着电文，心里很不是滋味：父亲去世，对于任何一位身为人子的男人来说，都是世界上最大的事。程所长如果回去，我是否应该陪同？我该怎样安慰这位令人尊敬的长者、导师？

他不知道说什么好，抬起头，想把电报还给程所长，却看到程相文已经走出了大门，其他的人都呆立在院子里。张守林正欲赶上前去，被黄生忠轻轻拉住。

"不要管他。让他一个人走走。"黄生忠低沉地对张守林说道。

黄生忠的女儿从张守林手里拿过电报，几个人互相传看着，沉默不语。桌上的饭菜被众人冷落着。黄生忠的妻子把杯子里的酒倒回酒瓶里，拎回了厨房。

天这么黑，他一个人会去哪儿呢？张守林担心着，疑惑着。

黄生忠像是猜到了张守林内心的担忧，拍了拍他的胳膊，慢慢坐在高高的条凳上。

那条凳是用一段三尺多长的树干截成的，约有大腿粗细。说不上那树是什么名称，看上去是很好的材质，黑红的颜色，坚硬且致密，朝上的一面刨成平面，被人天长日久地摩擦，镜子般油亮而光滑。

"坐吧，小老弟。"

张守林挨着黄生忠坐了下来。

"程老师肯定去了玉米地。他只要遇到特别高兴或特别难受的事情，总要去那里走走。"黄生忠说完，从腰里抽出旱烟袋，独自吸着。

黄生忠的家人和另外两个育种队员把饭菜端到各自的屋里，沉默地离开。

黄生忠和张守林相对无言。两个人各自揣测着程相文此刻的心情。时间不觉间从俩人的沉默中溜走。天已经黑透了，月亮躲在云层里，颤抖着，好长时间才露一下头，很快又藏得不见了。

"走。"

"走。"

黄生忠和张守林几乎同时站了起来，一起往玉米地里走去。

程相文愣愣地站着。表面上看好像动也不动，其实他的两条腿一直在微微颤抖，只是自己没有感觉到，大脑一片空白，好像脑神经搭错了路线，搜寻不到对付眼下状况的信号。

他感觉自己好像站在轮船的甲板上，脚下晃晃悠悠的，头脑晕晕乎乎的，随时都会倒下，随时都会跌进大海。似乎海水已经呛到嘴里，咸咸的，还有些苦。

他不知道自己是谁，在哪里，也不知道下一步该往哪里走。他只是觉得心口刺痛，喉头发紧，肚里一阵翻腾。恍惚间，他记起第一次晕船的感觉。

是的，我晕船了。刚想到这里，便“哇”的一声，喷出一大口黏稠的汁液。

怎么这么苦？对了，一定是胆汁。胆汁是这种苦极的感觉？嗯，肯定是。

咦？我咋不吐了。那说明不是晕船，晕船时我会吐得厉害、吐得连续、吐得顽强。可我刚才只吐了一口。

程相文的肚里似乎平静了下来，头脑也慢慢清醒。

哦，小林来过。他是邮递员。邮递员晚上下班不回家，来回瞎窜啥？什么破自行车，除了铃不响哪儿都响……

我咋站在这儿？这地里咋啥都不长？哦，有人打好了畦儿……该种玉米了！是的，我从浚县老家来这里就是要……

“家？”

程相文愣了一下。

有爹才有家！他看到爹抚摸着自己的脑袋，答应送他去上学，他看到爹身强力壮，看到爹白发苍苍，看到爹倚门而望，看到爹躺在地上……

爹呀……爹呀……爹呀，我的亲爹呀……你咋走得这么急呀！你再等两年中不中啊……

程相文胸中的憋闷突然如决口的河堤，巨大的波涛带着惨厉的呼啸奔涌而出，刹那间冲垮了所有的堤防，淹没了整个天地。

张守林和黄生忠远远地站在黑暗里，听着那撕心裂肺的哀号，听着那椎心泣血的嘶吼，听着那伤心欲绝的号啕……

空荡荡的玉米地敞开胸怀承受着程相文内心的悲痛。多希望这一茬培育的样本赶快长成，结穗成熟，以便再次提取样本，对照统计……他多想赶紧回到河南，在爹的坟前烧纸，照顾失落伤心的老娘，可是这玉米地怎么就听不懂人话呢?

有人说祸不单行。那一年，程相文的遭遇应验了这句话。

两个月后，程相文接到另一份电报：

“母亲去世，速回。妻：桂枝。”

这一次，程相文是在玉米地里得知这一噩耗的，当时他正在带大家给玉米授粉。

这一次，程相文没有撕心裂肺地痛哭，而是当即瘫倒在烈日下的玉米地里。

父亲去世，程相文没有回家。母亲去世，他仍然没有回家。大病一场后，他继续进行玉米杂交的实验、研究。

家中的事情再大，也没有育种的事情大。程相文把失去亲人的悲痛深深地藏进心底，抓紧时间侍弄眼前大片碧绿的生命。

他没有离开海南，没有离开罗蓬村，没有离开玉米地。他清楚：留下来，咽下的只是思亲的痛楚；离开了，会再背负上事业损失的双重痛苦。

对育种者来说，一天有时候等于一年。于是，他一次次掩埋起内心的痛苦和无法弥补的愧疚。

父母亲接连去世，带给程相文的直接变化是他把各项事情抓得更紧了。他知道自己的团队面临新的挑战，下一个玉米新品种的研究和实验就要开始，植物生长季节时不待人。他当时并不知道，这个还在成长中的品种将会给整个黄淮海地区乃至全国玉米生产带来巨大的飞跃——他已经全身心投入，别无他想。

## 亡妻

对于程相文来说，2007 年无疑是黑色的。这一年，与他相濡以沫、默默支持他事业的妻子，永远离开了他。

尽管妻子常年瘫痪在床，但程相文做梦也没有想到，自己刚到甘肃，妻子便突然撒手而去，而且连最后一面也未能见到。

他不敢想象老伴临终前深陷的眼窝，那苍白眼翳糊住的，定是期盼的眸。

妻子刚刚去世的那段时间，程相文整个人好像垮掉了。他的心像被活生生剜去一大块，空落落的。那种孤寂无依的悲凉总是在他胸腔中尖叫着、撕扯着，悲痛积压在心底无处释放。

失去亲人的绵延苦楚和无法言说的愧疚时时袭上心头，程相文排解的唯一办法，依然是狠劲儿地在玉米地里干活。他知道，这一片生灵凝结了自己的全部情感，只有在日落黄昏时，他才起身回望灌浆的玉米，嗅着漫天弥漫的青绿，向玉米织起的青纱帐倾诉对老伴的思念。

夜黑得隆重，黑得漫长，压迫着久久难以入眠的程相文。他时常灵魂游离似的僵直腰身，目光呆滞地对着当空皓月，红丝布满双眼，涣散的眼神聚不起焦——他只是空洞地望着。待到整个世界在眼前模糊，他才终于沉入困顿，任凭凉气渗入，消尽无限的悲哀。

1959 年，程家整齐的院落张灯结彩，鞭炮齐鸣——程相文成亲了！

23 岁的程相文携手董桂枝在亲友的祝福中喜结连理。次年，双喜临门，一是大女儿程新建呱呱坠地，二是程相文收到中牟农业专科学校的录取通知书。

此后，程相文为上学、工作在异地奔波，妻子桂枝独守空房。起初，桂枝心里是怨相文的，把自己一人狠心抛在家里。纵使有千般苦处、万般抱怨，她也只能嗟叹着扯起衣襟，沾沾眼角的泪水，蜷缩着身子度过寂寞的黑夜。

渐渐地，董桂枝习惯了等待与孤寂，反而理解了丈夫在外的艰辛，一个人砍柴、洗衣、喂牛，把孩子拉扯大。农闲时，她爱望着南边的星空发呆；春节到来的时候，她总是听着屋外的爆竹响起，看着窗外的雪花飘落。她期盼那南飞的候鸟能早一点探家。

每当春寒料峭，桂枝总会在操劳一天后，拿起铅笔耐心地在挂历上写写画画，计算着丈夫归来的日子。星月交辉下，她的脸恬静又安详。而远在天涯的程相文也凝望着洒满清辉的新月，陷入对妻子深深的思念。

他总在月光下回想妻子一身红衫、笑靥如花的样子，那是新婚之夜董桂枝的模样。无数个清冷的夜晚，程相文就是在这样的惦念中入睡。

程相文把妻儿老小接到浚县农科所时，妻子已经年过半百，成为三个孩子的母亲了。在守望的日子里，当年的青春少妇，早已被岁月的沧桑遮掩得无影无踪。大女儿已长大成人，结婚成家了。

董桂枝始终隐忍着，从没对丈夫倾诉过一个字的不满。唯有一件事，董桂枝想来便觉眼珠子发酸——那也是程相文心中无法挽回的遗憾。

程相文刚到三亚罗蓬村那年，由于人手少，每天早出晚归，耕地、播种、挑粪、灌溉，所有的农活都得自己干，成了地地道道的农民。肩膀挑担压得酸疼，手掌磨出鼓胀的泡，妻子缝制的布鞋也被磨得四处是洞。再苦再累，只要家里无事，程相文便能安心在海南育种。

快过年了，海南的炎热依然没有退却的意思。阳光下，棒子鸟浅绿带红，像倒立的扫帚直立在玉米顶端。

“马上就可以授粉了。”程相文仰望着玉米雄穗，笑容挂在脸上。

此时的家乡，天阴沉沉的，寒风吹卷起雪花，扑向窗棂。透过晶亮洁白的冰花，董桂枝抱着女儿在屋里来回晃着，怀里的女儿双脚乱蹬，哭声一阵紧似一阵，揪得董桂枝心疼。

程新建发烧已经三天了，吃了诊所开的退烧药也不见效。桂枝本想带女儿去镇卫生院检查，可快过年了，带女儿上医院不是个吉利事。没想到第四天，女儿体温竟莫名地降下来，哭哑的嗓子也安静下来，桂枝便放宽了心。可她还没睡个安稳觉，就又被女儿吵醒了。

桂枝把头往女儿额头上一抵，察觉出她身上又开始热起来，不久，孩子就颈背僵硬，呕吐时竟扭不动脖子，吐脏了花棉袄。桂枝见状，连夜闯进风雪中，拉着架子车把女儿送进镇卫生院。

焦急的桂枝不得已，给丈夫去了电报。

由于正值春节，加上罗蓬村位置偏僻，程相文收到电报时已是大年初八。他戴着草帽正在田间授粉，一人多高的玉米林吹不进一丝风，热得活像蒸笼，汗水蜇得人睁不开眼，听见有人叫，他才从玉米地里钻出来。

程相文倚靠在粗实的椰子树下，不停地擦汗，取下草帽来回扇着，眼睛才清亮起来。打开电报，“妞病危，速回”五个字落入眼帘，程相文汗水又掉了下来。

“这……”他嘴唇微颤，嗫嚅着，电报纸在手上颤抖起来。自从来到海南，桂枝还没给他发过电报。

“看来这次新建病得不轻。”他叠起电报揣进裤兜，站起身准备离开。

可没走两步，看见花粉四散的玉米，跨出去的双脚又犹豫起来。

“新建应该没多大事儿，孩儿她妈可能太慌张了。再说，我回去也帮不上啥忙，全靠医院跟大夫了。”他这样说服自己，决定趁繁花还未开始吐蜜，给剩下的两亩玉米授完粉再回家。

辗转 15 天，程相文终于回到家，却见妻子哭成了泪人儿。由于延误治疗，程新建患上了小儿麻痹，留下了后遗症，终身行走不便。

怀着愧疚，程相文对程新建格外疼爱。每次回家，总会给女儿带些礼物。

上小学的程新建住在姥姥家，她的小书包偶尔会变魔术般冒出惊喜，尺子、圆规、字典等等，她知道，父亲来看她了。

三个孩子长大成人后，程相文把大女儿留在了身边。家里人都知道，大女儿是他心中永远的痛。

儿子程立新出生于1967年，是家中唯一的男孩，自幼聪颖，程相文看得很重。但身为严父，他把爱都藏到骨子里，在程立新面前永远是一副严肃且不苟言笑的神情。立新怕父亲，每次放学回家总要侦察一番，趁父亲不注意，才猫着腰偷偷溜回家。立新也恨父亲——父亲总是抚摸大姐柔顺的黑发，总是给大姐最好的学习用品，他得到的只能是大姐用旧的。他不知道父亲为什么那么怜爱腿脚不灵便的大姐。

这中间，还有一件事让程立新耿耿于怀，他甚至因此否定父亲。

从小，自己是和表侄程一冰一起长大的，两人十分要好。堂侄是伯父程相贤的孙子，虽然他辈分低，但却年长于程立新。自从堂哥病逝、堂嫂改嫁，程一冰就成了孤儿。他在程庄村无依无靠，便来到浚县农科所投奔二爷程相文。程一冰和程立新相见之后，非常投缘。可提起家庭的变故，伤心处，20岁的大小伙儿仍眼含热泪。

程一冰一住就是半年，他想让二爷在所里给安排个差事，办公室主任王希保也建议把他留在本单位。可当时县农业局刚出了新规定，程相文不好自作主张，便准备过段时间再做打算。程一冰整日里无所事事，眼望着玉米地发呆。程相文寻思着让程一冰散散心，便兴冲冲地带着他到了海南。

到了海南，程一冰傻眼了，这里没有电，没有煤，有的只是似火骄阳。他吃不了在高温下劳作的苦，便在当地找了一份保安的工作，再也没有回来。

见程一冰没有回来，程立新就把怨恨算到了父亲身上。

“要是爹给一冰在农科所安排工作了，他也不会沦落天涯。”也正是这种心态，给年少的程立新一种志气，从上学毕业就业，全都自己做主，干得相当出色。有了为人父的经验之后，程立新才慢慢读懂父亲，读懂了他的灵魂，也如父亲一样对玉米如痴如醉。

成熟的程立新像父亲一样，有着坚忍的劲头，在浚单20培育过程中做出了贡献。他凭借极其敏锐的市场洞察力，使浚单20大面积推广，并顺势成立种业公司，成为浚单系列玉米种子销售的主力。

母亲离世不久，妻子又因脑血栓在病榻上长卧不起。这对程相文来说是雪上加霜。

董桂枝作为他的结发妻子，却从来没有享受过丈夫的精心呵护。如今，她染上如此病魔，程相文面对这个困境真有点手足无措。

细心的程相文给妻子房间装上一圈栏杆，在家中无人时，妻子能自己摸索着站起来，移着脚步锻炼身体。妻子卧床5年，身体日渐虚弱，连说话都异常艰难了。在妻子病重的情况下，程相文毅然决然地踏上了去北京参加中国国际农业博览会的路。他们需要在这个高端的会上开阔视野，了解最新的农业科研动向，考察最前沿的科研成果。

程相文到外地出差，身边总带着秦贵文。作为最早进入浚县农科所跟随程相文的元老级员工，秦贵文勤快机灵，深得程相文的重用。在浚县农科所兢兢业业十几年，秦贵文在玉米育种方面已经练就了敏锐的眼力，积累了丰富的田间育种经验。在近10年中，秦贵文将大量精力投入浚9058和浚92-8亲本自交系选育和优良单交种浚单20的组配研发中，成为程相文的得力助手。

他们在会场考察了一天，材料、记录、照片搜集了一大堆。走出主大厅，疲惫的程相文盯上了一样东西，脸上又放出光亮，那是另一个展会的参展品——一台微电脑控制的自动清洗坐便器，程相文左看右看，当即买了下来。那是给妻子桂枝的。程相文的关爱，他爱洁净的习惯，都体现在这个物件上了。拿回家，虚弱的妻子只是吃力地眨一眨眼睛，算是感动了。妻子说不出话了，但她一个眼神，一个动作，程相文都能领悟。

眼看着春节就要到了，妻子却旧病复发。程相文惦记海南的玉米，又牵挂身边的老伴，是走是留一时拿不定主意。

程新建心疼病重的母亲，怯怯地说：“爸，你看俺妈都病成这样了，你就在家多待几天吧。”

程相文心乱如麻。

他咬咬牙说：“要不，我就在家陪你们过个囫囵年吧。”

好几个月说不出话的老伴这时喉头微微颤动，发出了奇怪的声音，程相文一阵紧张，转身走到老伴身边。妻子缓慢地抬起胳膊，拉住他的衣角，轻轻扯着，又抖动着手臂指向南方。程相文忙握住老伴的手，禁不住哽咽起来……

程相文明显感觉到妻子身体一天天差下去，结婚40多年，他还没带她出过远门。眼看着妻子的生命要按天算，2004年冬，程相文决定带她去海南。连续三年，程相文工作之余服侍着老伴，一同欣赏三亚的椰风海韵，尽情呼吸海南香甜的花开叶落气息。

然而，就在2007年返回农科所的时候，老伴的双颊变得凹陷，眼睛里的亮光也黯淡下去，腿脚更加僵硬，咳出的痰中含了血丝。他心里清楚，人终有老去的一天，但他还没有做好妻子离开他的准备。每天，程相文推着她到试验田散步，那是他最乐意待的地方。他只想在老伴最后的日子里天天陪着她。

那年立秋过后，程相文打算到西北育种基地视察，但妻子的身体状况一直很糟。她的呼吸浅弱，口鼻同时吸气，仍觉得胸闷，夜里甚至呼吸停顿，陷入昏迷。有一次，她竟然没了呼吸，程相文忙喊了大女儿将她送进医院，住了一周，她的呼吸才平稳下来。

安顿好老伴，程相文与秦贵文动身去了甘肃张掖的育种基地。第二天中午一点半，正在基地实验室的秦贵文突然接到常建智的电话。

“师母不在了，你们赶紧回来！”常建智说完便挂断电话。

“师母不在了，你们赶紧回来！”秦贵文耳边回荡着这个噩耗。他极力控制住自己的情绪，没让自己哭出来。

“现在还不能告诉所长。”秦贵文稳定住自己的情绪，朝玉米地走去。

“所长，刚才单位来电话说县里有重要会议需要你参加。”他低着头，不敢直视程所长。

“那你去买车票吧。”他犹疑着，仔细观察秦贵文，“你没事吧，看着脸咋这么白啊？”

“我没事，我没事，我去买票了。”秦贵文连声否认，倒退着走出玉米地。

当天的车票已经售完，秦贵文只好买了第二天到兰州的火车票，并计划从兰州飞回郑州，再从郑州回浚县。

当晚，程相文给西北育种基地的领导做汇报，手机在怀里乱震，他摸着口袋直接挂断了电话。汇报刚结束，手机又震动起来。

“老程，家里是不是有啥事？”浚县宣传部张部长试探地问。

“没事，没事。”程相文蒙在鼓里，浑然不知。

下了飞机，已有车在等他们。程相文一看司机不是小黎，有些纳闷：“小黎从不让别人接我，今天咋没来？”

“小黎家里有点事儿。”司机说。

回浚县的路上，旅途劳累的程相文有些发困，他渐渐合上了眼。他梦到了47年前新婚之夜董桂枝的模样，他望着妻子，眯起了眼，却被手机铃声拉回现实。

“老程，家里是不是有啥事？”领导声音低沉。

“没事，没事。”程相文茫然地回答。

眼看出了兴鹤大街往东拐就到农科所了，程相文竟莫名地慌乱起来。

他重新闭上眼，却睡意全无，各种场面在眼前不停地切换——老伴面色潮红、秦贵文脸色苍白、急忙赶回农科所、两位领导问候、小黎有事……瞬间，脑中闪出一道光，他睁大了眼，所有事情都串起来直指他的家！

他不敢往下想了，轻轻探着身子，颤巍巍地把手移向司机的靠背。

“家里到底出啥事了？”他轻轻地问。

“所长，程奶奶走了……”

程相文呆了，直直地抬着手倒在座椅上，一句话也说不出。

那一天，回到农科所，程相文悲苦难耐，哭得天昏地暗。

相伴一生的妻子，就这么走了。内心对妻子的愧疚，今生是再也没有机会偿还了。面对妻子的遗体，程相文的泪水再也挡不住了……

# 第九章　阳光下的温柔

20世纪90年代中后期以来，中国的粮食供求发生了巨大变化，开始出现总体平衡、部分农产品供过于求的局面。2002年粮食总产达到45711万吨，比上年增长1%。粮食问题更多地表现为经济问题。粮食政策及进出口贸易政策转向了效率目标，由总量平衡、品种调剂向利用市场机制来提高资源配置效率从而推动粮食和农业产业结构调整，发挥粮食生产的比较优势，提高效率水平的方向转变。但这并不意味着粮食生产要素的供给会逐步减少。

——《粮食问题研究》瞿商　著

## 想家

海南三亚崖城镇水南三村。

1999 年，大年二十九，当剁饺子馅的声音在村里回响起来的时候，程相文带着他的育种队正在三亚玉米地里忙活。

辛项南是育种队的大厨，负责大家的吃饭问题。

今晚是除夕，这顿饭不能凑合，辛项南要给大伙儿包饺子。买肉，择菜，剁馅，和面，这一切做好了，又叫来王燕帮他包饺子。

辛项南擀着饺子皮，面皮在王燕手里眨眼间变成一个个“元宝”。王燕的能干，让项南想起妻子。在这个最盛大的节日，漂在外边的游子，想家是跳不过的门坎。

平日里，辛项南喜欢晚上看火车——这是他发明的自我娱乐项目。

从远处驶过一列火车，轰鸣着朝北方飞驰而去。他很认真地数着车厢，其实他已经数过很多遍，因为这是唯一从这儿驶过的火车。辛项南曾对新来的队员说：“对着这北去的火车喊出心里话，对方会听到。”

天空被夜色笼罩，星空璀璨，辛项南靠着树坐着，仰望天空。几点亮光在夜空移动，他断定是飞机。他知道天空不时有飞机飞过。辛项南从来没有坐过飞机，但他常常想自己坐上了飞机，一转眼到了中原的家，见到了妻子和孩子。

村子里响起噼里啪啦的鞭炮声，到了吃年夜饭的时候。

辛项南的心却飞回家里。家里的父母、妻儿是不是正围坐在餐桌旁吃年夜饭呢？他多想帮妻子张罗一顿年夜饭，多想陪父母说说话，多想带着女儿玩耍……

黑夜里，辛项南默默地流着眼泪。

大年初一，放假一天。育种队员们平常基本是靠书信跟家里人联系，打电话要跑到镇上，而且很贵，平时大家都不舍得。一大早，程相文硬塞给辛项南几块钱，让他去镇上给家里打个电话。

“过年了，跟媳妇说说话。”程相文微笑着说。

辛项南感激地点点头，一路小跑去镇上了。

排了很长时间的队，辛项南才打通家里的电话，妻子一开口，就止不住抽泣起来。

人在家时，不觉得家庭有什么珍贵，一旦离开，思念却是那么强烈。辛项南紧攥着话筒，话语不用酝酿，就如长江流水，滔滔不绝，直把后边排队的人等得不耐烦了才不得不挂掉。

程相文有三乐：看见玉米乐，看见小孩子乐，还有看见大学生乐。他尤其喜欢跟大学生聊天，听他们说东说西。不过这样的机会不多。

在水南三村，程相文遇见了陈平。陈平，本科毕业，学农学的，也是从河南来海南育种的。24 岁的陈平被分配到河南某县的农科所工作，很得单位重视，第一年就指派他来海南参加育种。

陈平也爱找程相文聊天，听他讲玉米经，在他这里听到许多书本里没有的学问和技术。在程相文嘴里，玉米会说话，玉米会跳舞，连三亚的阳光雨露都是精灵。

这天，月光朗照。陈平坐在玉米地里微闭双眼，听风的演奏。这时，好像有种异样的声音传来。他手提棍子，蹑手蹑脚朝发出声音的地方走去，拨开玉米叶，借着月光，他看见有三只老鼠在啃玉米根。他举起木棍，瞄准目标，用尽全力打了过去。两只老鼠顷刻死在木棍之下，另外一只仓皇逃跑。

“陈平啊，你一个人躲在这儿干吗啊？把大家都急死了。”程相文和辛项南的突然出现，让陈平感到意外和尴尬。这海角天涯，竟然有人惦记着他，挂念着他！从未有过的一种感动从心底升腾，眼泪夺眶而出。

原来，三天前，陈平失踪了。他整整三天没有回育种基地。程相文听到消息后，马上带人到玉米地里找他。

育种基地周围都是广阔的山野，海南树多草密，水汽雾蒙，迷路的事经常发生。陈平就是迷路了。

因为想家，陈平内心烦躁不安，便跑进玉米地里发呆。不知不觉天黑了。夜静得出奇，陈平在玉米地里走着，他想回育种基地，可是成片的玉米手拉手形成一道道围墙，怎么也走不出去。他不熟悉地形，在黑暗中摸索了几个钟头，转来转去都是玉米秆。

这座玉米围城，他注定是出不去的。陈平想起程相文嘴里的育种生活，这么艰辛的工作在程相文那里怎么变成了甘甜？他摸摸兜里的几块饼子，决定就在玉米地里呆着，既节省体力，也好静静地想一番。

三天之后，程相文找到了他。

从那以后，陈平想家的时候，就会跑到镇上给父母打个电话，他不再害怕那座玉米城了，再也不打算走出这道充满魅力的围墙。

大雨过后，辛项南一到地边就发现刚露头的玉米苗消失了，一个个硕大的水牛蹄印告诉他：30 亩玉米苗被水牛啃光了。

这么大的事，必须及时告诉在鹤壁办事的程所长。他马上给程相文发了电报。程相文回电：请速回河南选种补栽。

大家一片欢呼，可以回家了！尽管选种之后还要回来，但能回家看看，那是很值得高兴的事。他们有很多话没法用电报和书信给亲人表达，夜里做梦都是回家。有个兄弟还从床下掏出自己在地头摘的椰子，想带给父母尝尝鲜。

这时，辛项南又带回来另一个消息：30 亩玉米苗又长出来了。

听到辛项南的话，大家全都愣在那里，不知道该怎样表达自己复杂的心情。

“项南哥，可程所长让咱回去。”小李有气无力地争辩着。

“我也想回家啊，可是，这是实际情况，苗真的又发出来了。”辛项南小声说着，眼睛游离，像是犯了什么大错。

“项南，不赖你。给所长发个电报吧。让他放心。”张守林说。

育种队员们回家的行程就这样泡汤了。大家一如往常早起下地，给玉米苗上肥，薅草。

程相文回来了，破书包里装着几本信纸，带邮票的信封，还有不少零钱。他发给每人 5 个信封，20 张信纸，还有 3 块钱。

“同志们，大家想家，我能理解。我这次回鹤壁，看见有乡亲在咱农科所门口问啥时候能买到咱的玉米种子。”程相文顿了顿，又说，“咱们回家，要让亲人看看咱在海南的成绩。”

程相文的声音不觉提高了一些，充满了激情，笑了笑又补了一句：“信多写，电话组团去打，我包了。”

接下来，育种队除了下地里干活，每天早上要派一个人去邮局，一是给大家发信，二是查看来信。有的话抓紧带回来。看家信是他们最大的快乐。有时候，大家充满热情地读信，还出谋划策帮助某个人写回信。当然，偶尔也有人会把“私密”信件藏起来，一个人找个僻静地方细细品味。

小康结婚不到两个月就来海南了。他媳妇是个中学教师，小康是初中毕业，写信不太会表达，程相文就把这活安排给了张守林，让他给小康做“枪手”。小康和张守林达成秘密协定：先让张守林看一遍女方的信，张守林写完回信后，小康抄一遍寄走。

“当你想家时，想想革命军人的意志，希望你在天涯海角锻炼字体，取得文凭，相信你无限风光在险峰。”张守林借着煤油灯看小康媳妇的信，禁不住读出了声。

第二天早上，小康气冲冲地推开张守林的门，拉起张守林去找程相文评理。

张守林揉揉睡眼，不知道发生了什么事，迷迷糊糊地来到程相文房间。

“所长，守林哥向别人说俺媳妇的信。”小康脸涨得通红。

“守林不会吧？这事绝对得保密。可不能乱说啊，守林。”程相文认真地说。

“我没说，绝对没说。”张守林信誓旦旦地说。

“大家怎么都知道我媳妇给我写的话了，那句‘当你想家时，想想革命军人的意志……’”小康有点难为情。

“哦，那是我不小心念出来的，他们不知道是谁写的。”张守林笑着说。

“那为啥大家都记住这句话了呀?”小康疑惑地问。

“你媳妇写得好呗!”张守林笑道。

程相文也忍不住笑了，摆摆手打发他们回去。

张守林不光是小康的“枪手”，还趁晚上开办写信培训班，教大伙儿怎么写信。

“当你想家时，想想革命军人的意志，希望你在天涯海角锻炼字体，取得文凭，相信你无限风光在险峰。”

从此，这句话就成为浚县育种队员之间相传的“名言佳句”。

## 看美女

十一月的三亚，阳光喷射，海水湛蓝，眼下，却有另一种魅力降临海角天涯，世界小姐总决赛要在这里举办！

虽说水南三村交通闭塞，然而就连黎族老妪也在弹棉纺线空当谈论的事情，不需要任何媒介，也能吸引离家数月的来自黄河边的汉子。

21 世纪与经济同步出现的文化大繁荣，已经通过身边的报纸、电视丰富着育种以外的生活，然而美女如云的场面，对于孤寂独眠的他们来说，马上成为萦绕不去的浮想联翩。

梦境醒来，育种队的汉子们已经背着大饼去玉米地干活了。

程相文在整个崖城镇跑着，他要寻找更多合适的地块。浚县农科所还没有固定的南繁基地，只能现用现找。今年，他们没有租到足够的地块，不得不压缩规模。因为土地零星分布在崖城镇四周，职工们只好分散在 8 块地上作业，两三个人一组，在烈日下翻地、打埂、播种，忙得连话都顾不上说一句。种好一块，再拖着农具走到下一块地。为了不在路上耽误时间，中午随便吃点大饼喝点开水，算是午饭了。

繁重的劳作后，职工们疲惫地回到住地，真想立马沾床就睡。可是还不能松懈，因为夜巡是每个人都要参与的。

海南的老鼠像吃了膨大剂似的大得出奇，到了晚上玉米粒就容易被老鼠扒走。为了看护玉米，吃过晚饭，队员们就得轮流拿手电筒到地里灭鼠。每一个人都是这样呵护着玉米地。

在海南的日子是枯燥而单调的。起初，程相文也是寂寞的。他虽有台收录机，也有几盘磁带，但那些火辣辣的情歌会让寂寞更加绵延。程相文有盘广播体操的磁带，每天跟着收录机的音乐做广播操，就算是很有趣的娱乐项目了。

偶尔的阴天，程相文就拿上相机到处走走。他有一整套的摄影冲洗设备，但每次能摄入镜头的只和玉米相关。抽穗的玉米、灌浆的玉米、授粉的职工……看到各样的玉米和田间劳作场景在显影液里奇迹般慢慢呈现，还原成黑白色的瞬间，程相文很是欣喜。与日月为伍，与玉米结伴，这样的生活方式一过就是数十年。

看着十来个大小伙日复一日地劳动，程相文心里很清楚，他们都很寂寞，需要关心与理解。

程相文做了个决定：请大家看世界小姐总决赛。算是对大家的犒劳了。

但实际上，只有王海军和鹿红卫去三亚机场见到了美女的身影，而其他人，仍然是守在电视机前收看电视直播。每晚播出世界小姐总决赛的节目，成了基地汉子们饭后的集合号。

为了让看直播更有趣，程相文提议，大家模拟现场评委，给各位佳丽打分，选出最受浚县农科所职工欢迎的世界小姐……

晚上看选美大赛节目，并不影响大家第二天早起去玉米地里干活。天刚亮，程相文就在玉米地里转悠了。

“唉，程所长咋就这么耐得住寂寞啊！”鹿红卫看着程相文的背影感叹道。

“咱所长天天想的都是玉米啊。”张守林深情地说。

这么多年了，大家已经将所长早起晚睡、心系玉米看成了习惯。他们和程所长一起，慢慢习惯了孤单，也习惯了两地奔波的生活。

看美女的热闹，让程相文投身事业的同时还牵挂着员工们的婚事。

第一个牵挂的是王忠诚。王忠诚眼看奔50岁了，却还孑然一身。这事放谁身上都会着急。王忠诚性格木讷，不爱与人来往，几乎是自我封闭。在农科所工作了11年，没有亲人，也没有朋友。

“王忠诚跟了我11年，我应该帮他解决一下个人问题。”程相文如此想着，对办公室主任王希保说，“咱要不给妇联的老刘说说，让她在十里八村瞅瞅，看有没有合适的?”

“程所长，妇联要是能给他说成媒，他也不会到现在还打光棍儿啊。主要是他不识字儿，没人愿意跟他啊。估计这事妇联解决不了。”

“真不行了，咱就登报征婚。”程相文想了想说。

登报征婚果然是个好主意。不到十天，王忠诚就收到十几封信。他不识字，便把寄来的信交给老程。听老程一字一句地念着，王忠诚心里喜滋滋的。

所有的信件都由老程代念、代写，还帮助他接待来访的女宾。

好事多磨。经历了多次相亲失败，写了不知道多少封信，一个福建女子来到浚县，并决定留下来，最终成了王忠诚的老婆。程相文高兴得像孩子似的，露出满意的微笑。

程相文牵挂的第二个人是秦永田。他是所里招来的大学生。女朋友小婵因为嫌秦永田在农科所没出息，不想跟着他吃苦，跟他分手了。

程相文了解情况后，又萌生了给秦永田介绍对象的想法。可他还没行动，秦永田却得了多发性肌炎，病倒了。

程相文赶到医院看望秦永田，看他情绪低落，两眼无神地盯着窗外，心里很不是滋味。

回到农科所，程相文从鹿红卫那里要到小婵的电话。

等程相文再次从海南回来的时候，浚县已是春暖花开，秦永田仍旧躺在医院，女朋友小婵却守在病床旁边。秦永田感激地望着程相文，笑容特别灿烂。

## 履行承诺

2010 年的一天，海南三亚田独镇罗蓬村村头的小卖部里，两个黎族妹子在窃窃私语——

“小妹，这两个人今年又来咱村了。”

“是啊，这一晃已经有两年了吧。”

她们说的是鹤壁农科院（也就是原来的浚县农科所，2009 年升格）的朱自宽与张金奎。

朱自宽是鹤壁农科院南繁育种基地管理处处长，管理工人、田间劳作及接待来客等等，朱自宽都一丝不苟，其认真踏实的作风颇受程相文欣赏。张金奎是育种队在海南基地的大厨兼司机。

两年前，程相文安排给他们一个“特殊任务”——寻找当年的救命恩人。1966 年，程相文落入粪池被六个黎族少女相救，还帮他挑粪种玉米。程相文还记着他当时的承诺：带她们走出村子，去北京看天安门。

2008 年，种子培育推广流程基本理顺，程相文想起当年的承诺，但是发现联系方式已经丢失，时间太长，村子变化太大了，六个当年的少女竟一个也没找到。程相文决定要找到她们，让她们共享玉米育种的成功欢乐。

每次看见挑粪、浇粪的情景，程相文都会念叨起她们，朱自宽都看在眼里，带着张金奎开始寻找。他自己都记不清多少次来罗蓬村了，苦觅两年，寻访邻里无数，依然未果。

真是老天眷顾，程相文终于找到了那六位姑娘，遗憾的是，她们中已经有两位离开了人世。程相文悲喜交加，潸然泪下。

42 年前的青春少女如今已年近古稀，看不出当初的韶华，她们久久地端详着程相文，那个年轻的小伙子，也没了踪影。

程相文和四位老太太围着小木桌聊，从中午到日暮。当程相文告诉她们自己还是守着那片玉米地，老太太们有点惊讶。

“还是搞玉米呀?”符积兰问道。

“嗯，跟四十多年前一样。”程相文回答。

“那还得挑粪?”符亚连打趣道。

“嗯，得挑粪，不过我现在有点干不动喽。”程相文羞涩地笑笑。

“当年挑粪，弄得身上臭的哟。”符亚连做了个捂鼻子的动作，逗得大家都笑了。

“记不记得当时我答应带你们去北京看天安门的，这次我可得兑现承诺。”

程相文把坚定的眼神送给每一个人。

“真的？好啊！”北京，对于从未离开过海岛的她们，是一个遥远的梦，她们抓住程相文的手，“没想到当年的一句玩笑话，你会记四十多年。”

对于程相文，当年的艰辛和如今的成果，关联着所有的记忆，已经成为他生命中最重要的基因，犹如玉米的根系，牢牢扎根在血脉之中。

程相文记下了每个人的地址和联系方式，之后又到罗蓬村村委会找到村党支部的吉书记，询问老人们的生活现状，并马上给她们送去了米和油。

2010 年 4 月，程相文安排秦永田带着四位老太太去了北京。为了沟通方便，还专门请吉书记随行。

在北京，四位老太太开心得变成了孩子，笑声朗朗，步履轻盈，摆出各种姿势照相留影。

秦永田带着几位老人从北京来到鹤壁农科院。

月光下，程相文与符亚连在试验田里散步。

“程大哥，这么多年了，你还是和当年一样……”符亚连有点动情，紧紧握住程相文的手，积年的情感月光般洁净地流淌着。

程相文还领着大家参观了农科院展厅。

符亚海指着一个盛满玉米的碗状器皿问：“这个是金饭碗？”

“嗯，是啊，是专门设计的，土地就是农民的金饭碗，我们要让金饭碗里装满粮食，更优质、更高产的品种。另外，这里的玉米种都是咱农科院培育的。”

程相文小心地拿起一个玉米棒，逐个介绍起他的宝贝。

试验田播下的玉米已经露头，新鲜的淡绿，空气依旧有些凉。程相文和四位老太太在地头站着。

“这是滴灌。在海南基地咱们用的是喷灌。这比那更好。”程相文手指向的地方，地面上被黑色的水管分割成四方小块，整整齐齐的。

“以前咱不是得挑肥嘛，现在肥料就通过这一根根水管，直接喂到玉米根部。”程相文介绍说。

“那肥料怎么灌进这管子啊？”

“外头有个操作间，从那里直接把肥料溶进水里，再把带肥料的水抽到地里。”

四位老太太惊讶于科技的发达，兴趣盎然地听程相文的讲解。

“大哥，我们在这住几天了，洛阳牡丹、登封少林寺都去看了，鹤壁的大伾山都去过了。是不是还有个地方没有去啊？”符亚连慢慢询问着程相文。

“哪啊？想去哪，你们直接说，我带你们去。”程相文爽快地应下。

“我们想去看看大嫂。”符积连脱口而出。

程相文没有回答，他不愿意影响身边的气氛，脱口道：“儿子带她出去旅游了。”目光却迅速投向别处，看得很远。

# 第十章　不尽天涯路

首先是要选育更好的品种。农业要增产，品种是关键。好种子是粮食增产的核心因素之一，据统计，目前种子对农作物的增产贡献率已达40%，可见选育好品种已是当前保障粮食安全的重要一环。其次是要有良好的配套技术。如果把现有的高产栽培技术进行集成应用于生产，我们国家农作物产量就会得到大幅度提升。再次是靠装备技术，重点是机械化。这需要高素质、高技能的人才来做。培育一大批发展现代农业的高素质农民，使其掌握粮食增产技术、机械操作技术和农业经营管理技术。农作物生产的全程机械化是现代农业的基础。

——国家玉米区域技术创新中心主任、河南农业大学教授　李潮海

## 李潮海

程相文非常清楚，要想让玉米种子最充分发挥优势，得找到一个懂栽培技术的人。

1998 年，程相文从海南回河南，路过郑州的时候，就想去见那个未曾谋面、小他 20 岁的玉米栽培专家——河南农业大学教授李潮海。

对李潮海，程相文已经闻其名两年有余，算是熟悉的陌生人。当然，他的信息都是从报纸杂志上了解到的。1996 年，这个李潮海就在温县创下河南省百亩连片玉米平均亩产 750 公斤的高产先例；1997 年，又创造了亩产 924.6 公斤的高产纪录。更为了不起的是，李潮海还结合高产实践，总结写出了《小麦玉米吨粮田高产高效栽培技术体系研究与应用》《河南省夏玉米高产理论与技术研究》《豫东平原中低产区小麦玉米高产、高效栽培理论与技术体系研究与应用》《河南省不同生态经济区玉米复合群体高产高效种植模式研究》等理论文章，对玉米高产栽培理论和技术做出了突出贡献。

要想培育出好品种，光有好种子还不行，还要有配套的栽培种植技术。程相文在推广选育出新品种时，让农户免费试用，结果不是密度太高，就是水肥结合不好，造成产量下滑，埋没了种子的优秀品质，也伤害了农户的种植积极性。因此，找个好的栽培专家越发重要。当程相文看到李潮海在温县创造亩产 924.6 公斤的信息时，就有意见见李潮海，让他也在浚县搞个高产试验区，把自己选育出的几个品种都检验一下。

当程相文来到李潮海办公室说出自己名字的时候，李潮海显然惊喜中带着诧异：

“程所长呀，您怎么来了，您是大名鼎鼎的育种专家，又是省里的劳模，抽时间过来不容易呀。”李潮海紧紧地握住程相文的手。

“李教授，我是专门来看你的，看看你的研究环境。”程相文说。

“哈哈，研究环境呀，真没啥看的，都在温县呢。你不说我也知道您来是干啥的，说吧，有啥我能帮上忙的，咱们同行义不容辞。您那儿可是有不少好种子呀。”李潮海为程相文倒了杯水。

“我早就听说你在温县连创高产纪录。我也想请你去我们浚县搞一块试验田，我们的品种你做主选择拿来做试验种。”程相文将自己的打算和盘托出。

“嗯，我想请教您个问题，您说培育个玉米品种，是育种重要，还是栽培重要呢？”李潮海说。

“首先一个好种子是基础，但是要想成就一个品种，关键在栽培种植技术。种子再好，种不出产量，保不住产量都是白搭。”程相文边想边说。

“我去也可以，但保证不了成功。我们在温县搞试验田，第一年就以失败告终，之后才做出点成就。成功需要土壤、天气等很多因素齐全。您有这个思想准备吗？”李潮海问。

“我懂，我有这个准备，你来吧，我这免费提供一切支持，达到一流不敢说，但你放心，你要求的，我们争取都做到。”程相文诚恳地说。

“行，没问题，咱们两个合作，争取出几个好品种，把玉米产量、品质都提高一个新台阶。”李潮海充满了信心。

李潮海的经历也十分坎坷。小时候家里穷，童年时最深刻的记忆，就是饥饿，吃饱饭是那时候最迫切的愿望。他高中毕业后在煤矿工作，1975 年回到老家做了一名乡村教师。1977 年恢复高考，他如愿考入河南农业大学（当时的河南农学院），学农学专业。从河南农大毕业后，李潮海又考上了西北农业大学的硕士研究生，专业是作物栽培学与耕作学，毕业后回到河南农大农学院任教。

程相文与李潮海，一个搞育种，一个搞栽培，两个人却拥有一个共同的梦想——让土地生产更多的粮食，让人们不再挨饿。可以想象，当程相文顶着烈日在田间给一棵棵玉米套袋授粉时，也许李潮海正在图书馆里攻读理论书籍；当程相文在玉米地里认真观察每一株玉米的生长情况时，也许李潮海正在温县的试验田里结合实践用理论分析成果……他们痴心热爱的，魂牵梦萦的，都是亲爱的玉米！

“程所长，你快去看看吧，咱试验田里的玉米全都倒了。”张守林跑进程相文办公室，焦急地说。

“我看看去。”程相文放下李潮海为他写的栽培方案，随手抄起大褂，往地里跑去。

程相文想到了李潮海在温县第一年的失败，心里稍微安稳了一些。但等他走到地边，看到满眼的玉米全都趴在地里、倒伏数量已经超过80%时，心顷刻就被揪起来了。

这一次与李潮海合作试验的是五亩地，两个品种。

“程所长，我看咱种子没问题，都是那个什么大学教授捣的鬼。”正紧张扶苗的农民老李停下来埋怨道。

“咱可不能冤枉人家。”张守林说。

程相文知道，这次试验田的品种都是从海南育种基地选好运回来的种子，质量绝对过关，再加上李潮海教授整天带着学生精心栽培管理，应该有一个好的结果。现在的情况，别说创高产纪录，能保住基本产量都比较困难。

程相文从地里出来，绕着院子踱步，步子很沉，鞋子跟地面的摩擦很重。他得给李潮海打电话，可怎么说才好呢？正想着，却听见口袋里的手机响了，正是李潮海！程相文按了接听键。

“老程，我是潮海，我已经到鹤壁了，正往浚县赶，我这次给你带来了好几个硕士生和博士生呢，一定得到咱试验田搞搞调研。”

“嗯，李教授，玉米出现了倒伏。”

“啥，怎么会这样，你别急，我马上就到。”

农科所里已经有人在私下嘀咕李潮海的栽培试验，不少人说：“以前没有李潮海的时候，咱啥问题没有，他才来几天，咱这玉米就倒了。我看他就是个伪专家。”

流言飞快传播，也传到程相文的耳朵里。

程相文是信任李潮海的。他没有犹豫，紧急召开科室负责人会议。会上，程相文给大家讲了李潮海的故事，鼓励大家要有信心，再就是不要传播谣言，李教授马上就到农科所了，别产生误会。

张守林对质疑的人说：“人家是大学教授，育种还教书，咋能没本事呢！”

院外传来汽车的鸣笛声，李潮海到了。

“潮海，来，先到屋子里歇会儿。”程相文热情地出来迎接。

“程所长，我哪有心情歇呀，给我弄身衣服，赶紧下地。”

李潮海换好白大褂，带着四个学生去地里了。

“程所长，这都是我带的研究生。”李潮海边快步走边介绍这四个学生。

王兵是农大的研究生，当年才跟李潮海教授。他早就听过程相文的大名，这次来浚县农科所，他抱着希望，想看看这两个顶尖专家创造的奇迹。

结果一到地里，王兵被成片倒伏的玉米吓了一跳。

李潮海认真观察着每一株玉米。他注意力高度集中，时而站起远眺，时而蹲下扒拉叶子。风中有一种安静，静得连心跳都能听得见。

程相文不断回想种子播种的时候，在什么环节有问题，是不是在存放的时候种子出了问题。每一个细节都不能放过！他明白这不仅关系到这一季的收成，而且这是一次合作的尝试。科学是不会有错的，一定是哪个环节有问题。

“程所长，走吧，咱得把方案修改一下，这样可不行。”李潮海望着程相文说。

“嗯，走，吃饭去，天都这么晚了。”程相文说。

时间总是在匆匆中溜走，太阳已经完全落下，夜幕悄悄拉开。试验田里被扶起来的一棵棵玉米像是一群士兵，相互搀扶着在风中站立。

李潮海不仅是个理论家，也是个实干家。他在浚县住了 4 天，每天一早就到地里观察，带着学生做各种试验，多方面分析倒伏原因，最后得出结论：屋后的地正是风口，倒伏风险大，另外种植密度也有问题。

虽然对失败有心理准备，但真的遭遇失败，李潮海对程相文还是有点歉意。程相文早就看出李潮海的心思。

“潮海，你说咱能不能培育出既高产又稳产、抗性很好的品种?”

“程所长，不怕你笑话，我觉得失败是成功之母。修正方案，慢慢摸索，肯定是可以的。”

“嗯，那这就是你说的良种良法配套了。”

“是啊，配套可是要互补，不仅优势互补，而且要弥补缺点。这需要……”李潮海说着，看了看程相文。

“需要彼此信任，一起攻坚克难。”程相文感慨道。

李潮海拿出了修正后的方案，他没有因为这次失败选择放弃，因为在他看来，程相文是个专心搞育种的人——尽管他只是个县级农科所所长，却有自己的追求，有自己的梦想。

后来，程相文与李潮海的合作获得了巨大成功。育种加栽培，产生了质的飞跃，而且捷报频传，实现了一个个新的突破。

程相文还向李潮海求援，帮他在学校里选拔些优秀的大学生来浚县工作。

李潮海笑了笑，点了点头。之后，程相文去招聘选拔人才用的卷子，都是出自李潮海之手。

在浚县玉米地，在海南玉米地，程相文有了李潮海这个珠联璧合的合作者，他的育种工作如虎添翼，朝着更高峰攀越。从 2004 年到 2006 年，李潮海在温县和浚县设置的 3 处 15 亩连片夏玉米超高产攻关田，连续 3 年亩产超过 850 公斤，科技部为此把粮食丰产工程放在浚县农科所，其中 2005 年在浚县农科所设置的 15 亩超高产攻关田平均亩产达到 1006.85 公斤，创造了大面积夏玉米亩产超吨粮的国内高产纪录。更令人欣喜的是，在李潮海的帮助下，程相文的玉米育种也取得了突破性进展。

## 分子育种

到2010年，程相文与李潮海已经合作了12年。

这一年，全球最权威、技术最先进的美国先锋公司的育种专家到鹤壁农科院参观。

整个参观过程中，程相文成了解说员。美国的育种专家在不停地询问农科院玉米培育的情况，程相文当然是有问必答。这里没有多少机密，程相文完全不用担心。他心里非常清楚，美国的育种技术要远远领先于中国，领先于世界。美国专家对我们传统育种的方式并不真正感兴趣，他们感兴趣的只是我们的优良品种对他们自己玉米种子的市场推广是否会造成影响。

送走客人，程相文回到办公室，脱掉西装，倒了一杯白开水，在沙发靠背上定神，回想着和美国专家之间的交流和农科院自从建立分子实验室以来的种种过往。想着想着，就马上叫来了王帮太。

王帮太来到了程相文的办公室。王帮太是鹤壁农科院接纳的第一批博士生之一，程相文非常器重他。

“程院长，我翻译整理了上午的英语对话，需要看吗？”

“好啊，你先给我说说你了解的先锋公司。”

“美国先锋公司单单‘先玉335’一个品种，在东北的种植面积就占到了50%～70%。他们的种子具有终端基因，脱水性强，含水量低，出芽率高，高产优质，适宜机械化收获。要使用美国先锋公司的种子，必须使用相关配套设备才能高产。因此，他们售后服务优势也很明显。”王帮太说得头头是道。

“有什么地方咱们可以借鉴的吗?”程相文问。

“他们的经营管理理念值得学习。美国先锋公司率先提出‘单粒播种’，4400粒种子卖50元，打破原来按斤销售的传统，同时提供配套的技术服务。”

王帮太讲得详细，程相文听得专注。

“光咱们两个人说不行，得抓紧开个会，让每个科研人员谈感受、找差距、提思路。”

程相文对美国先锋公司的情况非常清楚，无论在技术还是市场份额上，他们都一直占据着世界第一，中国东北的玉米产区用的基本都是先锋公司的种子。这次他们的专家来访，不仅让他开阔了视野，也让他进一步感觉到自己与对方的差距。

从国内的发展来看，中国的玉米育种发展得非常快，取得的成就也令人瞩目，但是从全球来看，中国本土的玉米品种单产平均起来还处于较低水平，与玉米第一大国——美国比起来，差距就更大了。程相文一直密切关注着国外同行业的发展，深知危机的存在，中国本土的玉米种子一旦表现欠佳，美国自然就会乘虚而入，成为中国粮食安全的制约因素。中国千千万万的育种人也都在努力，期待着能改变这个现状。

程相文最初谋划建立分子育种实验室，就是想最大限度地追赶世界育种的先进水平，改变传统育种周期长，耗费大量人力、精力的弊病，最大限度地缩短育种时间。

程相文分析了美国育种之所以能够遥遥领先于世界的两个主要的原因：一是他们注重农业科学研究的投入，集中了世界上最先进的科技和最优秀的人才，拥有大量世界一流的科研设备和尖端仪器；二是他们那里就是玉米种植的发源地，拥有玛雅人、印第安人几千年玉米种植的经验和极为丰富的种质资源。他们的良种基因库里贮存着数以万计的基因样本，具有无比优越的种质选择优势。

程相文也知道，仅仅依靠传统的大田育种、传统育种是不行的，眼睛必须紧紧盯住世界农业科技的最前沿，尽可能运用世界最尖端的育种技术、研究设备。

想到设备，他想起三年前，也就是2007年，他在领导班子会议上提出分子育种的概念、决定建立分子实验室时所受到的种种质疑。那时，所里许多人都没有听说过分子育种这个名词，对程相文提出拿将近100万元购置仪器设备颇有微词。

程相文记得，有一位班子成员，也是跟随自己多年的技术人员，在会议上请程相文给大家讲解一下分子育种的基本概念和优越性。

“真的，程院长，我还是觉得培养玉米良种离不开大田，离不开长期观察、亲自动手、亲自栽培。既然离不开大田耕作，那咱们现在花这么大一笔钱去买仪器，建实验室，到底有啥必要呢?”

程相文觉得这个问题问得好，这也许是每个人心中的疑问。他决定暂时放下投资预算的讨论，给领导班子成员讲解一下分子育种。一定要让领导干部转变思想观念，紧盯国际尖端科技，树立远大目标，提高科研水平。

“好，既然大伙儿心里有疑问，我就给大家讲一下分子育种的基本概念。用通俗的话讲，分子育种就是让育种这个漫长的过程变得快速化、准确化，也就是说，它可以让我们对种子优良性状的选择更有把握，更省时间。那么，它是怎么让这些目标实现的呢？要按理论上说，很复杂，很绕嘴，要用大白话说起来，就很简单了。其实就像生小孩儿，夫妻俩外表看起来都很漂亮，很健康，但生出来的小孩儿就不一定健康漂亮。因为人们的遗传基因不可能全部都给小孩儿，那些不好的基因也会遗传给下一代。但是，如果夫妻俩生孩子之前到医院检查一下，做一些化验，就能知道男的上一辈儿是不是有啥遗传病，女的上一辈儿是不是有过啥缺陷。但是，光检查出来还不行，还要把夫妻俩有毛病的基因去掉，才能生出健康漂亮的孩子。生孩子目前医院还做不到，但分子育种就可以做到。利用分子标记技术，就可以把自交系的父本、母本进行详细分析，发现优秀基因和不良基因，知道哪个品种有啥特点、有哪些优势。然后，我们就可以把一些具有不同优势的品种进行杂交、回交，培育出合乎我们要求的自交系，进一步培育出各方面都具有优势的玉米新品种。”

程相文稍作停顿，继续说：“结合第一点，我再给大伙儿说说分子育种的另一个好处。刚才讲了，分子育种技术可以定向追踪遗传基因，聚合品种优势，改良种质基础。有人问，我们这么多年不都是这么做的吗？好，为了回答这个问题，我就举咱们自己依靠传统育种技术培育出来的两个王牌自交系——浚 9058 和浚 92 -8……”

接下来，程相文详细地分析了浚 9058 和浚 92 -8 两个品种的特性和培育思路，使大家豁然开朗。

最后，程相文向大家提出了问题：“好了，我说了这一大段，就是要问大家一个问题。大家知道不知道，我们培育出这两个自交系用了多长时间？”大家互相交换着眼神，好像都不能确切地回答这个看似简单的问题。

“我记不太准，差不多也有十来年吧。”王希保含糊地回答。

“我告诉大家，浚 9058 要是全在咱们北方培育，至少需要 12 年时间。幸好我们有个三亚，让我们可以加代繁育。就这，我们培育浚 9058，也花了整整 9 年的时间。浚 92 -8 花费的时间少了一些，也用了 7 年。两者相加，我们培育这两个自交系，一共花费了 16 年时间。16 年啊！大家想一想，我们这一辈子有几个 16 年？我们离乡背井，和老婆孩子长期分离，吃了多少苦，受了多少罪……”

程相文说到这里有些动情，说不下去了。

党委书记郭民华赶忙起身，倒了一杯水，给程相文递了过去。郭民华调到农科院没多长时间，她事事留心，努力钻研专业知识，涉猎过一些分子育种的知识，而且对全院的各种情况都已经了如指掌。同时，她也对程院长的为人和知识水平非常佩服。在是否投入大量资金建立分子育种实验室的问题上，她也曾犹豫过，但此刻她的观点已经非常明确。

“程院长，你给大家说说，用分子育种的办法培育出一个新的自交系，要用多长时间。”郭民华说。

“如果我们采用分子育种的办法，要培育出像浚 9058 和浚 92 -8 这样优秀的自交系，只需要一到两年的时间。当然，我说的是一个理论值。即便加上一些不可预测的情况，也会比传统育种节约五分之四以上的时间。

“这是多么大的一个飞跃，那是在延长我们育种人的生命！我们这一代，已经奉献了我们的家庭，我们的个人幸福，我们不能让下一代再重走我们的老路，付出那么大的代价。”

程相文回忆起数十年的育种历程，慷慨万分，他动情地告诉大家：“大家都是智商很高的专才，也都为了我们农科院的进步和发展着想，我坚信在座的每一个人没有一个是为了自己的利益去考虑的。所以，我相信大家。根据我们的承受能力，我们可以分期、分批增添实验设备，逐步增强我们的科研实力，不但要搞玉米，还要搞小麦、土壤、植保等项目，争取让咱们农科院迈上一个新的台阶。”

最终，程相文的设想得到了全体领导班子成员的支持，并顺利投入实施。

先锋公司的这次来访，无疑是一个让农科院科研人员觉醒和振奋的契机。程相文决定借这个契机，使大家更加明确以后努力的方向。

月亮悄悄爬上天空。程相文站在试验田边，思考着。这次，他又有了一个新的梦想——这个梦比以往更大，实现起来更难。但他坚信，一定会有梦想成真的那一天。

程相文深刻地体会到，育种和国家、农民的利益息息相关。自己的成功，靠的是天时地利人和。国家没有雄厚的实力，就不可能供养起数千支育种队伍；没有三亚这样的热带地区，自己不可能把育种时间压缩一半；没有工人、技术员参与实际育种工作，就没有科技的支撑；等等。缺少任何一种因素，都不可能取得如此大的成就。但有一点，他也很清楚，那就是起决定性作用的关键因素——科研人员的科技创新精神。可以说，科技创新是任何领域发展必须拥有的动力。

在新的历史时期，鹤壁农科院要想保持强劲的发展势头，必须不断提高科研人员的整体素质，牢固树立科技创新精神。

程相文的第一步，是让王帮太给所里的科研人员系统地讲一下分子育种和传统育种的区别及有关技术问题。

这天上午九点，程相文从办公桌上拿起笔记本、圆珠笔向实验室走去。

农科院分子育种实验室在综合科研楼，有1200平方米，累计投入的仪器设备价值数百万元，科研人员也有16名，其中博士2名，硕士5名，高级职称人员3名；设置5个功能中心，研究开展生理生化分析、DNA分子检测、转录和RNA调控、蛋白质组学、转基因分子检测等工作。

浚单系种子抗倒性、抗青枯病等抗性改良研究，实现相关性状分子标记辅助选择育种；对现有玉米种质资源进行DNA分子标记类群划分，发挥种质资源在育种中的重要作用；对玉米重要农艺性状进行基因整合，利用分子标记技术筛选优良基因，构建种质资源分子信息库，为玉米多性状分子辅助选择育种奠定基础；建立高效、快速、经济的分子育种技术体系平台，为玉米、小麦新品种选育提供强有力的技术支持；花培技术在小麦新品种选育工作中的应用研究……

翻阅着实验室颇有成效的工作记录，程相文露出满意的微笑。

“院长，你来了。”王帮太从实验台边站起来。

“帮太，你能不能用简单明了的语言，给我说说分子育种的科学内涵和技术重点?”

“好啊，没问题。”

王帮太顿时变成个讲话生动的老师。程相文不说话，认真地听着，不时低下头来看一下手表，同时在本子上记录着。

时间一分一秒地过去，整整两个小时。王帮太的话像是打开了闸门的河水，滔滔不绝，一泻千里。他扎实的理论基础和实践经验，化作了流利的语言和简单易懂的道理。

“这么讲就行。”程相文想。能把这些专业性极强的理论转换成通俗易懂的口语，是科研人员难得的表达能力。听了王帮太的讲课，农科院初、中级科研人员如旱地逢甘霖，细雨润物，分子育种这一国际顶级技术的所有疑问，在王帮太的讲解中云开雾散。

第一次授课结束，一直坐在后排座位的程相文第一个带头鼓起掌来。

程相文十分欣慰，这些年来，对实验室的投入与管理卓见成效——原来名不见经传的鹤壁农科院分子实验室，已经与中国农业大学、中国农业科学院、北京农林科学院、河南农业大学等高校和科研机构的多个课题组长期合作研究，资源共享，互惠互利，形成了良性循环的合作发展态势。

农科院的图书馆，是程相文除了玉米地最爱去的地方。

这是一间不算大的屋子，整齐摆放一排排书架，不光有农学的土壤植被等专业书籍，还有分子科技书籍，文学、历史类也不少。靠门口桌子上放着一个笔记本，这是属于程相文的笔记本，上面抄满各种数据、文字，他每次来总是先翻看一遍，再到书架取书。

跟美国专家的对话，让他更加坚定采用高科技手段培育玉米良种的决心。

这天，程相文在图书馆待了一上午，一个人读书、摘抄、思考。临近中午，他合上笔记本，走出图书馆。

“帮太，走，跟我到地里转转。”程相文看见走过的王帮太，叫住了他。

王帮太很喜欢陪程相文到玉米地里散步。他发现，只有在玉米地里，程院长才会变得风趣幽默，甚至还会跟大家开开玩笑。

玉米棒已经成熟，院里四处飘荡着玉米成熟的清香，只有献身玉米的人，才会品出那清香的醉人。

玉米地里，两个人静静地走着。微风吹过，玉米沙沙作响。程相文抬头望了一眼大片的玉米地，又低头想事情，眼中带着一点淡淡的忧伤。

“程院长，你怎么了？”王帮太问。

“你说美国的玉米咋会种那么好？”程相文说，“咱取得的成就要说也不小，但是跟美国、世界比起来，差距还不小啊。”

王帮太突然理解了程相文的良苦用心——让他为全院的科研人员讲课，那是为了农科院未来的发展，让农科院踏上可持续发展的道路。

“咱以后要盯紧国际市场，跟国外比。”良久，程相文又说，“农科院以后得靠你们这些掌握最新科技的年轻人啊。”

说着，程相文拍拍王帮太的肩膀，王帮太若有所思地点点头。

程相文再次陷入了深思。在国家粮食生产这部庞大的机器中，自己只是一个小小的零部件，小得就像玉米须中最普通、最不起眼的一根花丝，渐渐膨胀成一颗玉米粒。

# 尾声

海南南繁育种基地是全国最大、最开放、最具影响力的农业科技试验区，被称作中国种业的“硅谷”。每年的9月至次年的5月，全国20多个省份的数千名农业专家、学者来到这里，进行农作物种子繁殖、制种，玉米、水稻、棉花、油菜、哈密瓜，品种繁多，四季生机盎然。1959年以来，在全国已推广的5000多个农作物品种中，90%都经过了海南“南繁”选育。

置身南繁基地，无边无际的田野，与北方平原的辽阔、平坦几乎没有区别。程相文一手设计、建成的鹤壁农科院基地，就镶嵌在这中间，犹如一个丰盛的庄园。一座两层楼房，十余间屋子，楼前空地上，几株高大的木棉树上，红色的花朵在蓝天映衬下烁烁发亮。试验田间，不同品种的地块，被平直的小路分割，盛开的鲜花给小路镶上五彩花边，“花边”之上，一棵棵高大的木瓜、芒果树上硕果累累。

从8亩荒地到如今的180亩良田，这是程相文和他的同事们生命的结晶，更是他们育种生涯的见证。

2012年5月，国家农业部与海南省政府召开了南繁基地建设座谈会，76岁的程相文提了两条建议：一是加大资金投入，使其更加现代化，确保南繁工作的稳定性；二是建立统一机构，加强对南繁工作的统一管理。

2012年年初，当程相文拿到国家科技进步一等奖回到河南时，不少人劝他，取得了如此辉煌的成就，该功成身退、安享晚年了。

程相文自有一份岁月赋予的淡定。

他非常清楚，自己人生的坐标已经定位在那片深绿金黄之中。当岁月滑向暮年的时候，他曾经放慢自己生命的节奏。回望来时的路，那些苦难和喜乐，已经成为一种习惯，推动他一如既往。

数十年如一日的耕耘，长久的执着守望成生命的硕果。不惧烦琐，日复一日，一切便会水到渠成。程相文今日风光的人生背后，谁能感知他越过的无限“险峰”？

参加完北京的国家科学技术奖励大会之后，回到河南停留了一天，他又乘上飞机，奔赴他生命中最牵挂的地方——三亚鹤壁农科院南繁基地。

飞行中，程相文做了一个梦，自己化作了一株玉米，周围数不清的玉米包围着他，相互依偎，枝叶相连，一时间，程相文分不清是他变成了玉米，还是玉米变成了他……

# 后记

书稿交给程相文老师多日了，还没有收到他的反馈，使得我从开始接受河南科学技术出版社邀请时就没有底气的心更加忐忑。

作为一家对科教文卫报道有着权威声音的报社记者，我对育种专家程相文并不陌生。由于他的杰出贡献，连续数年，我都有记录他的文字见诸报端，自以为对他的了解更多一些。

然而，以长篇文学传记的形式再现他的一切，与新闻报道截然不同。首先，程相文倾其所有从事的玉米育种事业，是那样专业而枯燥：自交系、骨干自交系、雌雄同株、浚 92－8、浚单 20……不仅这些技术名词难以表述，而且研究过程更是日复一日、年复一年的劳作，整地、播种、育苗、授粉，近乎复印。其次，由于统计方法所限，一位把成果写在田野上的科学家的海量贡献，更是无法表达。

还有，听说为自己写书，程老院长坚决不同意，他每次都要说："我有啥可写的?"经多方说明解释之后他才点头，同意采访。

开始写作了，怎样让读者了解主人公的成就，感知他的伟大，体会他的艰辛，理解他的磨难？百思不得之后，决定用最简单的方法处理，写他的故事，写属于程相文这个人的事情。

用一种回归原始的简单期望达到最深刻的真实：大千世界，人海茫茫，有一个人这样出生，这样成长，这样为人，这样处事，从来没有想到过自己的平凡，同样，更没有想到过是在追求伟大……

就这样写下来了，当一个真实的主人公出现在字里行间时，我们相信，程老院长的无言已经是一种默认。

感谢友人赵惠平、尚伟民、实习生常钦、李嵘协助我完成繁杂的采访和后期书稿整理，感谢鹤壁农科院党委书记郭民华、鹤壁市委宣传部同志们的诸多帮助，你们的劳动在这本书里，也在我的心里。

刘先琴

2014 年 1 月 18 日